P9-CCP-889

Más allá de los volcanes

# Más allá de los volcanes

Yolanda Fidalgo

**Roca**editorial

Novela ganadora del cuarto Premio Internacional de Narrativa
Marta de Mont Marçal 2017

© 2017, Yolanda Fidalgo

Autora representada por IMC Agencia Literaria.

Primera edición: septiembre de 2017

© de esta edición: 2017, Roca Editorial de Libros, S. L.
Av. Marquès de l'Argentera 17, pral.
08003 Barcelona
actualidad@rocaeditorial.com
www.rocalibros.com

Impreso por LIBERDÚPLEX, s.l.u.
Crta. BV-2249, km 7,4, Pol. Ind. Torrentfondo
Sant Llorenç d'Hortons (Barcelona)

ISBN: 978-84-16700-71-4
Depósito legal: B. 16389-2017
Código IBIC: FA; FV

RE00714

3 1907 00390 1740

Para los cuatro.
A partir de este mismo instante, todo es futuro,
y el futuro siempre está por escribir.

# Prefacio

## Lanzarote, 1897

*P*artía el barco, enfilaba su proa puntiaguda hacia el norte y le robaba todo lo bueno de su vida.

No volvería a verlos, no en mucho tiempo.

Se quedaría sola, amarrada a los basaltos y al jable, al cielo y al mar.

Sin ellos.

Sola con su desgracia.

# 1

## Esos malditos días

*París, invierno de 1922*

Los rescoldos en la chimenea mantenían cálido el salón de la casa a pesar de que hacía rato que la noche había caído sobre París.

Éric clavaba los dedos en los brazos del sofá y cerraba los ojos, deslumbrado por la lámpara de luz eléctrica que Jean había traído de su consulta, situada en la planta baja. Uno, dos, tres, cuatro puntos de sutura le hicieron falta a Jean para coser el corte sobre la ceja que le habían obsequiado aquella maldita noche. Tampoco dolía tanto. Había cosas que dolían más.

—Déjalo ya —comentó Jean en voz baja para no despertar a su mujer, que seguía dormida en la habitación del matrimonio—. Ya está bien de machacarte. No vuelvas a boxear, es peligroso. Hoy ha tocado esto, mañana puede que sea peor.

Éric no respondió. Necesitaba boxear. Solo de vez en cuando, en esos días en que el dolor arreciaba. Entonces, se dirigía al local de McFlinn, en el barrio latino, y golpeaba. Y a veces también le golpeaban. Era la única manera de sobrevivir. De sacar fuera el dolor que llevaba dentro, de lograr un equilibrio.

Al acabar, Jean cubrió la herida con una solución antiséptica.

—Vamos, hombre. Hay que dejar de pensar en aquello. Yo

también estuve allí, pero intento seguir adelante. Es lo único que podemos hacer.

Éric tomó el vaso de whisky que le había ofrecido su amigo, se levantó y fue hacia una de las ventanas del salón. Apoyó su frente sobre el frío vidrio y cerró los ojos, intentando que los recuerdos no le asfixiaran de nuevo.

—Ojalá se quedara solo en mis sueños, Jean —murmuró mirando afuera, a alguna parte de la iluminada París—. Quizás entonces podría soportarlo. Pero la guerra está en mí. Todos esos cadáveres siguen ahí. Toda esa sangre. Las ratas, las moscas.

Jean apoyó la mano en el hombro de su amigo.

—Lo sé. Lo siento, Éric, pero debes aprender a vivir con ello, como yo y tantos otros. Quiero que trabajes conmigo. Vuelve a ser lo que eres, uno de los mejores médicos que he conocido.

—No puedo, y lo sabes. Ni siquiera puedo entrar en tu consulta sin sentir náuseas, me tienes que coser aquí, en el salón de tu casa.

—Joder, Éric. Si no lo intentas, está claro que…

—Ya hemos mantenido esta conversación demasiadas veces. Te lo agradezco, Jean, pero me voy —dijo, apurando el vaso y dejándolo sobre la mesa. Médico. Ojalá pudiera.

—¿Dónde vas? Estás molido. Quédate a pasar la noche.

—Adiós, Jean. Gracias.

Éric se envolvió como pudo en su abrigo de paño marrón, caminó despacio hacia la puerta y bajó los pocos escalones que le separaban de la primera noche de febrero. La ciudad renacía poco a poco, quería olvidar la guerra, se sacudía el polvo del pasado. Él no. Él no conseguía olvidar. Aspiró hondo la humedad de la lluvia que caía sobre París; habría sido agradable si las costillas no le dolieran cada vez que lo hacía.

La había fastidiado bien. No solía pelear si bebía, pero ese día había sido uno de los peores. Un día de fantasmas de ratas y de soldados sin piernas durante cada jodido minuto. Maldito Verdún. Podría haber aceptado el ofrecimiento de Jean y haber pasado la noche en su casa, pero estaba mejor solo. Cuando estaba solo no tenía en quién mirarse, nadie le mostraba su desastroso estado. Quizá se deslizara poco a poco hacia el suelo

12

para quedarse allí, quieto, y con suerte convertirse en una más de las estatuas que vigilaban las calles de París.

Pero eso era imposible. Los soldados sin piernas nunca lo dejaban en paz. Así que siguió caminando bajo esa niebla que parecía hielo. Un gato gris encontró refugio en el umbral oscuro de una *boucherie*[1] y comenzó a lamer algunos restos de carne pegados al suelo. Luego fijó sus ojos amarillos y asustados en Éric y lo miró como a un extraño, como si no perteneciera a la noche.

Daba igual el frío, París no dormía. Después del atardecer estaba más viva que nunca, sentía más, porque perdía la cordura y se mostraba tal cual era, iluminada y ruidosa. Las calles se llenaban de automóviles que querían fiesta, de gente con botellas en la mano que se desplazaba de garito en garito tras la música de *jazz*, para bailar como si el mundo se pudiera acabar en cualquier momento. Nadie creía ya en la permanencia de las cosas, la guerra había roto esa ilusión.

—Hola, encanto. ¿Quieres venir conmigo un rato?

Éric se sobresaltó. No la había visto, escondida entre las sombras de aquel edificio ruinoso. Era muy joven, aún estaría lejos de los veinte. Llevaba el pelo corto, a lo *garçon*, pero parecía que se lo había cortado ella misma en un arrebato de furia. Y en su cara reflejaba un cansancio que se parecía al suyo. Quizás ambos tenían algo en común. Quizá los dos habían visto demasiado.

—Hoy no estoy para eso —respondió continuando su camino.

—Anda, anímate. Hace mucho frío, y yo podría darte calor —la chica lo sujetó del brazo.

Éric se volvió hacia ella para decirle que no. Pero la vio. Maldita sea. Solo era una cría, no podía dejarla en ese estado.

—¿Cómo te llamas?

—Pauline.

—Pauline. No quiero que te asustes. Esos granitos que veo en tu cara… No llores, por favor. Mira, en aquella calle, en el número veintidós, tiene la consulta un médico amigo mío, se

1. Carnicería.

llama Jean Reynaud. Quiero que vayas mañana, él te dará lo que necesitas. Dile que vas de parte de Éric Aubriot, ¿de acuerdo? ¿Me harás caso?

Pauline asintió mientras se secaba las lágrimas con la manga ajada de su abrigo.

—Esto es para que no trabajes esta noche —Éric depositó varios francos en su mano— y ahora vete a casa. Todo mejorará.

—No, por favor. No me dejes sola tan pronto. Los hombres solo me usan y se van. Tú eres diferente, me has mirado distinto, como si fuera alguien.

Pauline extendió su mano para rozar con miedo los botones del abrigo de Éric. Parecía solo una niña que se había perdido en la noche por algún oscuro motivo.

—Por favor —volvió a suplicar—. Paseemos un poco. No te pediré nada más.

—Pauline… esta no es una buena noche para mí.

—¿Por qué? Si hoy apenas moja la lluvia.

Éric movió la cabeza. La lluvia. A él no le importaba la lluvia, le importaba toda esa mierda que tenía en la cabeza y que no se iría por mucho que quisiera Jean. Pero joder, era solo una niña.

—Si paseo contigo, ¿mañana irás a ver a Jean?

—¿Me atenderá? No tengo con qué pagarle.

—Te atenderá.

—Entonces iré.

Comenzaron a caminar por la Rue d'Assas, bajo las ramas húmedas de los sicomoros que bordeaban el jardín de Luxemburgo, cerrado a esas horas.

—Hacía mucho tiempo que no paseaba, así, sin un destino, acompañado por una mujer —murmuró Éric, evitando pisar uno de los charcos del pavimento.

Pauline lo observó con curiosidad. Era alto, bajo el sombrero le asomaba el cabello de color oscuro, parecía unos cuantos años mayor que ella. Su rostro, a pesar de estar un tanto magullado y con aquella herida en la ceja, era muy atractivo, pero no podía ocultar la tristeza.

—Cualquier mujer estaría encantada de pasear contigo. Eres muy guapo.

Él casi sonrió. Pero ya no sabía hacerlo. Se le había olvidado.

—Hubo un tiempo en el que así era. Pero ya no.

En aquel tiempo estaba ella, Claire. Pero ahora se le antojaba tan lejana, que se desfiguraba como la niebla. Pauline se la recordaba un poco, con ese cabello rojo. Aún podía sentir el calor de sus pequeñas manos sobre la piel de su brazo y sus ojos del color del agua. A pesar de que a veces dudaba de que hubiera sido verdad. Porque él nunca regresó de la guerra. El que volvió ya no era él. No fue capaz de amarla de nuevo. Y ella no quiso volver a mirarlo, porque ya no podía reconocerse en esos ojos de extraño.

—¿Te dolió?

—¿Qué? —dijo, girándose hacia la pequeña Pauline, hacia las manchas marrones de su cara. Sífilis, Pauline, sífilis.

—La guerra.

Las manos de Éric comenzaron a temblar y su respiración se aceleró. Otra vez. Llevaba así todo el maldito día. Cruzó los brazos sobre el pecho, apoyó su dolorida espalda en el tronco de uno de aquellos árboles y cerró los ojos. Habían vuelto, siempre regresaban. El hospital. El peso de la sierra de amputar en sus manos. Aún no había comprendido cómo algo tan ligero podía pesar tanto. El olor metálico de la sangre, las moscas. Miles de moscas. Las ratas. Los muertos.

—Vuelve, Éric.

Apenas notó la caricia breve de la mano de Pauline en su cara. Ambos permanecieron bajo aquel árbol mientras una lluvia fina comenzaba de nuevo a caer sobre la noche de París, con suavidad, como si quisiera lavarlo todo y llevarse con ella cada miseria hacia el olvido del agua.

—Vuelve. Has abierto los ojos, pero no me ves. Éric.

Éric seguía lejos. En aquel hospital de Baleycourt, cerca de Verdún, entre las hileras de hombres casi muertos, caminando hacia el quirófano. Viviendo una y otra vez la misma escena. Todos aquellos chicos muriendo en sus brazos, y él no podía hacer nada por evitarlo, solo luchar día tras día tras día, sin descansar apenas, intentando arrebatar a algunos a la maldita muerte. Algunas veces ganaba; muchas otras, perdía.

Pero todos esos soldados muertos nunca se iban. Se habían

15

quedado con él, lo seguían a donde quiera que fuera, y no podía olvidar, no podía seguir adelante como Jean.

Había días que conseguía vivir sin sentir nada. Esos eran los mejores. Y había otros en los que no se libraba de esos fantasmas ni un solo momento. Nada los deshacía, ni el whisky, ni el boxeo, ni la maldita noche de París. Y él no sabía cómo seguir adelante.

—Vamos. Es muy tarde. Te acompañaré, descansa y mañana visita a Jean —dijo, aclarándose la voz y comenzando a caminar.

Un grupo de americanos pasó a su lado, ellas envueltas en sus abrigos largos con estolas de pieles, dejando un halo de risas y aroma a riqueza. París y sus contrastes.

Pasearon despacio, en silencio bajo la helada, hasta que regresaron frente al edificio.

—Adiós, Monsieur Aubriot. Se lo agradezco.

—Jean te tratará bien. No dejes de ir.

La vio desaparecer entre las sombras de aquel oscuro portal, y rogó que le hiciera caso. Esas pequeñas llagas marrones… Sífilis. Era tan injusto… Una chica tan joven, joder, ¿qué hacía en la calle?

Éric abrió la puerta de su apartamento, en la segunda planta de una casa de vecinos. Era un piso modesto, de dos habitaciones. En una de ellas la cocina compartía espacio con una rústica mesa de madera y cuatro sillas que casi nunca utilizaba. En la otra estaba su cama y, junto a ella, la cómoda y un pequeño armario que contenía la poca ropa que necesitaba, y libros. Solo los libros le hacían olvidar durante breves ratos. Se quitó con cuidado el abrigo mojado, encendió los *boulets*[2] de la chimenea y lavó sus manos en el agua helada de una palangana de cerámica que ocupaba la esquina tras la puerta. Pero no podía acostarse, no así, porque esa noche las caras de esos *poilus*[3] sin pier-

---

2. Bolas de polvo de carbón prensado.
3. Soldados del ejército francés en la primera guerra mundial. Solían llamarse así, peludos, porque al pasar los días lucían bigote y barba por la imposibilidad de afeitarse.

nas se negaban a desaparecer, y era imposible compartir la cama con ellos. Se acostarían a su lado y lo mirarían con esos ojos vacíos hasta que no aguantara más, y tendría que levantarse de nuevo para intentar quitarse el sudor frío y el olor a muerte, y vomitar en el orinal. Así que sacó una botella de whisky y dos vasos de cristal del armario de la cocina, uno para él y otro para los *poilus*. Y todos bebieron juntos, hasta que París se vio envuelta en un hermoso amanecer amarillo.

17

# 2

## Lo cotidiano

*París, invierno de 1922*

—Vamos, despierta, Éric. Es hora de comer. No me puedo creer que sigas acostado. O sí, viendo lo que queda de whisky en la botella.

Jean descorrió las cortinas y se sentó en el borde de la cama. Éric no tenía buen aspecto. Había dormido vestido y la inflamación de la parte derecha de su cara y del corte de la ceja no habían disminuido nada.

—No sé cómo vas a ir a trabajar hoy al café con esas pintas. Si sigues así, te van a echar. Y tendrás que volver a casa de tu padre que, por otra parte, estará encantado.

—No, no, deja las cortinas, entra demasiada luz. Jean, está visto que no puedes dejarme en paz.

—Ayer me quedé preocupado. Voy a hacer café, cámbiate de ropa.

Éric intentó recordar qué había sucedido el día anterior. Ah, sí. Un mal día. De los peores. Ni siquiera el boxeo lo pudo arreglar. Casi nunca boxeaba, iba al local de McFlinn solo a ejercitar los músculos, pero en esos días malos en que todo dolía por dentro, también luchaba. Porque eso a veces deshacía los fantasmas.

Había otra cosa. Una pequeña pelirroja con lesiones cutáneas de sífilis. Éric se levantó con dificultad de la cama. La cabeza le pesaba tanto que amenazaba con aplastar al resto de su cuerpo. Se lavó con el agua helada de la palangana, se puso ropa limpia y salió hacia la otra habitación de la casa, donde lo esperaba Jean con una taza de café y un par de analgésicos.

—Jean, ¿te ha visitado una chica, Pauline? Me la encontré ayer al salir de tu casa.

—Bueno, ahora tienes mejor aspecto. Sí, ha venido a verme.

—Joder, menos mal —Éric tomó asiento frente a él y comenzó a remover el café.

—Tiene sífilis, está desnutrida y es puta.

—Mierda, Jean, no seas tan gráfico. Solo es una cría. Y habla bajo, me duele la cabeza.

—Le daré Salvarsán, no te preocupes. Es un poco fuerte, lo sé, pero de todas formas es mejor que los vapores de mercurio o que nada. Y una buena comida cada día mientras dure el tratamiento, si ella quiere seguirlo, que más le vale. A ver si tiene suerte. Y otra cosa te digo: me gustaría que no volvieras a boxear.

—Ya. Bueno, no siempre acabo tan mal. Además, tampoco tengo tantas noches libres. En el Dôme me suelen mantener entretenido hasta tarde.

—Éric, ya. Basta de martirizarte.

Éric apuró la taza de café y miró los ojos azules y preocupados de su amigo. Observó su piel clara, el pelo rubio. Tan diferentes por dentro y por fuera, y sin embargo eran amigos desde que su padre, Fabien, lo trajo a París, cuando apenas tenían siete años. Aquel desconocido que decía ser su padre apareció un día en la casa de paredes blancas que miraba al Atlántico, lo tomó de la mano y se lo llevó con él. Su madre se quedó en aquellas islas, las Canarias. Y su padre nunca volvió a hablarle de ella. Por más que preguntara, él nunca decía nada. A sus treinta y dos años, todavía no sabía quién era. Se había planteado regresar, para encontrarse a sí mismo y encontrarla a ella entre los oscuros basaltos de la isla, pero llegó la maldita guerra y todo se fue a la mierda.

—Éric, ¿me estás escuchando?

—Que sí, hermano, que sí. Se acabó el boxeo por ahora. Joder, siempre me quedará el whisky, o la absenta, o el opio, o…

19

—Para, para. Menos mal que, obviando el whisky, no lo dices en serio. Bien, dejaré de sermonearte. Mira, Hélène te envía un poco de *cassoulet*. Bueno, poco no, con esto tienes alubias para un mes.

—Dale las gracias a tu mujer. Siempre tan atenta.

—Descansa un rato, y come algo antes de irte al Dôme. ¿Cómo van las cosas por el café?

—Bastante trabajo. Los *métèques*[4] pasan allí todo el tiempo que pueden. Ya sabes, comienzan por un café *crème* y acaban sin tenerse en pie.

Jean recogió las tazas del café y las depositó en la pila de la cocina. No lograba acostumbrarse a que su amigo, uno de los médicos más brillantes de la Faculté de Medecine de París, trabajara ahora de camarero en Montparnasse. Él había conseguido sobreponerse a todo aquello, las miserias de la guerra, el abismo. Ya habían transcurrido casi cuatro años desde que acabó. Sin embargo, era consciente de que muchos no lo habían superado. Regresaron, pero ya no eran los mismos; la guerra se había quedado con sus mentes. Esa expresión en los ojos, perdidos en algún punto lejano, buscando aún las trincheras enemigas. Algunos temblaban tanto que no podían ni mantenerse en pie. Comparado con ellos, Éric estaba bien. Podía seguir adelante. Aunque su vida fuera una mierda y no pudiera pensar en la medicina sin ponerse malo. Joder.

—Debo volver a casa —comentó, tras enjuagar las tazas—. Me esperan los pacientes de la tarde. Ya te informaré de si tu Pauline regresa a por su tratamiento.

—Bien, Jean. Nos vemos. Dale un beso a Hélène. Y tápate la nariz al pasar al lado del *pissoir*,[5] creo que ayer no lo vaciaron.

Jean frunció el ceño al pensarlo. Ya lo había notado al subir. En cada piso había un cuarto de baño comunitario y todos daban a una sentina común que debía bombearse cada noche a un depósito arrastrado por un carro de caballos. O eso se suponía.

Seguía sin entender por qué Éric se empeñaba en vivir en

4. Extranjeros.
5. Cuarto de baño comunitario.

un lugar así. Después de la guerra no quiso volver a la casa de su padre, en la Île Saint-Louis. Aun así, Fabien poseía varias propiedades en París y Éric bien podría disfrutar de alguna, seguro que sería mucho más confortable que aquel piso pequeño sin nada. ¿Por qué su amigo era tan testarudo?

—Hola, español. ¿Qué te ha pasado en la cara? Vaya pintas. ¿Te atropelló un tranvía?

—No, Leblanc. Pero casi —contestó Éric, tras la barra de madera del Café du Dôme.

—El tío debía medir el doble que tú para dejarte así —comentó su compañero, mirándolo con sorna.

—Digamos que anoche yo estaba bajo de forma.

Éric se ajustó la chaquetilla negra y el delantal blanco y salió al exterior del café para limpiar una de las mesas que acababa de quedar libre en la terraza, junto a las estufas de carbón que daban calor a los afortunados clientes de Le Dôme. Observó las hileras de sillas de mimbre bajo los toldos de color claro en los que los viandantes podían leer «Buffet Froid, Le Dôme, Tabacs». Había que alinearlas a la perfección, no debía sobresalir ninguna. El Dôme era un ejemplo de orden hasta que llegaba la risa de sus clientes, sus coqueteos y sus ganas de borrachera. Entonces se transformaba en un pequeño caos junto a los estirados árboles que flanqueaban la acera, y la calle se llenaba de charlas y de historias, de cafés, de vino con sifón y de pastís,[6] que blanqueaba al amarse con el agua de París.

—Hey, español. Has ido a boxear sin mí.

Aquella mirada siempre provocaba que Éric, por un instante, se sintiera transparente.

—*How are you, Hem?*[7] —preguntó, dirigiéndose hacia él. Siempre se sentaba en aquella esquina, en la mesa más alejada de la puerta.

—No lo sé. Por un momento el mundo me pertenece, lo hago mío —dijo señalando las líneas que acababa de escribir,

21

6. Anís típico de Marsella, que se bebe diluido en agua.
7. ¿Cómo estás?

con uno de sus afilados lápices, en su cuaderno de tapas azules—. Pero luego eso desaparece, todo se acaba, hasta yo. Dime, español, ¿cómo está París hoy?

—Más clemente que ayer, creo. Hoy nos muestra algo de su cielo azul. Ayer, todo estaba oscuro.

Hemingway señaló con su cabeza la silla que estaba a su lado.

—Sabes que ahora no puedo. Debería conservar el trabajo —dijo Éric.

—Bien, lo sé. Pero no me gustan esos morados en tu cara. Te los ha hecho la guerra.

La cara de Éric palideció y sus manos comenzaron a temblar. Otra vez aquello, otra vez los dedos helados de la guerra en su garganta. Y ese hombre sabía muy bien de qué hablaba, porque él también la llevaba dentro.

—Joder —Éric se sentó frente a él, solo un instante, lo necesario para tomar aliento—, no le pongas palabras, no lo soporto.

—Las palabras son solo lo que vemos del iceberg, español. Lo inmenso es lo que no decimos, lo que ocultamos bajo el agua. Bebe un trago —Hemingway señaló con la mirada el líquido ambarino de su vaso.

Otra vez. Alcohol. No, no podía. Aún le dolía la cabeza, otro trago lo pondría peor de lo que estaba. A pesar del calor que se extendería por el estómago y el suave entumecimiento de la mente. A pesar de que podía volver borrosas las siluetas de los muertos.

—No, gracias, Hem. Otro día.

—Camarero, ¿me atiende? —solicitó un caballero que acababa de tomar asiento en la mesa contigua.

—Hem. Continúa con ese cuaderno. Atrapa el mundo y ponlo ahí, tú puedes. Y un día de estos nos iremos a beber París y abandonaremos por ahí la mierda que llevamos dentro.

—Vendré a buscarte, español.

Éric pasó la tarde entre las mesas de la terraza del Dôme, junto a las damas de elegantes sombreros y collares de perlas, los hombres con traje y corbata y los pensamientos que solían colársele entre vaso y vaso. Hemingway, Hem, estuvo en la guerra, en Milán y luego en Fossalta, con solo dieciocho años.

22

Conduciendo ambulancias, llevando a los médicos como él los pedazos de las personas. Hasta que él mismo saltó por los aires. Sí, tuvo suerte, su cuerpo se pudo curar. Y además, una de las veces que abrió los ojos, estos se cruzaron con Agnes, un ángel rubio y sonriente venido de Filadelfia que vestía una bata blanca de enfermera con una cruz roja en la banda de su brazo. Hem solo necesitó ver esa sonrisa dulce un instante para que una calidez extraña recorriera su interior y le hiciera creer que mientras ella estuviera a su lado, nunca podría pasarle nada malo. Después de seis meses de convalecencia, él regresó a América con la intención de preparar su boda con Agnes, pero ella nunca fue tras él, en su lugar envió una carta de despedida. Fue lo único que pudo obtener de aquello. Otra herida.

Y ahora Hem estaba casado con Hadley, una chica pelirroja y dulce que lo miraba con adoración. Hem podía volver a amar. A pesar de la tristeza que de vez en cuando reflejaban sus ojos. A pesar de que a veces decía que no podía con la vida y comenzaba a ahogarse en una angustia rara y a hablar de armas cargadas, él podía amar. En eso eran diferentes.

23

# 3

## Despedidas

### París, 1915

Su melena pelirroja parecía fundirse en la pálida luz solar que entraba por la ventana de la habitación del hotel. París sonreía, feliz por la próxima llegada del verano, aunque fuera un verano engañoso en medio de una guerra, porque en la guerra el calor no podía existir.

—¿Lo deseas, Claire? —dijo Éric, hundiendo sus dedos en esa melena pelirroja y suave y atrayéndola hacia él.

—Necesito tenerte de nuevo. Mañana te vas, y no sé cómo voy a poder soportarlo —contestó ella, desabrochándole un botón de la camisa y acariciándole con su pequeña mano blanca el vello oscuro del pecho.

El tacto de las manos de ella lo volvía loco. Cerró los ojos y deseó que ese momento no acabara nunca. Recordaba cada detalle de la primera vez que la vio. Aquella pelirroja que saltaba por las rocas de la orilla del Sena como si fuera una garza. Solo eran unos críos y ya le gustó.

Claire no vivía muy lejos de la casa de Fabien, apenas los separaba el Sena. De vez en cuando, sus padres venían de visita y ambos se encontraban de nuevo. Entonces, Fabien los enviaba a la biblioteca y los dos se sentaban en el enorme sofá de piel color noche. Éric le leía historias de Edgar Allan Poe o poemas de Coleridge y ella escuchaba con los ojos cerrados, fascinada por su voz cambiante, mientras él miraba de reojo cómo el tiempo redondeaba su cuerpo. Ambas familias habían acordado que algún día, los chicos se casarían. Y a él no le importaba, en absoluto.

Luego Éric comenzó a estudiar medicina. Se veían menos, pero todos los veranos regresaban los paseos a orillas del Sena. Y en una ocasión, él la tomó de la mano, le alzó la barbilla y acercó sus labios a los de Claire. Le supieron a verano, a calor y a seda. Y ya nunca quiso separarse de ella.

—Éric. Estoy aquí —le susurró Claire al oído—. Ámame.

Quería tocarla, quería tener el recuerdo de su cuerpo porque había una guerra y mañana ya no estarían juntos. Sabía que regresaría, eso seguro, los jóvenes no mueren, no tan pronto. Él volvería. Algún día. Y viajarían juntos a Canarias, y por fin podría descubrir quién era.

El vestido azul de Claire formaba ondas sobre su cuerpo. Éric, detrás de ella, le bajó la cremallera despacio. El vestido cayó al suelo y él, sintiendo el calor de su piel desnuda en el pecho, comenzó a saborear la curva que dibujaba su hombro. La amaba. Más que a nada.

—Claire. Fluyes como el agua. Déjame empaparme de ti.

25

Comenzó a desabrochar los botones de la camisola interior de lino. La suavidad de sus senos lo volvía loco. Deslizó las manos por sus caderas hasta los glúteos, esos glúteos que se movían contra su duro miembro, y bajó el pololo que los cubría.

—Date la vuelta, Claire, y mírame. No quiero olvidar este momento.

—Cielo, no lo olvidarás —dijo ella, mientras el sol dibujaba sombras sobre su piel blanca.

Claire se sentó en el borde de la cama y lo atrajo a su lado para desabrocharle el cinturón y desnudarlo. Deseaba tenerlo muy cerca, besar su musculoso vientre y acariciarlo con su boca. No quería que se fuera. Tenía miedo de que lo suyo se acabara algún día. Quizás aquel médico tan atractivo, de tan buena familia, conociera alguna enfermera y, a pesar de su compromiso, se olvidara de ella. No lo permitiría. Ya se imaginaba viviendo en la magnífica casa de la Île Saint-Louis después de la guerra. Así que unió sus labios a los de él y lo atrajo hacia su cuerpo.

Éric se sentó a su lado y comenzó a acariciar esa piel tan suave. La deseaba, necesitaba embriagarse por completo con su aroma. La tumbó sobre las sábanas color vainilla y comenzó a besarla fuerte, casi con violencia, porque con cada segundo que se iba perdiendo en el pasado su partida estaba más cerca, e intentaba olvidar su angustia entre su piel, sus pechos, su ombligo y lo que ocultaba su pubis, que por fin se le exponía. Lo acarició hasta que sintió cómo ella se tensaba, se arqueaba, y entonces la penetró con fuerza mientras un rugido salía de su garganta, con las manos clavadas en sus nalgas, entrando y saliendo de ella para no pensar en la muerte, en la maldita muerte que lo esperaba tras la siguiente esquina de su vida. Y el orgasmo lo dejó exhausto, sudoroso y respirando sobre ella. Aún respirando.

—No vayas, hijo.

Fabien apoyó su corpachón en el borde de la mesa de la biblioteca, que crujió un poco al contacto del peso sobre la madera vieja.

—Soy médico. Dime que no es mi deber acudir.

—Es una guerra, Éric. Por favor. Vete donde sea, incluso a Canarias, pero aléjate del frente.

—¿Ahora dices que me vaya a Canarias? —Éric hacía esfuerzos por no levantar la voz todavía más—. Llevo años pidiéndote que me cuentes quién es mi madre y dónde está. Y te niegas. Joder, ¿cómo es posible?

Apoyada tras la puerta de la biblioteca, Ariane, la criada, se frotaba las manos con nerviosismo. Otra discusión. Otra de tantas desde que Éric, su niño, se hizo mayor. Y como siempre, discutían en ese idioma, el de la madre de Éric, el español. Fabien siempre hablaba español con Éric, era lo único que el chico conservaba de su madre. Ya hasta ella lo entendía.

Nunca olvidaría el momento en que monsieur trajo al pequeño ratón asustado a la casa, vestido solo con una camisola de un color indefinido y tan delgado que parecía que el aire se lo podría llevar en cualquier momento de regreso a sus islas. Tampoco conocía la historia, no sabía quién era la madre de su niño ni por qué monsieur decidió que su sitio estaba junto a él, tan lejos de aquella tierra de volcanes, como monsieur la llamaba. Aquel día, ella llenó la bañera de agua y al pequeño se le colmaron los ojos de asombro y comenzó a parlotear sin parar, como si nunca antes hubiera visto el agua salir de un grifo. El niño se refugió en el interior de la bañera, imitando con sus manitas las olas de su ya lejano mar mientras sus lágrimas parecían gotas de lluvia, de la misma lluvia que aquel día caía con suavidad sobre París.

—Vamos, Éric, hazme caso por una vez en tu vida. No sabes dónde vas.

—Ya, pero es mi deber. La pena es no saber de dónde vengo, papá —contestó Éric, cada vez más enfadado.

Ariane oyó pasos aproximarse a la puerta y se ocultó en la habitación contigua, una gran sala con un piano en medio, que monsieur solía tocar cada tarde para Éric cuando este aún quería escucharlo. Sí, hubo tiempos felices en esa casa, como las tardes de música en las que ella servía el té, zumo de frutas y pastelitos para merendar. Pero su querido ratoncito creció, comenzó a querer saber qué pasaba con su madre, y su padre, el único que podía darle respuestas, se negó a hacerlo. A veces Éric se enfadaba, y otras se sentaba en su habitación y miraba por la ventana al Sena de esa manera que a ella le resultaba tan triste. Cuando apareció Claire, las cosas mejoraron. Pero había llegado la guerra, cambiándolo todo, llevándose consigo las mañanas luminosas.

Ariane se dirigió a la cocina, prendió el carbón y calentó agua para preparar dos tilas humeantes. No, mejor tres. Ella también necesitaba una, porque su niño se iba. El cansancio de todos los años pasados se le vino encima. Ese caserón siempre había sido grande, ¿cómo iban a poder soportar el vacío ahora?

El agua poco a poco se tiñó de un color dorado. Ariane tomó tres tazas de porcelana blanca decorada con varias rositas amarillas, sus preferidas. Coló con cuidado el líquido ambarino y caliente, añadió algo de azúcar y las colocó en una bandeja, junto con dos platos. En ellos puso algunos de los *macarons*[8] que esa misma mañana había horneado, muy temprano, porque la marcha de su niño no la dejaba dormir. Hacía días que su sueño acudía solo a ratos, su cabeza pensaba y pensaba y tenía que dejar el pañuelo cerca, porque a veces se le instalaba en el alma una llantina continua, que se negaba a marchar hasta que no clareaba el día.

Ariane llamó despacio a la puerta de la biblioteca y entró

27

---

8. Pequeños dulces hechos con clara de huevo y almendras molidas.

sin esperar respuesta. Monsieur Aubriot se había sentado en una de las sillas de cuero negro que rodeaban la gran mesa central y tenía la cabeza apoyada entre las manos. Sacó un pañuelo del bolsillo de la chaqueta para limpiarse los ojos y preguntó:

—¿Qué he hecho mal, Ariane? ¿Cómo es que me he alejado tanto de mi hijo? Siempre le he querido y he procurado que tuviera lo mejor.

—Todavía es joven, monsieur. Tenga paciencia. Aun así...

—¿Qué?

—¿No cree que se merece que le cuente algo?

—No puedo —dijo Fabien, pasando el pañuelo arrugado de una mano a otra—. No lo hago por capricho. Pero Éric no lo entiende, claro, ni tiene por qué. Y ahora mírelo. Se marcha. Oh, Gara, si supieras que dejo que tu hijo se vaya a la guerra... Yo la amaba. Me hubiera quedado con ella por encima de todo. Éric es como ella, tiene su color de pelo, su cara, sus ojos oscuros como roca de volcán. Y lo peor, Ariane, es que tiene su sensibilidad. Y la guerra es dura. Váyase, por favor. Déjeme solo.

Ariane dejó la taza de tila y uno de los platillos de *macarons* al lado de su monsieur y mientras salía, afirmó lo que necesitaba creer:

—Volverá pronto, ya lo verá.

Cerró la puerta de la biblioteca despacio y caminó por el largo pasillo deseando que aquello fuera una broma de su niño. Aún tenía la esperanza de que nunca se marcharía y al día siguiente ella podría volver a disfrutar del aroma que la almendra molida desprende cuando se la hornea unida a las claras de huevo y el azúcar, del calor en sus manos al unir las dos mitades del *macaron* con mermelada de fresas y de la sonrisa de Éric mientras se llevaba uno a la boca. Igual que siempre.

La puerta de su habitación estaba cerrada. Ariane la golpeó suavemente con los nudillos.

—Soy yo —aclaró.

Éric se levantó demasiado deprisa, sobresaltado, y la silla cayó al suelo, muerta. No, muerta no, solo dormida un momento. Sí, él estaba mal. Existía la posibilidad de que las últimas palabras que le dirigiera a su padre fueran las de hacía un rato, que no regresara de la guerra para confesarle que en realidad le quería. Pero lo sacaba de quicio con aquel tema, siempre igual, no contaba nada, aunque tenía que acabar pronunciando la maldita palabra, Canarias, cuando menos venía a cuento. Y eso a él lo rompía por dentro. ¿Su madre lo había abandonado? ¿Por qué, tan malo era?

—Pasa, Ariane —dijo, abriendo la puerta—. Dame la bandeja y no llores, por favor. Siéntate, toma un pañuelo. Joder, Ari, voy a empezar yo también.

—Habla bien, muchacho —dijo ella sentándose con cuidado, casi no podía ver a través de las lágrimas—. Vas a asustar a los soldados con ese lenguaje.

—Sí, los malditos cabrones de los alemanes saldrán corriendo al verme. Y también los franceses. Ninguno querrá que lo cure el médico medio español mal hablado —dijo en un castellano suave con acento francés.

—¡Éric! Tómate la tila y calla. No se puede contigo —una sonrisa mojada asomó en la cara de Ariane—. Tú, pequeño rebelde. Más vale que le des un abrazo a tu padre antes de irte.

—Me saca de quicio. No es posible que me diga que vaya a Canarias ahora. Nunca me ha permitido ni pensarlo siquiera.

—Porque la guerra no es bonita. Yo te diría cualquier cosa para que no fueras.

—Oh, Ari… Soy médico. Debo ir, ¿lo comprendes?

—Pero no quiero que vayas.

—Ni yo tampoco. Entiende que es mi obligación —limpió con su pañuelo una lágrima que se le había quedado atrapada a Ari en una de sus ya profundas arrugas, y sonrió—. ¿Sabes quién es Marie Curie? Es conocida en La Sorbona, una investigadora muy importante. Tiene dos premios Nobel, y ¿sabes, Ari? También va a la guerra. Ha equipado unos coches con aparatos de rayos X, que permiten ver el estado de los huesos de los soldados, para atenderlos mejor. Los llaman los «Petits Curies». Es fascinante, ¿no te parece?

Ariane no supo qué contestar. Deseó que ese momento pudiera extenderse a través del tiempo como se extendía el Sena hacia el mar, y se dejó llevar por el movimiento de las manos de Éric mientras hablaba, por su cálida voz, por sus ojos oscuros, que hacía tiempo que habían aprendido a mirar más adentro, al interior de las cosas. Y rezó por que se mantuviera intacta su esperanza y por que nunca nadie pudiera herirlo.

29

# 4

## Lo inesperado

*París, invierno de 1922*

*L*a ciudad permanecía atrapada en el invierno. Hacía días que el sol no se atrevía a aparecer, aunque solo fuera por un instante, entre las nubes. En aquel inacabable y frío febrero, ellas ganaban.

Los jardines de Luxemburgo, sin embargo, llevaban la semilla de la primavera. En ellos siempre vivía el verdor. Éric se preguntó cuánto tiempo tardarían los castaños de indias en cubrirse de hojas nuevas. De vez en cuando aún se podían encontrar esas duras castañas que a Hem le gustaba llevar en el bolsillo del pantalón porque pensaba que daban buena suerte.

Cada vez que se dirigía a casa de Jean, Éric paseaba antes por los jardines de Luxemburgo. Le fascinaban las estatuas. Su preferida era la de la Libertad. Tenía el rostro serio y lleno de determinación y una antorcha en la mano para iluminar a la humanidad, como si eso fuera posible en un mundo de ciegos.

La vida se demoraba en cada rincón del parque sin prisas, en toda su diversidad. Mutilados de guerra —tan comunes en París— sentados en algún banco bajo los árboles. Niños y criadas. Y gente sin nada que perder, como él. Éric continuó hacia la Rue des Fleurus, para después girar hasta la Rue Madame. Allí, en el bajo de una elegante casa de fachada blanca y grandes ventanales, tenía la consulta su amigo. Una consulta de médico. Él también lo era. Lo fue alguna vez. Le fascinaba la anatomía humana, esa perfecta armonía ósea, la complejidad de los tejidos, la incomprensible sencillez de su funcionamiento. Pero eso era antes, cuando todavía conservaba su alma. Ahora, cada vez que pasaba al lado de la consulta debía cerrar los ojos con fuerza, apretar los puños y ordenar a su mente que olvidara su esencia y no pensara, porque todos aquellos soldados sin piernas se le ponían delante, mirándolo con sus cuencas vacías, y a él le dolía, joder, le dolía tanto que no podía respirar. Subió deprisa las escaleras de mármol hasta llegar a la casa de Jean y antes de entrar se detuvo un momento, apoyando la frente en el frío de la pared para poder continuar.

—Hola, Éric. Pasa, te estábamos esperando —dijo la mujer de Jean, cuando abrió la puerta.

—Hélène, gracias —contestó intentando sonreír—. Estás preciosa. Huele muy bien, lo que hayas cocinado debe estar sabrosísimo.

Hélène sí que sonreía, con esa sonrisa capaz de iluminar París. Era tan franca que lo volvía todo sencillo por un instante.

—¿Quieres beber algo? Jean aún está en la consulta, pero no tardará en venir. Pauline y yo estamos acabando de prepararlo todo.

—¿Pauline?

—Pensé que te gustaría saber que sigue el tratamiento y va mejor. De momento parece haber tenido suerte.

—Me alegro mucho.

—Quizá puedas examinarla y comprobar su mejoría.

—Hélène —dijo él, serio—. Sabes que no.

—Ya, bien. Tenía que intentarlo. Sírvete una copa de vino mientras acabamos.

Éric, observando la estela que la hermosa melena rubia de Hélène dejaba tras ella, se acercó a la mesa, ya preparada con cuatro servicios. Tomó una de las copas y se sirvió un merlot de color rojo intenso, con un suave aroma a campo y a madera vieja. Se sentó en el sillón de cuero donde hacía dos semanas su amigo le había cosido la ceja y se dispuso a esperar. Jean tenía una vida cómoda. La estancia estaba bañada por la suave luz del invierno de París. El calor del vino y del fuego, que se esmeraba en crepitar en la chimenea, comenzaron a relajarlo y apoyó la espalda en el blando respaldo del sillón, dejándose llevar por el silencio.

El sonido de la puerta lo sobresaltó. Jean entró en el salón. Parecía cansado.

—Hola, Éric. Me alegro de verte. Tienes mejor aspecto, parece que tu cara va siendo de un solo color.

—Gracias, Jean. ¿Mucho trabajo? —Éric se levantó y se dirigió hacia él para darle una palmada en la espalda.

—París engaña. París no son solo esas fiestas, los cafés y el lujo. Debajo de esa fachada luminosa, hay gente muriendo de hambre. De frío. De todo. Qué asco, joder.

Éric sirvió una copa de vino a su amigo.

—Hoy te ha tocado lo malo, ¿no?

—Si solo fuera hoy…

Jean bebió el vino de un trago y depositó la copa de forma brusca sobre la mesa.

—A veces es duro, Éric. A veces la realidad se te ríe en la cara.

—Lo sé. Lo sabemos.

Los dos amigos se volvieron para observar cómo Hélène y Pauline, saliendo de la cocina, traían una fuente con ensalada y una sopera repleta de bullabesa de pescado. Pauline seguía siendo delgada y menuda, pero en su rostro ya no asomaba el color del hambre. Dejó la ensalada sobre la mesa y, en un arrebato, fue corriendo hacia Éric y lo abrazó fuerte, hundiendo la cara en su chaqueta.

—Gracias. Gracias por enviarme con ellos. Me has salvado la vida.

El gesto conmovió a Éric y le trajo recuerdos de otra melena pelirroja que solía apoyarse en su torso. De vez en cuando, aún la echaba de menos. Cerró los ojos con fuerza, suspiró y dijo:

—Pauline. Me alegra que estés mejor.

—Son muy buenos conmigo. Me cuidan bien. Y Hélène me ha dado trabajo, cosiendo. Hacía mucho que no cosía —dijo, levantando la cara hacia él.

—Eso está bien.

—Vamos a la mesa, comamos antes de que se enfríe y se lo sigues contando —indicó Hélène señalando la aromática bullabesa y comenzando a cortar una baguette sobre una tabla de madera.

—Pauline es costurera —comentó Jean—. Tiene muy buenas manos.

—Mi madre sabía coser muy bien y me enseñó —aclaró, mientras todos tomaban asiento alrededor de la mesa—. Desde pequeña. Cosíamos para las elegantes damas de París, las de las casas bonitas. Pero luego llegó la guerra y mi padre se tuvo que ir al frente.

—Pauline, oye… —la interrumpió Jean, que sabía cómo le afectaba a su amigo hablar de la guerra.

—Parecía tan feliz cuando se fue —continuó ella—, con los pantalones anchos y el abrigo que le llegaba más abajo de las rodillas, con la creencia de que no tardaríamos mucho en vencer a los boches. Decía adiós con la mano y miraba al cielo, que estaba azul como pocos días. Era un hombre bueno. Ya nunca volvió. Murió en el Somme.

—Comamos, por favor —Jean miró a Éric, preocupado—. El pescado se siente abandonado en el plato, y no lo vamos a permitir.

Éric apretaba sus manos bajo la mesa, intentando controlar el temblor. Sobre todo el del brazo izquierdo, herido al final de la batalla de Verdún, cerca de las colinas, más allá de la ciudad, cuya tierra rota por los obuses había terminado por abrazar tantos cuerpos.

—Éric, estoy pensando en comprarme un coche.

—Perdonadme un momento.

Éric se levantó de la mesa y se dirigió hacia uno de los ventanales que mostraban París. Otra vez ese dolor, otra vez la maldita muerte a su lado. Miró a lo lejos, al horizonte, a ver si así conseguía que su respiración se normalizara. Mientras tanto, la ciudad se extendía en torno al Sena, inmutable. Se ofrecía a todos, fueran de donde fueran, con mejor o peor suerte.

—¿Qué clase de coche? —tras unos instantes, Éric, más tranquilo, regresó a la mesa y comenzó a comer.

—No lo tengo claro. Quizás un Ford T, como el de tu padre. Salen muy duros. O un coche francés, el de André Citröen. Ahora tiene uno nuevo, el B2.

33

—Ese era nuevo en diciembre. ¿Has visto el 5HP?

—Hay tantos modelos… que no sé. No tengo prisa.

—Pero te vendría bien. Sobre todo para las urgencias de la noche —dijo Hélène—. Así regresarías antes.

—Y menos cansado.

Éric miró a Pauline. Comía en silencio, con un evidente gesto de placer. Recogía incluso las migas de pan que caían sobre el mantel, echándolas con una mano en la palma ahuecada de la otra y llevándoselas a la boca como lo hace solo quien ha pasado mucha hambre.

Cuando todos hubieron acabado, Éric se levantó para llevar los platos a la cocina, con gran sorpresa de Pauline.

—Creía que los hombres no hacían eso —comentó con admiración.

—Yo sí lo hago —aclaró él—. También sé lavar los platos. Y te aseguro que quedan limpios, ¿verdad, Hélène?

—Verdad, Éric —afirmó ella—. Eres un buen partido.

—Ahora mismo ya nadie lo aguanta —rió Jean—, se ha vuelto un cascarrabias.

—¡Jean! No digas eso —replicó Hélène—. Tu amigo es muy guapo y cualquier día nos dará una sorpresa.

—Oh. Vaya dos. —Éric movió levemente la cabeza y se dirigió a la cocina para traer el *coq au vin* que Hélène había preparado, ponerlo sobre la mesa y servirlo con cuidado. Acabaron la comida saboreando un aromático café y unas pastas de nata que Pauline había horneado antes de comer.

—Estas pastas están deliciosas —comentó Éric—. Me recuerdan algo. Creo que las he comido antes. ¿Dónde aprendiste a hacerlas, Pauline?

—Es una receta de mi madre. Las horneábamos entre las dos y las vendíamos en las casas bonitas donde íbamos a coser.

Éric lo recordó de pronto. Un amplio salón de grandes ventanales, con cortinas blancas. El fuego en la chimenea. Las tazas de porcelana color crema y las pastas de nata sobre una bandeja de plata. Una mujer pelirroja con un vestido azul que envolvía su cuerpo como si fueran olas. Claire.

—Yo también las recuerdo. En mi casa. Y en la de Claire. ¿Has vuelto a verla? —Jean miró a Éric, que había palidecido—. ¿Éric, estás bien?

MÁS ALLÁ DE LOS VOLCANES

—Sí, sí —contestó, aclarándose la voz.

—Yo conozco a una Claire. Me encantaba su pelo rojo, se parecía al mío pero más bonito. A sus padres los visitó la dama española,[9] como a mi mamá, y también murieron. Tenían deudas, y Claire y su hija tuvieron que dejar la casa —Pauline hablaba deprisa, con la boca llena.

Éric fijó sus ojos en ella. ¿Cómo había dicho? ¿Claire y su hija?

—No puede ser esa Claire. No tenía hijos —dijo secamente mientras una extraña sensación le atenazaba el estómago.

—Vivía en el Boulevard Saint-Germain, casi frente al Pont de Sully. Se apellidaban... No sé... Ah, sí, Sauveterre. Eso es.

Éric se levantó bruscamente de la mesa y volcó la taza sobre el mantel derramando el poco café que quedaba, que se extendió sobre la tela formando pequeñas lágrimas marrones. No podía respirar, el pecho se le rompía cada vez que intentaba tomar aire. Apretó los puños hasta clavarse las uñas para no golpear nada a pesar de que era lo que más le hubiera apetecido. Joder. ¿Dónde estaba su Claire? ¿Tenía una hija? ¿De quién?

Los sorprendidos ojos de Hélène iban de uno a otra intentando asimilar lo que decía Pauline. ¿Claire había tenido una hija? ¿La Claire de Éric? Nunca había tenido demasiado contacto con ella, aunque durante la Gran Guerra se vieron un par de veces, cuando alguna de las dos recibía noticias desde Verdún.

Éric puso su silla frente a la de Pauline, que lo observaba sorprendida y llorosa, y se sentó de nuevo.

—Vamos, pequeña. No te asustes —dijo, intentando que su voz sonara suave—. Por favor. Cuéntame todo lo que sepas.

—No quiero que te pongas triste, Éric. Fuiste muy bueno conmigo al enviarme aquí —contestó, poniendo su mano sobre el brazo de Éric, que comenzaba a temblar de nuevo.

—No me pongo triste. Pero necesito saber qué ha pasado con Claire y qué es eso de la niña. Dices que es Claire Sauveterre. Dime otra vez dónde vivía.

—Sí, Éric. Era en la esquina del Boulevard Saint-Germain

35

9. Así se llamaba a la gripe española, la gran pandemia de 1918.

que da al Sena. En ese edificio con la puerta de madera tan alta, el número tres, creo. Vivía allí con su madre, su padre y la niña.

Era increíble. Claire, con una niña.

—Dime qué pasó.

—Todo no lo sé. Cuando murió mi mamá, ellos fueron buenos conmigo. Seguían dándome trabajo, a pesar de que yo no coso tan bien como ella. Pero luego dejaron de tener dinero. Una vez vi cómo monsieur y madame discutían. Ella le decía que había sido su ruina, y le rogaba que no volviera a apostar más.

—¿Apostar? ¿Durante la guerra? —Joder, ¿a qué apostaría, a ver quién adivinaba el número de muertos? Éric intentó que la furia no lo dominara—. ¿Qué más, nena?

—Un día, Claire me dijo que sus padres habían enfermado de la gripe española. Los dos. Y que no podía darme más trabajo porque ya no tenía con qué pagarme. Pero me encargó que cuidara de su hija, tenía miedo de que enfermara también. Me acompañó a mi casa y dejó a Erika conmigo.

—Ah, ¿le puso Erika? —dijo Jean, señalando a Éric y comenzando a reír—. Más claro, agua.

—Por favor, Jean, basta, no tiene gracia —le cortó Hélène, sabiendo que Jean reía cada vez que se ponía nervioso—. Voy a hacer unas tilas, Éric, nos vendrán bien.

—¿Tilas, Hélène? Dale un trago de whisky. Uno no se entera de que es padre todos los días.

—Dime, Pauline. ¿Cuántos años tenía la niña? —preguntó Éric apretando los puños para ocultar su temblor.

—Pues en 1919 tenía tres.

Pauline vio cómo el rostro de Éric se llenaba de angustia. Vio cómo cerraba los ojos, se apoyaba en la mesa para levantarse, tomaba su abrigo con gesto cansado y salía de la estancia hacia la ciudad, bajo una leve lluvia de febrero que caía sobre París.

## 5

## El infierno sobre las suaves colinas del Mosa

*Verdún, 1916*

—$\mathcal{H}$a caído. El fuerte de Duaumont —susurró Jean—. Me lo han asegurado.

—No me extraña. —Éric hizo un gesto de desaliento—. Estaba desprotegido. Joder…

Tenían diez minutos, o quizá menos, para poder respirar el aire frío del exterior. Para intentar quitarse de encima ese olor a sangre que se extendía por la ciudadela subterránea, cuatro kilómetros de túneles bajo Verdún, la joya de Francia, la pequeña ciudad que crecía en una colina en torno al río Mosa. En esos túneles incluso se horneaba el pan para las tropas. Solo para ellas, porque hacía días que Verdún se había convertido en muros silenciosos que apenas podían mantenerse en pie, abandonados por las miradas de sus habitantes.

Había comenzado cuando el invierno se detuvo. Cuando el aire frío del norte olvidó su violencia y se calmó. Cuando paró de nevar.

Hubiera sido mejor que no lo hubiera hecho.

El infierno no habría llegado tan pronto.

Durante nueve horas no tuvieron tregua. La Trommelfeuer[10]

10. Artillería alemana.

rompía la tierra, derrumbaba trincheras y enterraba a los que aún quedaban vivos. Cuando pararon las bombas, vinieron los boches[11] a recoger su tributo. Comenzaron a avanzar hacia el río Mosa por las suaves colinas, que habían devenido tierra arrasada y roja, sudario de soldados como hormigas muertas. Pero no todos habían muerto. Los *poilus* que habían sobrevivido a las constantes bombas sacudieron el polvo de sus fusiles, desenterraron sus ametralladoras y se agruparon para continuar defendiendo Verdún.

Los que morían quedaban en la tierra y se fundían con el barro, porque eran tantos los cadáveres que no había medios para evacuarlos. Los heridos debían esperar en silencio a que cayera la noche. Entonces, si tenían suerte, los encontrarían los camilleros y los llevarían al hospital de la ciudadela, si se podía llamar así a las hileras de catres bajo esos muros subterráneos de piedra. Los médicos y las enfermeras hacían lo que podían, trabajaban día y noche, y descansaban solo cuando ya no se tenían en pie. El material se les iba acabando, necesitaban cuanto antes suministros médicos, equipo para entablillar, hipoclorito de sodio, vendas, gasas, hilo de sutura… De todo.

—Han llegado las ambulancias equipadas con quirófanos. Están montando varios hospitales de campaña a las afueras, al lado del grande.

—Joder, ya era hora. Debemos volver a entrar, Jean. Hay que seguir.

—No puedo, Éric —contestó Jean con la voz rota.

Éric miró a su amigo. Por él parecía haber pasado media vida. Se le habían apagado los ojos, hartos de ver tantos cuerpos rotos, e intentaban perderse en la niebla que cubría el horizonte; mitad nubes, mitad humo de metralla. Tuvo miedo por él.

—Vamos, Jean. Todo va a salir bien —dijo, poniendo el brazo sobre sus hombros rígidos.

Jean se aferró a él y no pudo evitar que los sollozos comenzaran a estremecerlo. Los dos cayeron al suelo de rodillas, incapaces por un momento de cargar con tanto peso, mientras una fina lluvia comenzaba a amasar la muerte con el barro teñido de

38

11. Alemanes.

rojo y dos ratas corrían hasta perderse entre las ruinas de una construcción cercana. Los soldados de uniforme azul grisáceo pasaban a su lado sin mirarlos, porque solo veían su escaso futuro, concentrados en lograr que su miedo no les impidiera seguir adelante. Éric soportaba la pena de su amigo con el rostro pétreo, encogiendo el corazón para no derrumbarse con él.

El sonido de los obuses de uno y otro bando comenzó a romper el aire de nuevo.

—Hey, vosotros. ¿Qué hacéis aquí? Vamos, moveos. Hay muchos *poilus* heridos, en la ciudadela ya no se cabe. Vosotros dos iréis al hospital de Baleycourt —ordenó un general recién llegado que aún no conocían.

—Venga, arriba —dijo Éric, levantándose y tendiéndole una mano a Jean, que se secó la cara con la manga del uniforme. Recogieron sus pocas pertenencias del interior del túnel de la ciudadela que hacía de enfermería y subieron a la parte trasera de uno de los coches de caballos que se dirigían hacia la carretera, el Chemin Sacré, que el general Pétain había ordenado mejorar y ampliar.

—Huele tanto a quemado… Todo está ardiendo.

—Ya lo sabes, Jean. Los lanzallamas de los boches. Pero recuerda —Éric se sentó a su lado y apuntó con su dedo al lejano horizonte—, ellas están allí. En París. Imagínatelas. La rubia Hélène y la pelirroja Claire. Paseando por los jardines de Luxemburgo, entre las estatuas y los sicomoros. O a las orillas del Sena, o bajo los árboles de los Campos Elíseos. Piensa en lo que haremos cuando volvamos. Te aseguro que voy a estar un mes en la cama, sin moverme, con Claire entre mis brazos.

—Joder, Éric. No me digas eso —Jean volvió a secarse las lágrimas de los ojos color cielo y comenzó a sonreír—, que me pongo malo. Volveremos a París *la dulce* y tomaremos cerveza en las terrazas de Montmartre, con ellas.

Aquella fue una primavera lluviosa. Los obuses y los lanzallamas alemanes habían arrasado la vegetación y la tierra se convirtió en un barrizal color cobre sobre el que era muy difícil caminar. Los soldados pasaban las horas en las trincheras, hundidos en el barro hasta las rodillas, viendo morir a sus compa-

39

ñeros, esperando que la muerte les llegara también a ellos entre las ratas que proliferaban alimentándose de carne humana. O quizá no, quizá pasaran a formar parte de los elegidos, de los que conseguían volverse invisibles a los proyectiles y acababan regresando a casa, junto a quienes los echaban de menos.

Al hospital no paraban de llegar heridos. Tenía trescientas cincuenta camas, pero cada día debían atender a más de mil quinientos hombres. Las heridas de bala eran las fáciles si se podían remediar; lo peor era la metralla. Penetraba en la carne como el cuchillo en la mantequilla y los soldados, los pobres soldados que no morían al instante, llegaban hechos pedazos. Porque a los lanzallamas, que alcanzaban treinta metros, pocos sobrevivían. El personal sanitario trabajaba hasta el agotamiento.

Una de las enfermeras, una canadiense de cara ancha, sonrisa fácil y aguante de camello, se dirigió a Jean.

—Doctor Reynaud, observe al doctor Aubriot. No se tiene en pie. Acabo de decirle que se marche a descansar un rato y ni siquiera me ha mirado. Debería decirle algo, igual a usted le hace caso.

—Es duro de mollera, ya lo sabe. Voy a hablar con él.

Éric revisaba el vendaje de la cara de uno de los chicos más jóvenes —de lo que quedaba de su cara—, estaba más delgado y una barba morena abrigaba el rictus serio de su rostro. Jean ya no podía recordar la última vez que lo había visto sonreír; en aquel lugar tampoco había motivos para hacerlo. Se acercó a él, esperó que acabara de vendar al chico y con suavidad lo tomó del brazo.

—Hey, Éric. Deberías descansar un rato.

—Míralos. Silenciosos, como si ya estuvieran muertos. Y no descansan —hizo un gesto con la mano, señalando las hileras de camas—. No pueden. No hay anestesia, ni analgésicos, ni nada. Bueno, sí. Sí descansan. Cuando se mueren.

—Ya. Lo sé. Pero tú no eres ellos. Si quieres seguir con tu trabajo, debes parar.

—Si paro, no podré levantarme de nuevo. Comenzaré a pensar en todo esto y me volveré loco. Déjame, Jean —dijo, apartando la mano de su brazo.

—Al menos, come algo.

La mirada enfadada de Éric se detuvo unos instantes en los

ojos de su amigo. Luego siguió adelante, hacia el catre del chico con las piernas amputadas a la altura de las rodillas. Estaba demasiado grave para ser trasladado tan pronto a los hospitales de la retaguardia. Tomó un taburete y se sentó a su lado.

Jean miró a la enfermera canadiense y negó con la cabeza. Ella se limitó a enarcar una ceja y observarlos en silencio.

—Hola, Jérôme. ¿Cómo te encuentras hoy? —preguntó Éric, fijándose en la pálida y sudorosa tez del soldado y en el rasguño que una bala, no sabía cómo, le había hecho en la frente para pasar de largo y dejarlo vivir al menos unos días más, o quizás una vida entera si conseguía superar la infección que le había provocado la amputación de las piernas.

—Doctor… deme la mano. Tome esto. —El soldado depositó una piedra redonda y blanca como la luna en la fría mano de Éric—. Me lo dio mi madre el día que le dije adiós. Aseguró que me traería suerte. ¿Tengo suerte?

—Puede que más que otros.

—Entonces guárdela usted. Si no muero, es que funciona y le vendrá bien. Si muero, tírela al Mosa.

—Gracias, Jérôme. La guardaré. Te pondrás bien y este verano estarás lejos de la guerra, ya lo verás, pescando a orillas del Garona. Seguro que lo has hecho más de una vez.

—Sí, señor. Con mi padre. No se imagina qué buenos estaban aquellos peces.

—¿Desde dónde pescabais? ¿Desde alguno de los puentes?

—A veces desde el puente de piedra, a veces desde la orilla.

—Era bonito, ¿verdad?

—Sí señor. Lo era.

—Bien… Sigue así, muchacho. Te irás pronto de aquí. A pescar al Garona.

Éric continuó su ronda hasta el siguiente catre. Descubrió que ya no era un catre, sino un ataúd. El soldado que lo ocupaba se había quedado inmóvil, con una mueca de dolor en el rostro y los ojos perdidos en un futuro inexistente. Otro más. Otro menos. Otro de tantos.

6

## Las heridas

*Verdún, finales de 1916*

Se acercaba el fin de año. Hacía tiempo que los boches habían cejado en sus ataques. Total, ¿para qué? Para ir y venir sobre la misma tierra color cobre, en oleadas como la marea, empapándola más de sangre en cada avance y en cada retirada. Los obuses habían transformado las suaves colinas en enormes esponjas llenas de huesos. Llegó un momento que en las operaciones del hospital extraían del cuerpo de los soldados la misma cantidad de trozos de hueso que de metralla, que salían disparados del suelo con cada explosión. Los muertos mataban a los suyos, esa era la paradoja.

—De esta tierra nunca más volverá a nacer nada, Éric. Si acaso, cuatro árboles esqueléticos cubiertos de musgo, tristes y fríos —dijo Jean mirando a lo que hacía unos meses eran fértiles campos de cultivo.

Los dos amigos, junto a varios soldados, se habían acercado en un camión al río Mosa para intentar lavar algo de su escasa ropa. Pronto partirían a otro infierno, porque la guerra continuaba.

—¿Y todo para qué? —replicó Éric—. No tiene sentido.

Jean lo miró sorprendido. Hacía semanas que Éric casi no hablaba, solo lo hacía con los pacientes. A ellos les contaba mil historias sobre hermosos y soleados mundos, playas eternas bajo palmeras verdes y chicas que los esperaban anhelantes, con los brazos abiertos. Los soldados lo adoraban, porque por unos instantes olvidaban la miseria que les rodeaba y su cara se llenaba del calor de aquellos paraísos imaginarios. Pero cuando estaban a solas, Éric se envolvía en su manta y se quedaba callado. Y todo desde que aquel chico, Jérôme, murió. Aguantó hasta el verano, un verano horrible, bochornoso y plagado de moscas, pulgas, piojos, ratas y septicemia. Y hambre. Algunos soldados ya parecían muertos antes de ir a las trincheras. Los médicos tenían doble trabajo: los que iban y los que volvían. Todo aquel maldito año se llenó de cadáveres, día tras día.

—No tiene sentido, joder, maldita sea. Todos estos meses aquí y mira. Estamos como al principio, pero con la tierra estéril de tantas bombas y tanta sangre. Verdún, Verdún. Te has comido a media Francia. —La voz de Éric sonaba a desesperación y a ira. Estaba furioso. Se sentó en el suelo y apoyó la cabeza entre las manos, en un gesto amargo. Su alma estaba vacía, se había ido rompiendo a pedazos, la había ido perdiendo en cada esquina del hospital, de las casas en ruinas, del martilleo continuo de los obuses. En su mente solo había olor a sangre, cuerpos rotos y las moscas que todavía en pleno noviembre habían conseguido sobrevivir al frío. En verano no se las quitaban de encima, estaban por todas partes, como pequeñas nubes negras.

De repente, el aire se movió de una forma extraña. Los soldados alzaron la cabeza justo a tiempo para ver a dos alemanes acercarse corriendo al río con sus fusiles Mauser en las manos, gritando palabras que nadie entendía, deteniéndose por fin en la orilla para empuñar las armas y comenzar a disparar.

—Jean, ¡al suelo! —gritó Éric al tiempo que se levantaba, se abalanzaba sobre Jean y ambos sentían la dureza de la tierra en sus cuerpos. El sonido de las armas alemanas se vio eclipsado por las de los *poilus*, y pronto los boches cayeron a las aguas del Mosa para desaparecer corriente abajo, como si solo se hubiera tratado de una breve pesadilla.

Había heridos. Había muertos, claro, pero Éric y Jean habían aprendido a mirar solo a los que podían ayudar. Un herido de gravedad en la pierna. Otro en el abdomen. Dos en el brazo, y Éric.

43

—Éric, ¡estás sangrando! Joder, ¡hay que ir al hospital! ¡Vamos!

—Vale, tranquilo —dijo Éric, poniéndose pálido y llevándose la mano a la clavícula izquierda, cerca del cuello, donde una mancha oscura comenzaba a extenderse con rapidez sobre su camisa.

Los hombres ilesos se hicieron cargo rápidamente de los que no habían tenido tanta suerte. Jean sujetó a Éric con ayuda de otro soldado.

—Vaya, doctor —comentó el soldado de tez morena y un enorme bigote que se movía al vaivén de sus palabras—. Ahora le toca a usted estar en el catre. Así es la vida en este lugar, no valemos nada, ¿eh?

Éric le dirigió una mirada borrosa, preguntándose cómo es que no tenía dolor, solo esa debilidad que no le dejaba ser dueño de su cuerpo, parecía que se le iba a quedar por el camino, quería decirles que lo dejaran ahí, a un lado, como a tantos otros, total, quién era él, si hacía tiempo que se había perdido a sí mismo.

En la orilla del río quedaba una piedra redonda y blanca que cayó del bolsillo de Éric sobre el barro y la sangre. Uno de los soldados, maldiciendo, le dio una patada y la piedra rodó hasta formar parte del lecho del Mosa, bajo los peces engordados por los cadáveres.

## 7

## ¿Dónde se ha quedado la vida?

*París, 1917*

Éric regresó a París uno de esos raquíticos días invernales, en los que el sol apenas se levantaba unas horas del horizonte, porque no quería observar la miseria de la guerra. Las nubes se apretaban entre ellas como si tuvieran miedo, un miedo gris que derramaban con fuerza sobre la ciudad. Parecía una pesadilla, los contornos de los edificios se difuminaban bajo la escasa luz y los desconocidos no levantaban sus ojos del suelo, como si temieran tropezar, caer y no volver a levantarse jamás. O quizá temían que, si miraban arriba, apareciera uno de esos aviones y con él el ruido de las bombas que rajaban el aire y rompían la piel de París.

Éric se encontraba lo suficientemente bien como para viajar, pero por dentro se había quedado vacío. No podía volver a su casa, con su padre y con Ari. No soportaba verse en los ojos de nadie. La única forma de aguantar cada segundo, hora o día era no pensar, no sentir. Alquiló un apartamento en una vieja casa de vecinos y se encerró allí, en un lugar sin vida, sin entender por qué su cuerpo se empeñaba en seguir respirando. Era imposible dormir, había demasiados soldados sin piernas rodeando su cama; solo el whisky podía deshacer sus siluetas. Algunas tardes encendía la chimenea solo para mirar el fuego, sus formas cambiantes, y escuchar los quejidos de la madera disolviéndose, igual que se había disuelto su vida. Lo había perdido todo. Hasta el alma.

Una mañana de mercado, mientras Ariane elegía un repollo morado, una de las mujeres que se había criado con ella en Mennecy, a orillas del Essonne, el río que a veces dejaba de serlo y se convertía en lagunas y estanques llenos del griterío de las aves acuáticas, le contó que el hijo de monsieur Abriot vivía desde hacía varias semanas en el portal contiguo al suyo, él solo, y unas cuantas botellas de whisky. Ariane regresó a la casa de la Île Saint-Louis deprisa, y lloró de miedo y de esperanza en la butaca que había al lado del piano, allí, reclinada sobre su soledad, para luego no tener que hacerlo ante Éric. ¿Sería verdad que había regresado? No quiso decir nada a monsieur hasta que no lo comprobara ella misma, y por ello esperó hasta la tarde, a uno de sus ratos libres. Tomó una de las cestas de mimbre de la despensa, la colmó de pan, embutidos, queso y el estofado de ternera que había guisado por la mañana, se envolvió en su abrigo y salió de la casa para seguir los pasos de su paisana por las calles de París hasta la Rue Laplace, donde ahora vivía su niño.

46

De nada valieron las lágrimas que había derramado antes. Oh, señor, ¿qué hacía su querido Éric en un sitio como aquel? Espantó un ratón que desapareció por un agujerito bajo las destartaladas escaleras, subió despacio hasta el segundo piso, como le había indicado la mujer, y allí, tras fijarse en las humedades de la pared desconchada del *pissoir* y suspirar varias veces, golpeó con los nudillos la vieja puerta de madera.

Al principio no respondió nadie. Quizá se había dado el paseo para nada, quizás Éric no estaba en esa casa. Cuando se disponía a marcharse, oyó pasos tras la puerta y el sonido de alguien intentando abrir. La puerta se abrió y apareció Éric. ¿Era Éric el ser que farfullaba algo entre dientes y apestaba a whisky? No, no podía ser. La mujer la había engañado. Entrecerró los ojos para ver mejor a aquel ser delgado con el rostro oculto por una barba de varios… ¿meses? Se aproximó despacio, intentando reconocer a su niño en aquel hombre extraño. Hasta que sus ojos se encontraron.

—¡Éric! Dios mío, ¿qué haces aquí?

—Hooola Aaaari —contestó tambaleándose—. ¿Eeeres de

verdad o lo estoooy soñaaando? ¿Tieeenes una heermaana?

—Oh, señor, dame fuerzas.

—¿Quieeeén, quieeén es ese señor?

—Vamos adentro, anda. Enséñame tu casa. —Ari cogió a su tambaleante niño por la cintura y este, que le sacaba la cabeza, se apoyó en ella.

—Aaari, ¿sabes? Te he echaado de meenos.

—Vale, siéntate aquí. Hace frío, voy a encender la chimenea. Bueno, esto está bastante limpio. Veo que no te apañas tan mal, si dejamos aparte el whisky.

—Teníías que habeerme avisado que veníías. Te hubiera preparado… macaroooons…

Ari se rió, contenta de ver a su niño de nuevo. Sí, estaba un tanto desmejorado, pero todo se arreglaría, seguro.

—Ahora te vas a acostar. Yo volveré por la mañana. Entonces, hablaremos.

—Loo que túú diigas.

Ayudó a Éric a tumbarse en la cama y lo arropó, como cuando era un niño que aún soñaba con sus islas y con una mamá lejana, como un hada sobre la arena. Prendió la leña de la chimenea y se preparó para volver a casa. Monsieur debía saber que su hijo había regresado a París.

47

—No voy a ir, Ariane. Él ha decidido vivir en ese lugar y yo debo respetarlo.

Fabien miraba a Ariane mientras caminaba por la gran sala, rodeando una y otra vez el piano. Se paró un momento para acariciar la tapa y pasar el dedo por una muesca. Recordó el momento en que a Éric se le escapó el pequeño camión de lata y una de sus esquinas se hincó en la madera.

—Pero no es buen sitio, monsieur.

—Es el sitio que ha elegido. Quiso volver de la guerra y no decírnoslo. No hay día que no haya temido por él. Así que él verá lo que hace. Si algún día quiere regresar, la puerta está abierta.

—Creo que…

—No hay más que hablar. Usted si quiere vaya a visitarlo. Yo no. Retírese.

—Es usted un viejo testarudo. Es su hijo, por el amor de dios…

—Ariane, salga. —Fabien indicó con su dedo índice la puerta de la sala y se giró con lentitud hacia el ventanal, tras el cual el Sena se extendía y seguía su camino—. Vaya mujer tan pesada.

Fabien no quería reconocerlo, pero sentía pavor porque no sabía en qué se había convertido su hijo tras la guerra. Y porque ahora, después de recibir aquella carta que había atravesado el océano desde la tierra de los volcanes, debía contarle la verdad. Y no sabía cómo. Ariane observó su espalda encorvada y sus pasos cansados, y pensó que andaba perdido, sin rumbo.

Tras una rara noche en la que se alternaron sueños y pesadillas, Ariane se levantó pronto. La luna seguía aún su camino a través del vidrio de la ventana de la cocina. Después de tantos meses, iba a moler almendras de nuevo, a hacer montoncitos de masa en la bandeja del horno con ayuda de un cucurucho de papel encerado y a sentirse envuelta por el aroma dulce de los *macarons*. Cuánto había echado de menos a su niño. Ni siquiera le puso el desayuno a monsieur, por una vez en su vida se lo prepararía él mismo. Un hombre tan terco bien merecía eso. Esa mañana, el desayuno sería para Éric y para ella.

Solo unas pocas nubes trazaban sombras en las calles de París. Ariane se entretuvo mirando los escaparates de las tiendas del Boulevard Saint-Germain, no quería llegar demasiado pronto, seguro que Éric necesitaba dormir. Caminó con calma hasta la Rue Laplace, disfrutando del suave sol que ese día quería anticipar la próxima primavera. Al cabo de un rato de tranquilo paseo se encontró frente a la puerta del apartamento de Éric. Llamó despacio, por si su niño seguía dormido. Al poco, se abrió la puerta.

—Creí haberte visto ayer, pero no estaba seguro de si había sido un sueño o no —comentó Éric, con el pelo revuelto y oscuras ojeras.

—¡Ay niño mío, dame un abrazo!

—Ari, cuidado —dijo Éric, llevándose la mano al hombro con un gesto de dolor.

—¿Qué te pasa? ¿Qué tienes en el hombro?

—No es nada. No te preocupes. Un recuerdo que me he traído del Mosa. Ari, por favor... No llores.

Éric acompañó a su llorosa aya hasta una de las sillas, se sentó frente a ella y cerró los ojos. No quería verla, no quería sentir nada, porque si comenzaba a sentir, se hundiría. Y ya notaba los ojos demasiado húmedos.

—Vamos, Ari. Sería mejor que te fueras, Fabien te echará de menos —dijo con voz ronca.

Ari le miró a través de las lágrimas. Lo conocía como si fuera su hijo de verdad, como si hubiera nacido de su cuerpo. Éric tenía una expresión parecida a los primeros días de su llegada a París, cuando solo era un niño pequeño que acababa de perder todo su mundo. Así, pero mucho más desesperada, más vacía, más nocturna. Tuvo miedo por él, y los sollozos la sacudieron de nuevo.

—Oh, joder. Estoy intentando sobrevivir, Ari, no me lo hagas más difícil, ¿vale? —casi gritó Éric, levantándose, mientras sus manos comenzaban a temblar y su brazo a doler tan profundamente que no lo podía soportar. No funcionaba. Lo de no sentir no funcionaba con ella delante, mirándolo con esos ojos llorosos.

—Mierda, ¡mierda! No puedo más, Ari, ¡no puedo más!

Éric salió de la habitación dando un portazo y se tumbó en la cama queriendo desaparecer, queriendo arrancarse aquel dolor, no soportaba estar al lado de nadie que lo hiciera sentir humano de nuevo, solo quería la frialdad de las paredes, la dureza transparente del vaso de whisky, las solitarias noches bajo las lámparas de París. Pero Ari fue tras él, no quería que su niño se quedara solo en aquel piso tan frío, se sentó en el borde de la cama y comenzó a acariciarle el pelo, como cuando era niño y gritaba en las noches de malos sueños. Y él se hundió de nuevo en el infierno de la guerra, todos esos muertos desfilaron frente a sus ojos, volvió a oler la humedad de la tierra roja y a sentir el sabor del aire cubierto de sangre y el murmullo de muerte de las ratas, y por fin pudo llorar.

Las lágrimas de Éric poco a poco lavaron su angustia y se fueron llevando el dolor de su brazo hasta hacerlo soportable.

—Ya estoy mejor, Ari, déjame solo —dijo, sin levantar la cabeza de la almohada.

—No querría.

49

—Voy a intentar descansar.

—Solo porque debo cocinar para monsieur. Haré comida para ti también y te la traeré por la tarde.

—No hasta mañana, al menos. Déjame, por favor.

Ari cerró los ojos y salió de la habitación murmurando algo sobre la proverbial testarudez de los Aubriot, incluso de los que provenían de un océano lejano del color de los volcanes. Pero ella también era terca, los de Mennecy lo eran, acostumbrados a trabajar la tierra y arrancarle su fruto a favor o a pesar del agua. No quería ver a Éric así. Regresó deprisa a la casa de la Île Saint-Louis, hizo sus tareas sin fijarse demasiado, por lo que el polvo se quedó donde estaba o un poco más allá, las sábanas de la cama de monsieur no se estiraron como otros días, ni las alfombras se sacudieron. Eso sí, se esmeró en preparar un sabroso y nutritivo *pot au feu*,[12] metió una generosa ración en una tartera y la acompañó con una baguette, algo de queso y fruta. Sirvió la comida a monsieur Aubriot, que no levantaba los ojos de la mesa, dejó los platos sucios en el fregadero y salió de nuevo, todo en un soplo del aire de finales de invierno que se complacía en acariciar el Sena.

En esa ocasión el camino era más corto. Caminó bajo los enormes árboles del Quai de Béthune hacia el Pont de Sully, mientras, al fondo, la catedral de Nôtre Dame se esforzaba por señalar con sus dedos la belleza del cielo. Enseguida llegó a una de las primeras casas del Boulevard Saint-Germain, donde vivía Claire, esa muchacha alegre que siempre hacía reír a su niño. Tuvo dudas, sí. Pero si alguien podía ayudarlo era ella. Así que llamó al timbre de su casa, le puso la cesta con la comida en la mano, la llevó hasta el apartamento de Éric y la dejó allí, mientras ella partía de nuevo murmurando una plegaria.

Claire apretaba el asa de la cesta de mimbre con fuerza. No le gustaba ese lugar. No quería mirar al suelo cubierto de polvo ni a la puerta de madera vieja que parecía pintada de mil tonos distintos de suciedad. Tras ella estaba Éric, pero hacía bastante más de un año que no se veían, y las cosas habían

---

12. Guiso típico de la cocina francesa, compuesto de carne de buey que se cuece en un caldo aromatizado con hortalizas.

cambiado. Estaba tan nerviosa que tenía ganas de vomitar. Se dio la vuelta y comenzó a bajar las escaleras, huyendo del miedo que la hacía sudar.

—¿Te vas?

Se volvió despacio. Sus pequeños zapatos de tacón se giraron sin necesidad de cambiar de escalón y el borde de su falda limpió brevemente la broza marrón del más alto. Alzó la mirada y su respiración se detuvo. Oh, Éric. Notaba el latido de la sangre en sus sienes, tan alto que todo París lo debía estar oyendo también. Era él, aunque no lo pareciera. Era él, y algo más. Estaba rodeado de fantasmas y de miseria. Desde la mitad de la escalera era capaz de percibir su miedo, su ira, su desesperanza. Sus ojos se volvieron borrosos, no pudo evitarlo, y notó en sus mejillas las huellas que comenzaban a dejar sus lágrimas, despacio, como si el tiempo se estuviera deteniendo.

Éric se disponía a salir un rato, necesitaba despejarse, sentir el aire de París en su rostro, o tal vez comprar un poco de whisky. No había abierto la puerta y aun así lo percibió. Ese aroma a verano. No podía ser. Ella, no. La oigo girarse y comenzar a bajar las escaleras de nuevo. Y sin saber por qué, abrió la puerta. Para ver la estela de su cabello rojo y el vestido blanco que descendía tras ella. Se tambaleó y tuvo que apoyarse en el marco para no caer.

—¿Ahora hago llorar a todas las mujeres que me ven? —dijo, con una voz ronca e irritada, cruzando los brazos sobre su pecho para que ella no percibiera su temblor.

Estaba tan hermosa, ahí, en medio de la escalera. Sujetaba la cestita de Ari como si tuviera que agarrarse a algo para no caer. Su preciosa barbilla temblaba mientras apretaba los dientes, tragándose el sollozo.

—¿Esto es lo que despierto en ti ahora? ¿Qué es, Claire? ¿Asco? ¿Miedo?

Cómo dolía. Cómo dolía su mirada. Cómo dolían sus lágrimas, joder. Más que el brazo, más que la guerra entera.

—No quiero imponerte mi presencia, Claire. No tendría ningún sentido. Ya no tengo nada que darte, como ves, estoy vacío.

Vacío sin ella. Ya no le quedaban sitios donde seguir recibiendo heridas, todo estaba roto.

51

—Mejorarás. Debes hacerlo —dijo Claire, por decir algo.

Ese ya no era Éric. No podía traerle a la pequeña, no con ese abismo a su alrededor, no a ese sitio tan… penoso. No, ya no era él, ni estaba en la preciosa casa de la Île Saint-Louis. Todo había cambiado. Y ella no quería esa pobreza para ella. No se imaginaba viviendo allí, con esa desgracia en la que se había convertido. No. Ella había nacido para pasear por los preciosos bulevares de París cogida del brazo de un hombre acomodado, que fuera capaz de cuidarla. Por si acaso, se callaría lo de la niña. Ya vería lo que pasaba luego.

—Joder, Claire. Vete. —Éric no soportaba más lo que veía en sus ojos, ¿era compasión? ¿O era asco?

Debía alejarla, aunque su cuerpo le estuviera exigiendo acercarse a ella, apretarla contra él y aspirarla hasta tenerla dentro. Pero sabía que no podía. Que estaba deshecho, y que con solo dar un paso para separarse de la puerta, caería al suelo y comenzaría a llorar. No podía permitir que eso pasara, que ella lo presenciara. Ahora no podía amarla.

Claire comenzó a subir los pocos peldaños que la separaban de él, delicada y ondulante, como si proviniera del mar. Le tendió la cesta con la comida, pero Éric no fue capaz de alargar un brazo para asirla. Seguía manteniéndolos firmemente cruzados sobre el pecho, con las manos clavadas en los bíceps. Así que ella depositó la cesta en el suelo, a su lado, y se giró para bajar la escalera y perderse de nuevo en el invierno de París, gélido y sin esperanza. Éric cerró los ojos con fuerza, pero no pudo escapar al sonido cada vez más distante de sus pasos, ni al puñetazo en el estómago que le dio la soledad, ni a la dureza del suelo en sus rodillas y en sus manos, ni al frío, ni al miedo de no volver a tenerla junto a él.

La necesitaba.

Y se había ido.

52

# 8

## Lo que nos ponen delante

*París, febrero de 1922*

Éric caminaba bajo el cielo color ceniza del invierno, deprisa, hacia el Sena, huyendo de Pauline y de la vida que, sin querer, había esbozado frente a él. Necesitaba estar solo un rato. Mojarse la cara con la lluvia que caía sobre París y que formaba charcos sobre las aceras. Creaban una ciudad dentro de otra, una llena de miseria; la otra, perfecta y transparente.

No podía creerlo. Era imposible. Sería otra Claire Sauveterre, debía tratarse de un error. La idea de tener una hija le aterrorizaba. ¿Cómo podría cuidar de ella si apenas era capaz de cuidar de sí mismo, si llevaba una vida de mierda? La niña tendría seis años. Seis años sin padre. A no ser que Claire hubiera encontrado un sustituto para ambas, alguien que pudiera amarla, que acariciara su cuerpo suave. Se repetía la historia, porque él tampoco tuvo padre hasta los siete años. Casi no lo recordaba, pero creció en una casa de color blanco junto al mar, con los padrinos, su madre venía a verlo solo a veces, siempre parecía tener prisa y de vez en cuando miraba tras ella, como si también la acosaran los fantasmas. Ni tan siquiera recordaba su nombre. Cuando se iba, él corría hacia el mar y se sumergía en él, porque allí sus lágrimas podían perderse en el murmullo del agua sin que nadie las viera y le dijera: «Los hombres no lloran, Éric, pareces una niña».

El mar. Nada que ver con el río prisionero que dividía París en dos, surcado por pequeños *bateaux*. Todo en él estaba domesticado, hasta los árboles que acompañaban su camino. Desde el Pont des Arts Éric se preguntó por qué siempre acababa buscando la cercanía del agua. Quizá su hija también lo hiciera. ¿Tendría los ojos azules, como su madre? ¿O habría heredado los suyos, del color oscuro de los volcanes? No podía permitir que sufriera su ausencia. Tenía que buscarlas, tenía que saber la verdad. ¿Por qué Claire no se lo dijo? La barandilla algo oxidada del Pont des Arts estaba fría, Éric lo notaba en su vientre. Si se inclinaba un poco más, se caería, acabaría en ese líquido frío que cada invierno se tragaba algún cuerpo. Clavó sus manos sobre ella intentando anclarse, porque sentía cómo la furia se apoderaba de él y lo arrastraba no sabía dónde, al whisky, al antro de McFlinn a boxear, a la casa de la Île Saint-Louis para exigirle a voces a su padre que le dijera quién era su madre y contarle que él, a su vez, también era padre, pero que había perdido a su mujer y a su hija sin tan siquiera saberlo.

Sí, había visto a su padre algunas veces. Dos o tres, en todos esos años tras la guerra. Pero se había negado a regresar a esa casa. ¿Para qué iba a volver si ya no era el mismo de antes? ¿Qué iba a encontrar allí, un lugar que ya no le pertenecía? Todo estaba mal. Fuera de su sitio.

Jean deambulaba por el salón, con las manos en los bolsillos del pantalón. Iba de una ventana a otra, queriendo ver a su amigo en cada silueta que se aproximaba. Quizás en realidad debería ponerse el abrigo y salir a buscarlo. Hélène se acercó a él, se apoyó en su brazo y miró también hacia la nublada París.

—No te preocupes. Sabes que de vez en cuando necesita estar solo —dijo ella, animándolo.

—Ya está demasiado tiempo solo. Ojalá esto le haga reaccionar de una vez, y salga de esa maldita casa y recobre ya su vida, que la está perdiendo.

—Míralo. Ahí lo tienes. —Hélène apuntó a la figura de un hombre que se aproximaba al edificio, caminando deprisa.

—Saca el whisky, Hélène —sonrió Jean, aliviado.

54

—¡Venga ya! Ni en broma. Pauline, Éric regresa.

Pauline estaba hundida en el sofá. Una de sus piernas se movía dando pequeños golpecitos con el talón en el suelo. No solía recordar aquellos tiempos. Primero estaban los días buenos. Con mamá y papá, en su casita pequeña pero limpia, comiendo pan recién horneado mojado en leche. Luego comenzaron a desaparecer. Todos. Su padre. Su madre. La casa. Su infancia. Hasta acabar rebuscando en la basura para no morirse de hambre, aunque en alguna ocasión pensó que hubiera sido mejor haber acabado muerta en alguna esquina.

—Pauline, ¿me oyes? Ya vuelve.

—¿Vuelve? —Pauline se levantó de un salto y se acercó a la ventana para ver cómo Éric entraba de nuevo en el edificio.

Hélène corrió a abrir la puerta.

—Pasa. Dame tu abrigo, que está muy mojado, y siéntate junto al fuego —dijo mientras intentaba descifrar la expresión de su rostro.

—Gracias. Perdonad que os haya dejado así —pidió, serio, poniendo dos sillas al lado de la chimenea—. Pauline, por favor, siéntate a mi lado. Necesito saber. Cuéntame por qué conocías a Claire.

Aún no se lo creía. Debía asegurarse. Quizá todo era un error.

—Es que mamá y yo íbamos a coser a su casa. Cosíamos y a veces lavábamos las sábanas y cosas así. Ellas eran muy buenas con nosotras, y cuando todo empeoró y ya casi nadie nos daba trabajo, ellas aún lo hacían de vez en cuando. Yo me fijaba mucho en Claire porque también era pelirroja, como yo. Aunque claro, también su madre lo era. Pero Claire hablaba conmigo, me contaba cosas y me dejaba jugar con la niña.

—¿Cómo se llamaba su madre?

—Madame Sauveterre.

—¿No sabes su nombre?

—No, pero se parecían mucho. Al principio creía que eran hermanas. Aunque madame Sauveterre era más seria y se quedaba mirando con atención cómo cosíamos. A veces reñía a Claire por dejarme jugar con Erika. Cuando la conocí era un bebé, aún no caminaba y lo chupaba todo. Madame me obligaba a lavarme muy bien antes de acercarme a la pequeña, pero nosotras siempre íbamos muy limpias.

—¿Luego qué paso? ¿Enfermaron?

—Sí, al final de la guerra. Cuando pensamos que las cosas iban a mejorar, empeoraron, porque llegó la gripe y mi mamá murió, y ellos también se contagiaron. Entonces fue cuando Claire me dijo que cuidara de la niña para que no se contagiara también. Me la llevé a mi casa.

—¿Claire te dejó a… la niña? —no le salía. Esa palabra. Su hija.

—Sí. Yo la cuidaba mientras ella atendía a sus padres. Venía dos veces al día para amamantarla aunque acababa de cumplir tres años —relató, ruborizándose—. Era una niña preciosa, con esos ojos negros y el pelito moreno, como tú. Me gustaba peinarla y hacerle dos trencitas a cada lado de… Perdona, Éric.

Éric había apartado la mirada de ella y se frotaba las sienes con los dedos. Una niña morena, como él. No era posible. Claire no podía haberle ocultado algo así. Cómo había podido. Sabiendo que a él le había pasado algo parecido, que creció más solo que otra cosa. Joder. Su estómago comenzó a rebelarse, no tenía espacio para tanta angustia. Notó una mano en su hombro, Hélène se había situado tras él y su calor le transmitió ánimos para continuar.

—No te preocupes, no es culpa tuya —Éric tranquilizó a Pauline—. Por favor, sigue.

—Pues… Resulta que Claire también se contagió. Pero fue la única que no murió. Tampoco dijo nada cuando se enteró de la muerte de sus padres, se quedó ahí, mirando por la ventana.

—Esto que me cuentas, ¿cuándo fue?

—En marzo de 1919.

—Éric, ya había acabado la guerra, ya estabais en París entonces —se asombró Hélène—. Tanto tú como Jean. ¿Por qué no te lo dijo? ¿No la habías vuelto a ver?

—La última vez que la vi fue cuando vine a París a recuperarme de la herida. Luego volví a los hospitales del frente, y cuando terminó la guerra y regresé me cambié de casa. Ella no sabía dónde encontrarme —contestó Éric con amargura— y nunca la busqué. Pero pudo buscarme ella y pedir ayuda, o al menos decirme que tenía una hija. Pudo visitar a mi padre. O hablar con Ariane, ella sabía que Ariane la hubiera traído a mí, lo hizo la primera vez. Tampoco me extraña que no lo hiciera, tal y como me vio entonces. Todavía recuerdo cómo me miraba…

—Tampoco ahora estás muy bien —dijo Jean.

—Joder, Jean, gracias, qué amable. Ya sé cómo estoy ahora, ya sé que no ejerzo la medicina, ¿de acuerdo? Pero me mantengo vivo, tengo trabajo y estoy sobrio la mayor parte del tiempo, más de lo que podía esperar hace unos años y lo sabes. Dime, Pauline, ¿qué pasó luego?

—Pues… Claire no tenía dinero. Nos seguíamos viendo de vez en cuando, pero las cosas no iban bien para ninguna de las dos. Yo me quedé sin trabajo, ya nadie me daba qué coser. A veces no tenía para comer y tampoco para pagar el alquiler a nuestro casero, monsieur Delapierre. Un día, Claire apareció en mi casa con la niña. Los acreedores las habían echado a la calle. Vivió conmigo unos días, pero monsieur Delapierre nos quería subir el alquiler. Fue la primera vez que… que yo…

—Pauline cerró los ojos— con monsieur Delapierre. Gracias a eso nos dejó quedarnos una semana más.

—Oh, joder…

Si solo era casi una niña ahora, ¿qué edad tendría entonces? ¿Cómo era posible?

—Ella se fue, con Erika. A buscar a unos parientes suyos a ese sitio donde se hace el *champagne*. A mí, monsieur Delapierre me echó a la calle. Pasé mucho frío, y si quería comer tenía que buscar algo en la basura. Hasta que me encontró la *Mamie*,[13] y me llevó a su casa con las demás chicas. Y allí, pues… eso… y luego te encontré a ti, Éric, y me enviaste aquí. Y ellos me recibieron como si valiera algo.

—Vales mucho, Pauline. No lo has tenido fácil, saldrás adelante —afirmó Jean.

—Debes buscar a la niña, Éric, lo sabes, ¿verdad? —dijo Hélène apretando su hombro, el derecho, el que no tenía esa cicatriz ovalada, la que le cosió Jean después de extraerle la bala.

—Ella no quiso mi ayuda, ni nada de mí. Se fue sin contar conmigo. Será por algo. No tengo derecho a imponerle mi presencia.

13. Mujer que regentaba el burdel.

—Oh, venga ya, Éric. Eso es cobardía y nada más —apuntó Jean.

—Ella no quiso que yo conociera a... esa niña. Ni tan siquiera cuando se quedó en la calle. ¿Con qué derecho me presento yo ahora?

—Eres su padre, parece ser, ¿no? O igual no lo eres y estamos hablando por nada —Jean enarcó una ceja.

—Jean, las fechas coinciden, y yo sé que cuando estaba conmigo, no estaba con nadie más. La niña es morena, como yo. Le ha puesto Erika... Es como para estar medianamente seguro. Joder... Vaya mierda —dijo Éric. Cuanto más consciente era de lo ocurrido, más enfadado estaba.

—Pues hala. Búscala, con el derecho que te da ser su padre.

—No tengo nada que ofrecerle. Quizá Claire me ha sustituido. Han pasado años.

—¿Vas a vivir tranquilo si no lo averiguas? —preguntó Hélène.

—Ya no vivo tranquilo ahora, Hélène —Éric se levantó de la silla y tomó su abrigo de nuevo—. Me marcho. Tengo turno de noche en el Dôme. Fiesta, chicos, fiesta.

Lo de todas las noches. No parar. Copa tras copa de champán, ron de Martinica, o para los que tienen los bolsillos no tan llenos, un *distingué* o un *démi* de cerveza. Todo valía para acompañar la música de *jazz* de los soldados negros que vinieron a tocar en las bandas militares durante la Gran Guerra, se enamoraron de París y ya nunca se fueron. Pero esa noche, Éric lo confundía todo. Una niña de ojos oscuros ocupaba su mente, mezclaba las bebidas sin pensar, y lo que le había pedido aquel grupo de americanos del extremo de la barra, se lo había servido a los hombres de delante del armario de las copas, con las consiguientes protestas.

—Español, ¿qué te pasa hoy? Estate atento, hombre, que hay mucha gente —dijo Leblanc con gesto de enfado—. No vales ni para esto.

—Tiene razón, Leblanc. No valgo para esto. A la mierda todo, aquí te quedas.

Éric se quitó el delantal blanco con gesto de furia y se lo

arrojó a la cara a Leblanc, que levantó uno de los puños amenazándolo. En cuanto notó la fuerza de la mano de Éric sujetando su brazo, se dio la vuelta protestando para ir a buscar al encargado, mientras Éric salía de detrás de la barra.

—Monsieur Aubriot, está usted despedido —dijo el encargado cuando llegó frente a él, apuntándolo con el dedo—. Estoy harto de sus despistes.

—Encantado. Y ahora, que Leblanc me sirva una copa. Voy a celebrarlo.

—Váyase —dijo Leblanc.

—Hey, español —comentó Hemingway, que en ese momento llegaba al Dôme, sediento—. Bebe conmigo.

—Vamos a ello, Hem. Ahora soy un cliente aquí, como tú.

—Ya era hora. De camarero eras una mierda, nunca podías hablar. Ni beber. ¡Bebamos! Camarero, una botella de ron Saint James para empezar.

—Laplace, atiéndales. —El encargado dio media vuelta y volvió a internarse en el vientre del Dôme.

—¿Qué te pasa, español? —preguntó Hem, viendo el gesto enfadado de Éric.

—¿Qué pensarías si te dijeran de un día para otro que tienes un hijo?

—Puede que me tirara al Sena. No tengo dinero, no consigo vender nada de lo que escribo, salvo al periódico. No podría mantenerlo. Y además, quiero, es decir, necesito escribir.

—A mí me da igual. Todo me da igual —dijo Éric, aferrándose al vaso y a su líquido interior, que le abrasaba la garganta, mientras sentía que no había mentira más grande que esa.

—¿Qué pasa? ¿Que tienes un hijo?

—No lo sé, Hem. Puede ser. Hija. Una hija.

—¿Una niña? Vaya con el español. Parecía que las mujeres no te interesaban.

—Porque no he tenido alma para ello, me la dejé en las colinas de Verdún. Esto es de antes.

Hem enarcó las cejas y bebió de un trago el vaso de ron, dejándolo con un golpe en la barra de madera oscura. Tomó la botella y llenó de nuevo los vasos.

—¿Qué piensas hacer?

—De momento, beber contigo. Luego, ya veremos.

59

# 9

## A veces, hay que decidir

*París, febrero de 1922*

Aquella madrugada, monsieur Aubriot soñó con música. Una que narraba la desesperación de un hombre antes de morir, consciente de que lo había perdido todo y de que ante él solo se extendía el abismo. Y de repente se encontraba en medio del mar, un mar bravo, impío, lleno de ira, y ese mar lo envolvía y de un solo golpe se lo llevaba hacia la muerte.

La angustia despertó a Fabien cubierto de sudor. El sueño había desaparecido, pero la música se había quedado, tenue, entre las sábanas. Provenía de la biblioteca. Era real. *Tosca*, aquella ópera tan triste que tanto le gustaba a Éric. ¿Éric había vuelto? Aún había más noche que día tras la ventana. ¿Por qué estaba su hijo allí? Hacía años que no se veían. Y cuando lo hacían era para reñir. Aquella carta… Habían pasado años y aún no le había dicho nada. Era un cobarde. Todo se volvían excusas, que Éric no estaba bien, que aún no se había recuperado de la guerra… Miedo y más miedo. En realidad, temía que su hijo se fuera de su lado y nunca regresara. Un día de estos. Un día de estos se lo diría. Quizás esa misma mañana.

—Monsieur, ¿está despierto?

Ariane abrió un poco la puerta y metió la cabeza, algo despeinada, en la habitación.

—Monsieur, Éric está en la biblioteca.

—Ya, ya lo oigo. Y otra vez llame antes de entrar, vaya susto me ha dado.

—Lo siento. Es que… Éric está…

—Si ha venido a estas horas, mal, seguro. Me dan ganas de no levantarme. Avíseme al mediodía, Ariane.

—¡Monsieur! —exclamó ella, escandalizada.

—Es broma, mujer. Ya voy. Salga y podré vestirme.

La puerta de la biblioteca estaba entreabierta. Fabien dejó la mano un instante más de la cuenta en el frío pomo de metal. Composición en sí menor, *E lucevan le stelle*. Éric estaba triste. Muy triste. Siempre que escuchaba esa ópera lo estaba. No necesitaba acercarse a él para saberlo. Se apoyaba en la mesa, a su lado su silueta parecía pequeña, con la espalda encorvada y la camisa por fuera, arrugada, los brazos cruzados sobre el pecho, mordiéndose la uña del pulgar, negando con la cabeza al ritmo de la envolvente música: *e muoio disperato…*

Cuando la canción terminó, Éric se movió despacio hacia el gramófono, situado en una mesita al fondo de la biblioteca, y desplazó la aguja para que sonara de nuevo. Al volverse apreció la presencia de su padre, pero continuó caminando hasta ocupar el mismo lugar. Fabien, preguntándose cuántas veces habría repetido el mismo gesto, se aproximó a su hijo. Olía a alcohol, pero no parecía borracho.

—Hey, Éric.

—Hey, padre.

—¿Padre? —se sorprendió, en español. Siempre le hablaba en español.

—Por qué no. Padre. ¿Eres mi padre?

—Sí —dijo, apoyándose también en la mesa, a su lado.

—Pues eso. No me conociste hasta los siete años. ¿Cuándo supiste que tenías un hijo?

Fabien se notó desfallecer. Otra vez iba a empezar con el tema. Una cosa llevaba a la otra: padre, Canarias, madre, discusión, gritos. Éric tenía los ojos enrojecidos y le temblaban las manos, a él también comenzaban a temblarle.

—Unos meses antes de ir a buscarte. Ya lo sabes —intentó responder con voz tranquila.

—¿Por qué? ¿Por qué fuiste a buscarme?

Ahí estaba. Esa era una de las cuestiones. Podría responderle con sinceridad, o solo a medias, como siempre. Optó por lo segundo. Cobarde.

—Tenía un hijo y quise estar con él.

—¿Por qué? No me conocías. Si mi madre no me quería, sería porque yo no valdría mucho, ¿no crees?

—Tu madre sí te quería.

—Tengo buena memoria, papá. Me mantenía aparte, no vivía conmigo.

—Las cosas no son lo que parecen. No fue culpa suya. Ni tuya. A veces la vida se complica, o la complicamos nosotros, hijo.

—Todo es una mierda. Papá, mírame, ¡mírame! —exclamó Éric, situándose de pie frente a su padre y abriendo los brazos—. Mira en qué me he convertido, qué he hecho con mi vida. Me he perdido a mí mismo y lo he perdido todo. Me encantaba la medicina, me fascinaba, joder, y mírame ahora. Ni eso me queda. Y luego está Claire.

Éric volvió a apoyarse en la mesa, como si hubiera perdido las fuerzas, escondiendo la cabeza entre las manos.

—Hay algo más, ¿verdad, hijo? ¿La echas de menos?

—No lo sé. Pero no solo es eso. Papá, Claire tiene una hija.

—¿La has visto? ¿Se ha casado? ¿Por eso estás así?

—No lo entiendes. La niña tiene seis años.

Fabien se quedó pensativo. Tras unos instantes, su rostro comenzó a reflejar, primero sorpresa, luego miedo, y por último alegría.

—¿La niña es tuya? ¿Dónde está?

—No es tan fácil, ojalá lo fuera. ¿Has visto? Podría estar ejerciendo de médico, con Claire a mi lado y una preciosa hija morena que viniera a despertarme cada mañana. Y en lugar de eso trabajo de camarero, no, ya no, ahora no tengo trabajo, vivo en un cuchitril de mierda y mi cama está helada sin nadie a mi lado.

Ambos se quedaron pensativos y en silencio. Hacía rato que el gramófono había dejado de sonar. Solo se oía el ruido de la aguja, tac, tac, apartada a un lado, vacía sin nada que tocar. Aun así, no oyeron los pasos de aquella mujer que se acercaba a ellos secándose las lágrimas con el pañuelo que siempre llevaba en el bolsillo del delantal, porque sabía que en esa casa de vez en cuando tocaba llorar.

—Éric, oh, Éric…

Ariane abrazó a su niño con fuerza.

—Todo se arreglará, Éric, ya lo verás. Ya te has dado cuenta, eso es lo importante. Es el primer paso. Ahora, a descansar. No has dormido nada y tu cama está preparada, como siempre. Una niña, Jesús... Tendrás que ir a buscarla.

—No lo sé, Ari... Claire ni siquiera acudió a mí cuando lo necesitaba. Prefirió dejar París. Se fue lejos —dijo él, intentando que Ari no notara su furia, su desesperanza.

Se había largado sin decirle nada, llevándose a su hija. Como si él no existiera. Las hubiera ayudado sin dudarlo, aunque Claire ya no quisiera nada con él. Pero ya nada de eso era posible, y el whisky le estaba dando dolor de cabeza. Así que salió tras Ari, camino de la habitación que todavía seguía preparada en esa casa para él.

Fabien se quedó solo en medio de aquella sala tan grande. Se dirigió al gramófono, quería escuchar de nuevo la música, así no pensaría en lo torpe que era como padre, y en por qué no era capaz de contarle a su hijo que su madre hacía tiempo que lo había reclamado, desde aquella isla volcánica que parecía de otro mundo, a su lado.

63

Éric descansó todo el día. Arianc le sirvió la cena en su habitación, pero apenas la tocó. Siguió dando vueltas bajo las sábanas, pensando en su pelirroja que olía a verano y en la niña que, quizá, sí, seguro, era su hija; no podía imaginarse a Claire en otros brazos. Después de tanto tiempo evitando pensar en ella, ahí estaba. Los soldados sin piernas se estaban riendo de él. Pero por primera vez en mucho tiempo, algo los desplazaba de su mente. La niña. Y aquella pelirroja que sentía suya todavía. Recordaba su piel clara como su nombre apoyada en su pecho, los senos en sus manos, la curva de las caderas, el acuático movimiento de su cuerpo sobre el de él. Sí. Debería buscarlas. Si no tuviera tanto miedo.

—Formas un volcán de harina. En su interior pones la mantequilla, blanda como el mes de marzo que ya media. Un poco de sal, otro poco de azúcar y comienzas a amasar.

Éric miraba la danza que las manos de Ari, blancas de la harina, se empeñaban en hacer sobre la encimera de mármol de la cocina. Desde que era niño y llegó a aquella casa, la cocina fue su segunda pasión. La primera eran los libros de medicina de la biblioteca, aunque estuvieran algo anticuados. Eran del abuelo, el doctor Pierre Aubriot. Día tras día los leían juntos, hasta que el abuelo murió.

—Duro, Éric, hay que darle duro, como a todo en esta vida. Ahora extiendes la masa sobre esta lámina de mantequilla y doblas los extremos hacia el centro. Estiras otra vez con el rodillo y doblas. Expandes, recoges. Expandes, recoges. Prueba tú.

Éric se remangó la camisa hasta el codo, se puso uno de los delantales de Ari y comenzó a amasar. La masa desprendía un suave aroma a campo. *Croissants*. El desayuno del día, junto a la leche que el cabrero acababa de servirles. Cada mañana, temprano, pasaba con el rebaño junto a la casa y hacía sonar la flauta para avisar de su presencia, y Ari bajaba con una jarra de cristal que retornaba blanca.

—Debes dejar que la masa repose un poco cada vez. Es como el alma, Éric. Se expande, se recoge, y para todo necesita su tiempo.

—Yo ya no tengo alma. Se quedó en Verdún. ¿Cómo voy a ponerme delante de esa niña, yo y mis fantasmas? Ari, no estoy bien. Lo sabes, ¿verdad?

—Aquella guerra nos rompió a todos. Pero ya acabó. Recojamos nuestros pedazos y sigamos adelante. La tierra sigue girando.

—Por otra parte, debo ir. Necesito saber si esto es cierto.

—Por supuesto que debes.

—Aunque me rechace, aunque no quiera saber nada de mí. Tampoco podría ser de otra manera, no tengo derecho.

—Eso no lo sabes.

—Ha pasado mucho tiempo. Probablemente ya tenga a otro.

—O no. Amasa.

—Todos estos años bloqueando los recuerdos, intentando no pensar en nada. Sobreviviendo apenas. Y esa niña, Pauline, de repente me pone esto delante.

—Bendita Pauline. Ya era hora de que despertaras. Bastante has tardado.

—¿Qué le puedo yo ofrecer? No tengo nada.

—Vale. La masa ya está bien así. No necesita nada más, igual que tú. Estírala para hacer porciones. A veces lo más sencillo es lo mejor. Los *croissants* no llevan relleno, son solo ellos, sencillos y a la vez con un sabor tan pleno. ¿Dónde está Claire?

—Donde se hace el *champagne*, con suerte.

—Y eso ¿dónde es?

—Debo hablar con Pauline, porque en realidad no lo sé.

# 10

## Pensando Terre Sauve

**París, febrero de 1922**

—¿*Q*ue está dónde? —preguntó Éric, sorprendido, apoyando su espalda en la pared del descansillo de la escalera.

—En el burdel.

Jean se limpió las manos en un paño blanco y entornó la puerta que daba a la sala de espera de su consulta.

—Pero, vamos a ver, yo creía...

—Según ella, ahora que está mejor ya puede volver a trabajar para ahorrar y algún día hacer otra cosa, coser, o qué sé yo. Éric, tengo pacientes en la sala de espera. Debo volver a entrar.

—Perdona, Jean, por supuesto. No sé qué hacer... ¿Dónde está el burdel?

—No es donde la encontraste. Este está en la Rue de Provence, no estoy seguro del número, creo que es alrededor del 120. A ver si disfrutas un poco con alguna chica. Falta te haría.

—Oh, venga ya... Vete a trabajar...

—Ponte capuchón, que ya sabes lo que pasa. Y no lo digo por la niña, sino por la sífilis.

—Ya, Jean, ya. Anda, vuelve adentro y cuéntaselo a tus pacientes.

—Lo hago, y más de lo que piensas. Deseo de corazón que encuentres lo que buscas, Éric, sea lo que sea.

—Nos vemos.

La Rue de Provence, al otro lado del Sena, cerca de la Ópera. Lejos. A Éric no le gustaba el metro, los túneles le recordaban la oscuridad de la guerra, la ciudadela subterránea de Verdún. Podría tomar un taxi, pero no le apetecía. Así que decidió regresar a la Île Saint-Louis y conducir uno de los coches de su padre, un Ford T que parecía una reluciente caja de color negro con ruedas. El itinerario estaba claro, Rue de Rivoli, Avenue de l'Opéra y Boulevard Haussmann con sus Galerías Lafayette un poco más allá. Éric aferró con fuerza el volante y comprobó si recordaba cómo se cambiaban las marchas con el pie en el embrague. Pisando fuerte era la primera, en medio estaba el punto muerto, levantando el pie un poco más, la segunda. Se fijó en la figura que adornaba la cumbre del radiador. Nunca sabía si eran dos alas o un enorme mostacho. Conducirlo no era difícil, quizá lo era más conseguir que arrancara, abriendo y cerrando la válvula de combustible, bajando y subiendo del coche, girando una y otra vez la manivela hasta que el motor, con una gran tos, como si se fuera a romper, arrancaba.

Un burdel. Casi todos los hombres los visitaban, sobre todo antes de la guerra. Jean y él lo intentaron una vez, cuando tenían dieciséis años. Entraron en aquella sala repleta de mujeres que comenzaron a moverse para ellos, un desfile de cuerpos suaves entre papel pintado y sedas. Ellos estaban ahí plantados, con gesto a medio camino entre el susto y el gozo, hasta que a Jean le entró la risa floja que siempre le entraba cuando se ponía nervioso. Éric también comenzó a reír y ambos se fueron del local como habían llegado, con la misma ignorancia y las mismas ganas. Jean había regresado alguna vez que otra, pero él no, porque ya pensaba en Claire, y los libros de medicina le absorbían casi todo su tiempo.

Aparcó el coche al lado del número 120 de la Rue de Provence y no tardó en dar con la puerta tras la que se suponía que estaba Pauline. La abrió una señora alta, con el cabello del color de la hierba seca, que en vez de andar parecía deslizarse sobre la alfombra color carmesí.

—Bienvenido. Pase, enseguida le recibirán las chicas. Estarán encantadas de atender a un hombre tan guapo como usted.

67

Éric tuvo curiosidad. Hacía mucho que no estaba con una mujer, pero el sexo con una desconocida a la que no le ataba nada le resultaba frío. En eso era diferente a otros. Aun así, le atraían esos preciosos cuerpos sinuosos, sus pechos redondos y su piel suave.

—No, no vengo a solicitar un servicio. Querría hablar un momento con Pauline.

—No sé quién es. Y si quiere hablar, aun así debe pagar. Son cinco francos.

—De acuerdo, si está ella.

—Espere aquí un momento.

La *Mamie* señaló a Éric un sofá de terciopelo rojo en medio de una estancia decorada en tonos púrpura, frente a un espejo que recubría casi toda la pared y que le devolvía la imagen de su rostro serio, y desapareció tras los cortinajes que separaban esa sala de la de al lado.

Pronto se oyeron risas y pisadas que se acercaban con prisa. Las cortinas se volvieron a agitar para dejar paso a varias mujeres vestidas con casi nada. Pauline entró la última y se sonrojó al ver a Éric sentado en el sillón de los clientes. Intentó esconderse tras la chica que la precedía, pero Éric ya la había visto. Se levantó, fue hacia ella y la tomó de la mano.

—Éric, creí que eras diferente. ¿Por qué has venido aquí?

—Necesito hablar contigo —dijo, sorprendido—. No pensé que podía ofenderte.

—Está bien, vamos.

Pauline condujo a Éric a una espaciosa habitación con una enorme cama en medio, bajo un espejo situado en el techo que lo reflejaba todo.

—¿De verdad no quieres algo más? Tú me gustas.

Ella acercó su mano al rostro de Éric, áspero por la barba incipiente, y con un dedo acarició su mejilla hasta que notó que él la detenía.

—Lo siento, Pauline. Eres preciosa, pero no.

Ella se separó de él con brusquedad y apoyó su espalda en la pared. El espejo del techo mostraba el inicio de sus senos y el vello oscuro de su pubis, que se transparentaba bajo la fina camisola que la cubría. Éric fue a la cama, arrancó la colcha y la tapó.

—Creí que ya no ibas a volver a hacer esto más. ¿De veras quieres esta vida?

—Me hace falta el dinero y aquí se gana. Mi sitio no es junto a Jean y su esposa, yo ya no pertenezco a ese mundo. Y no quiero volver a estar en la calle ni pasar hambre. —Como aquella primera noche, cuando cruzó la puerta de su casa, donde se había criado, por última vez. Llovía. Se empapó nada más llegar a la calle. Fue caminando hacia el Sena, pero no tuvo valor de arrojarse a él. En vez de eso se refugió bajo el puente y se quedó allí, temblando, hasta que el hambre la hizo salir.

—¿Y lo de la costura?

—Es un pensamiento muy bonito. Pero no sé si me dará de comer. Los pobres no pueden pagarlo y los ricos se compran otro traje si se les estropea el que tienen. Déjame con mi vida. Bastante has hecho ya.

—Quizás una fábrica.

—Hay cola, en las fábricas, para conseguir un empleo.

—Si se me ocurre algo, ¿me harás caso?

—No te preocupes por mí. De verdad. Esto no es tan malo. Anda, sentémonos en la cama y dime a qué has venido.

Éric movió la cabeza y pensó que algo tendría que hacer por ella. Ya se vería.

—¿Sabes dónde se fue Claire con la niña?

—Ya te lo dije, a donde se hace el *champagne*.

—¿Te dijo algún nombre, algo?

—¿Vas a ir a buscarlas?

—Sí.

—Ojalá las encuentres. Me acuerdo mucho de ellas.

Aunque Claire de vez en cuando la mirara como si fuera una hormiga, algo sin valor que se puede utilizar y luego tirar. A veces, a su propia hija la miraba también así, ella se había dado cuenta, no era tonta. ¿O solo era su impresión? Éric parecía mejor persona.

—Pauline, donde se hace el *champagne* es una región bastante amplia. Está Reims y sus alrededores, Oger, Isse, Épernay… ¿Te dijo el nombre de sus parientes?

—No, pero era su tío, un hermano de su padre. Un Sauveterre.

—Demasiado vago. Solo en Reims habrá casi mil habitantes, y ni siquiera sabemos si están allí. ¿Te dijo a qué se dedicaba?

—Claro. Hace *champagne*.

—¿Estás segura? Eso limita la búsqueda, solo tengo que preguntar en las, no sé, cincuenta o cien bodegas de la comarca.

—Bueno, no está mal, ¿no?

—Pauline, puedo tardar años en encontrarlas.

—Has tardado años en comenzar a buscarlas.

Éric miró sus ojos azules como los de Claire y su rostro ahora limpio de marcas. Pensó que, al fin y al cabo, tenía razón.

—Me lo merezco. Y quizá por eso las he perdido. Pero debo intentarlo, ¿no crees?

—Sí, inténtalo. Si recuerdo algo más te lo contaré.

—Gracias.

Éric salió del burdel para regresar a la Île Saint-Louis. París se preparaba para la primavera. Quizás él la pasara entre el verdor de las viñas de chardonnay y pinot, en una búsqueda absurda de resultado incierto.

70

Éric entró en casa y al momento Ari, curiosa, salió de la cocina a su encuentro, sujetando un calabacín en una mano y un cuchillo en la otra. Ari, la mujer que lo cuidó cuando llegó a aquella ciudad sin mar. No sabía cuándo se había vuelto casi una anciana, pero su energía era la misma que entonces.

—¿Ya sabes dónde está? —preguntó, curiosa.

—No exactamente. Se supone que con su tío, el señor Sauveterre, fabricando *champagne* en alguna parte entre Chalons y Reims.

—¿Y eso es todo? ¿Cómo las vas a encontrar así? —Ari apuntó a Éric con el cuchillo—. La niña se va a hacer mayor sin conocer a su padre.

—Es lo que hay. Hablaré con Fabien, porque me gustaría partir en dos o tres días, y necesitaría el Ford T.

—¿Y el dinero?

—¿Te acuerdas de la cuenta del abuelo? Está intacta. Nunca necesité nada. Me la dejó para que abriera mi propia consulta, y ya ves.

—Lo harás algún día.

—No lo creo. Ya puedo buscar otro trabajo. Igual un restaurante. ¿Qué te parece? ¿Me ayudarías?

—Te ayudaré cuando abras tu consulta. Mientras tanto, déjame trabajar o la comida no estará a tiempo.

—¿Fabien está en la biblioteca?

—Ha salido.

—Pues voy yo. A ver si encuentro algo de información sobre la Champagne.

La biblioteca siempre le traía recuerdos del abuelo Pierre. Los dos se sentaban al lado de la chimenea de piedra labrada y tarde tras tarde comentaban las teorías de Duchesne sobre sus mohos, que eran capaces de eliminar bacterias, o los tratados de terapéutica de Trousseau. Se acercó a una de las estanterías para recorrer con sus dedos los lomos de los libros, hasta que tomó uno de ellos: Cuadro de la Geografía de Francia, de La Blache. Podría valer. Siguió buscando hasta dar con la guía Michelin de 1920. También sería útil. Solo le faltaba una relación de todas las bodegas de la comarca. Quién sabría de dónde la podría sacar.

Fabien entró en la biblioteca de forma apresurada, sobresaltando a Éric. Venía riéndose bajito, y en su mano portaba una botella de *champagne*.

—Lo has tenido delante y no lo has visto, Éric. ¿No te acuerdas?

—¿De qué? —dijo Éric, levantando la mirada del libro.

—Me lo ha contado Ari. Entiendo que ella no lo sepa, ¿pero tú? ¿Cuántas veces has bebido este *champagne*?

Fabien agitó delante de su cara el vidrio oscuro en el que destacaba una etiqueta negra con letras doradas rodeadas de arabescos, y debajo dos pámpanos entrelazados bajo un racimo de uvas. Terre Sauve, Cuvée de Reserve, Brut. Éric tomó la botella, limpiando el polvo que se acumulaba en la etiqueta.

—Esta lleva en la despensa años, Éric. Por lo menos desde 1910. Antoine me regaló varias.

—¿Quién?

—Antoine Sauveterre. El padre de Claire. La bodega es de su hermano. Gírala, mira la etiqueta trasera.

Éric giró la botella con cuidado. Estaba fría. La etiqueta trasera hablaba sobre el cuidadoso proceso del *Méthode Champenoise*, y debajo de todo ello, allí estaba: el lugar de su elaboración. Maison Terre Sauve, Épernay, France.

—Vaya, papá, gracias. Me lo has puesto muy fácil.

—Ahí lo tienes. ¿Cuándo te vas?

—No lo sé, en unos días. Antes de que me arrepienta.

Ya se estaba arrepintiendo. Era ridículo, subir al coche y dedicarse a perseguir un sueño, una mujer que seguramente no querría saber nada de él.

Y luego estaba la niña.

Él no tuvo padre hasta los siete años. Si se quedaba en París y realmente esa niña existía y era su hija, no se lo perdonaría nunca.

## 11

## Esas islas de leyenda

*Océano Atlántico, 1889*

*F*abien iba a seguir los pasos del doctor René Verneau[14] en su famoso viaje a Canarias. Se había atrevido. Su padre, Pierre Aubriot, no había tenido ningún inconveniente, y su madre, Marie, opinaba que las personas debían ver mundo para madurar.

Había pasado años pensando en el viaje, estudiando español, imaginando aquellas islas que nacieron, vómito tras vómito de lava, en el océano. Muchos años en el museo de ciencias de París conversando con el doctor. Sus historias de cuevas y volcanes lo habían fascinado. La especialidad de Verneau era la antropología; la suya, la geología. Le apasionaban los volcanes, y a su edad, veinticuatro años, aún no había visto ninguno. No por mucho tiempo. Visitaría el Teide y luego partiría a otra pequeña e interesante isla, Lanzarote. El doctor le había firmado algunas cartas de recomendación porque sabía que en las islas Canarias no se hacía nada sin ellas.

Frente a él estaba su barco. Se aferraba al puerto de Le Ha-

14. René Verneau (La Chapelle, 1852 - París, 1938). Antropólogo francés, apasionado por las islas Canarias. Escribió varias obras, como *Cinco años de estancia en las islas Canarias* (1891) o *Los orígenes de la Humanidad* (1926).

vre sabiendo que no tardaría mucho en partir, él solo frente a aquel enorme océano. Se trataba del *Paraná*, un magnífico vapor a hélice de cuatro mil toneladas, cuyo destino final era Buenos Aires. Esperaba tener una buena travesía, porque había oído que a veces el tiempo se torcía, se formaban tormentas, sobre todo en las proximidades del Golfo de Vizcaya, y los barcos no avanzaban, tenían que concentrar toda su fuerza en mantenerse a flote y no acabar tragados por las olas. Se sabía cuándo se partía, pero la duración del viaje dependía de ese océano y su clemencia. Aun así, Fabien no tenía miedo. Ansiaba que su viaje comenzara de una vez.

Eran las ocho, y todavía estaba oscuro. Fabien no tenía claro si el Atlántico disminuía o aumentaba la sensación de frío de esa mañana de febrero. Había llegado la hora de embarcar y la tripulación comenzó a conducir a los pasajeros hasta el centro del puerto con ayuda de unas gruesas maromas.

En la cubierta del barco estaba el salón principal, y sobre ella se alzaba una segunda cubierta más pequeña, al lado del puente de mando. Pronto, el barco comenzó a moverse. Parecía demasiado grande para atravesar la bocana del puerto, pero lo logró sin dificultades.

El camarote era sencillo. Fabien tenía uno para él solo, con una litera protegida por paneles laterales, por si al barco le daba por moverse demasiado en tiempo de sueño. También disponía de un escaso armario, un pequeño sofá de color azul y una ventana desde la que se podía ver el océano y, por el momento, la costa francesa.

Después de instalarse, se abrigó bien y salió a cubierta. El aire húmedo le daba en la cara, le hacía sentirse libre. Algunas gaviotas se reían, bajando y subiendo del surco que el barco dejaba en el agua. Por delante de él se extendían unos largos meses de independencia. Recogería muestras, estudiaría las formaciones volcánicas y haría bocetos de los paisajes. Le apasionaba dibujar.

Era la hora del desayuno. Una treintena de pasajeros tomaron asiento frente a las mesas del comedor. Les sirvieron café o té con leche, huevos revueltos y beicon.

ϒ

Al atardecer, Fabien salió de nuevo a pasear por cubierta. Hacía rato que habían perdido la costa de vista. Uno de los pasajeros sacó la cabeza a través de la barandilla para vomitar, muchos no habían vuelto a salir de sus camarotes. El barco se movía, sí, como todos los barcos. De momento, a él no le afectaba.

La luna apenas se podía imponer a una neblina que se había posado sobre el barco y sobre el mar con suavidad, sin que nadie se diera cuenta.

—La noche está fría —comentó uno de los pasajeros, acercándose a Fabien—. ¿Es la primera vez que viaja?

—Sí. ¿Y usted?

—Yo regreso a Buenos Aires. He venido a Europa por negocios. Espero tener un viaje más tranquilo que la última vez. Fue espantoso.

El hombre hablaba francés con un fuerte acento argentino. Fabien pensó que más le valdría agarrarse bien a la barandilla de cubierta, porque alguien tan redondo como él podría ponerse a rodar en cualquier momento. Pero no caería, permanecería dando vueltas de un lado a otro siguiendo el vaivén del barco durante todo el trayecto. Tenía la cara y la nariz del color del vino tinto, y su pelo era tan oscuro que no se veía cuando cayera la noche.

—Esperemos que sí —respondió Fabien.

—Y usted, ¿dónde se dirige?

—A Santa Cruz de Tenerife.

—Ah. Allí no hay nada más que pobreza. Todo está a medio hacer. Por no tener, no tiene ni puerto. Parece África, pero sin negros.

Fabien lo miró, asombrado por la descripción, pero no dijo nada. Decidió que no le gustaba aquel hombre.

—Me retiro a mi camarote —se excusó—. Que pase buena noche.

El hombre exhaló un suspiro que parecía que lo iba a deshinchar, pero no fue así. Se quedó en la cubierta, observando el escaso reflejo de la luna neblinosa en el mar, tan redondo como ella.

75

Y

Cada amanecer el sol asomaba por babor, colándose a primera hora de la mañana por la ventana del camarote de Fabien. El día iba siendo algo más largo que en París, y el sur cada vez estaba más cerca. Se alejaban del invierno francés. El único ruido que se podía oír era el murmullo constante de la hélice. Hasta que, cuando aún no había pasado una semana a bordo, un marinero gritó:

—¡El Pico! ¡El Pico!

Todos los pasajeros se esforzaron por ver lo que aquel hombre veía. Fabien entornó los ojos, pero no distinguió nada salvo unas ligeras nubes que enturbiaban el horizonte.

Tras varios paseos por cubierta, todos comenzaron a divisar el borroso perfil de una isla gris apenas esbozado sobre el mar. Parecía un espejismo. Pero poco a poco se fue haciendo real. Tenerife salía del mundo de los sueños para convertirse en algo tangible, hecho de roca, de negra roca volcánica y de aristas que extendían sus puntiagudos dedos hacia el agua salada, hacia el barco, como una cruel advertencia para su casco de madera.

Y el barco tuvo miedo y no se quiso acercar. El muelle de Santa Cruz todavía seguía sin acabar, como bien decía el doctor Verneau, aunque faltaba poco, y el *Paraná* se dirigió al norte de la ciudad, para echar el ancla en un fondeadero quizá demasiado estrecho. Contaba el capitán que cuando había mar gruesa, los barcos perdían las anclas por culpa del fondo de roca.

Los pasajeros desembarcaron con la ayuda de unas chalupas que se acercaban desde la isla. Fabien se alegró de que esa tarde el mar estuviera tan calmado. Bajó del barco con cuidado, esperando a lo más alto de la ola para que el bote se acercara un poco más. Por poco no cayó al agua, pero aun así la sonrisa que ya llevaba cuando salió de París no se le había borrado. En ningún momento.

—A su servicio, señor. ¿Dónde lo llevo, señor? —dijo al desembarcar el isleño que se había encargado de su equipaje, un hombre fuerte y moreno, casi tan alto como él.

La ciudad se extendía en torno al mar, queriendo trepar un poco por la suave pendiente en la que se asentaba. Era otro mundo. Los rotos contornos de las montañas volcánicas, el basalto, el aire húmedo de olor salino, las pequeñas casas blancas. El calor.

Fabien sacó su cuaderno de pastas de cuero marrón con los apuntes que había tomado durante sus largas charlas con el doctor Verneau.

—A la plaza de la Constitución. Creo que hay un par de hoteles.

—No está muy lejos. ¿Va a necesitar un guía?

—Mi intención es desplazarme cuanto antes hacia el pico Teide —contestó Fabien, contento al comprobar que no le costaba comunicarse—. Así que sí, lo voy a necesitar.

—Se lo puedo decir a mi hermano. Tiene dos camellos y ha subido varias veces al pico. Lo llevará a la Orotava, de allí a Icod, a Chasna y cada vez más *p'arriba*. Se llama Antonio.

—De acuerdo. Lo veré mañana a las nueve a la puerta del hotel.

Fabien se despidió del hombre y entró en uno de los hoteles. Era bonito, con su patio repleto de buganvillas, plataneros y otras muchas especies vegetales. La habitación en principio parecía ser confortable. De noche todo fue distinto. Tenía compañía, y no precisamente de la que le hubiera gustado. El cuerpo comenzó a picarle y podía oír las patitas de los insectos correteando por el suelo. Había pulgas, cucarachas, gordas y aladas que podían trepar por las paredes, y quizás algo más, puede que chinches.

Por la mañana, tras los huevos fritos del desayuno, salió a esperar a su guía.

Los pocos isleños que pasaban por delante del hotel no parecían tener prisa. Caminaban despacio charlando entre ellos, algunos reposaban a las puertas de sus casas y todos sin falta lo miraban con curiosidad, aunque en la ciudad no faltaban extranjeros, sobre todo ingleses que viajaban por negocios.

Se fijó en un hombre que venía decidido hacia él, seguido por dos camellos que hacían sonar las campanas de sus cuellos. Pero pasó de largo después de dirigir una descarada mirada a su pelo bastante más claro que el de la mayoría de isleños, a su ropa un tanto calurosa y a sus zapatos de piel.

El guía no aparecía. Y cada vez el sol subía más alto y había menos gente en la calle. Decidió tomar sus útiles para dibujar y sentarse algo más allá, frente al mar, para intentar atrapar aquel extraño y quebrado paisaje que lo fascinaba.

Al cabo de dos o tres horas, Fabien se dio por vencido. El día estaba perdido y hacía mucho calor. Entró de nuevo en el hotel para tumbarse un rato, a ver si con suerte por el día las pulgas estaban dormidas. Seguramente tendría que pasar otra noche allí, aguantando las ganas de comenzar a ver piroclastos y coladas de lava.

Una isleña joven y morena deslizaba su cuerpo de perenquén[15] entre las mesas del salón de estar.

—Por favor —pidió Fabien—. Querría algo de agua.

—Vino.

—¿Vino? ¿Quién? ¿El guía? —dijo Fabien mirando hacia la salida de nuevo.

Ella entreabrió los labios para reír y él quiso respirar esa risa y meter las manos bajo su camisa para amasar esos pequeños senos.

—Vino, del que se saca de las uvas, hombre. Es lo que mejor quita la sed.

—Bueno. Un vasito.

Fabien probó aquel vino claro que salía de la oscura tierra volcánica, afrutado y ligero.

—No está mal este vino —comentó—. Pero me gustas más tú.

Ella volvió a reírse.

—Guarde las manos quietas, francés. ¿No hay chicas guapas en su tierra?

—¿Mi tierra? Eso queda muy lejos. Al otro lado del mar. Me gusta más este calor canario.

—Hola, Antonio —dijo ella, mirando hacia la entrada—. ¿Ya se ha levantado?

Un hombrecillo de cierta edad, algo canijo, con las piernas torcidas y la cara tan arrugada como un cactus entró en el salón.

—Bueeeno. Hace poco, ah. ¿Dónde está el francés?

78

15. Pequeño reptil endémico de Canarias.

—Aquí, el señor está esperando un guía. ¿No será usted?

Antonio se acercó tambaleante a Fabien. Olía mucho a vino, no al vino ligero de la isleña morena, sino a algún vino rancio de fonda barata.

—Síííí. A su servicio.

—Habíamos quedado a las nueve. ¿No le informó su hermano?

Fabien oyó tras él la risa sofocada de la chica.

—A las nueeeve es muy pronto. Esta mañana me dolííía la barriga, ah, ah. Ahora estoy mejor.

—Ahora es muy tarde ya. Creo que me buscaré otro guía —dijo Fabien, moviendo la cabeza.

—Piénselo —replicó la chica—. Antonio no está tan mal. Si se va con usted, no beberá. Y es de los que no roban. Tan solo se comerá su comida. ¿Verdad, Antonio?

Antonio se había sentado en una de las sillas con la cabeza ladeada y en nada comenzó a roncar con la boca abierta y un hilillo de saliva recorriendo el breve camino hasta el cuello de su camisa, que pudo ser blanco alguna vez.

—Es pronto para él. —Ella comenzó a reír de nuevo y se acercó a Fabien, que los miraba sorprendido, sin saber qué pensar.

—Me llamo Yoana —le susurró al oído—. Y tengo un rato libre.

A Fabien comenzaron a no importarle las pulgas o las cucarachas del hotel. Quizá podría quedarse algunos días más. Tenía otro volcán para explorar antes de subir al Teide. Un volcán lleno de curvas, con su interior misterioso y caliente.

79

Fabien pasó tres meses en Tenerife. Se entretuvo bastante más de lo planeado en la fonda de Santa Cruz. Por fin, a finales de marzo partió en coche de caballos a La Orotava, donde consiguió encontrar un guía serio que lo condujo por los escarpados caminos de lapilli hasta las Cañadas del Teide y sus extrañas formaciones de lava fría, para recoger muestras de varios tipos de basaltos. Visitó también Garachico, que había sido sepultado casi en su totalidad por la lava que vomitó la Montaña Negra no hacía ni dos siglos. A cambio, una de las coladas de lava llegó a morir al mar, creando un nuevo entorno de pequeñas piscinas negras, en las que el agua se templaba al sol. Y por último caminó por las raras tierras de colores en los acantilados basálticos de Los Gigantes, llamados en tiempos antiguos la Muralla del Infierno, rodeados de delfines y aves marinas. Luego regresó a Santa Cruz de Tenerife, queriendo perderse en el interior del volcán de Yoana de nuevo, pero lo encontró ocupado por un comerciante irlandés que intentaba infructuosamente conseguir un permiso para construir una fábrica de pescado en conserva al sur de la ciudad desde hacía meses, quizás años. Así que, una soleada mañana como cualquier otra, porque allí lo raro era ver llover, montó su equipaje en una goleta un tanto maloliente y tomó rumbo a la isla más oriental de las Canarias: Lanzarote.

# 12

## ¿Qué vamos buscando?

*Champagne, marzo de 1922*

Veintiuno de marzo, solsticio de primavera y en París llovía el color ceniza del cielo. El Ford T movía deprisa su pequeño brazo limpiaparabrisas porque el agua le nublaba los ojos, y protestaba tras los otros coches que se extendían a lo largo de la carretera mojada, camino del este, siguiendo el rastro de un sol escondido.

Épernay no estaba tan lejos. Tres, quizá cuatro horas de viaje separaban a Éric de Terre Sauve y su cava de *champagne*. Éric pensaba alojarse en Épernay y comenzar a indagar el paradero de la bodega aquella misma tarde, si había suerte y la lluvia le permitía llegar.

No sabía en qué estado encontraría la comarca. No hacía tanto que habían salido de la guerra y los alemanes habían llegado hasta el río Marne, que regaba los viñedos de Épernay. Reims había sido bombardeada, poco había faltado para que su maravillosa catedral hubiera devenido una montaña de piedras sin forma.

París comenzó a quedarse en el espejo retrovisor y se fue haciendo pequeño, como si quisiera desaparecer entre las nubes que lo envolvían. Los colores comenzaron a cambiar, el verde reemplazó al gris y un poco de azul se atrevió a clarear el cielo.

Al cabo de un rato, Éric cayó en la cuenta de que debía comprobar el nivel de carburante si no quería que el Ford se acabara parando en cualquier curva de la carretera. Pronto vio el cartel que anunciaba el nombre del pueblo al que estaba a punto de llegar, Ussy-sur-Marne. Detuvo el coche al lado de una vieja iglesia y su campanario coronado por un tejadillo de lo que parecía pizarra. El río Marne abrazaba al pequeño pueblo rodeándolo de árboles de ribera, y el pueblo parecía contento de tenerlo allí, tan cerca. El Marne. Hacía no tanto, sus aguas también habían visto la guerra, las bombas, los cuerpos cayendo. Éric comenzó a notar el dolor en el brazo, penetrante, el temblor en las manos. Las siluetas de los soldados sin piernas lo rodearon, cada vez más definidas, acercándose hasta que pudo oler su aliento.

Cerró los ojos con fuerza. Si quería volver a ver a Claire y a la niña debía enfrentarse a aquella angustia, porque el río Marne era el dueño de Champagne, se demoraba en cada rincón y también recorría Épernay; no podía dejar que la guerra volviera cada vez que se lo encontrara. Así que se apoyó sobre la puerta del Ford T notando cómo el sol le calentaba la cara, cruzó los brazos sobre el pecho y respiró hondo. Pasado, todas esas imágenes eran pasado. Aquello acabó, pero esos chicos seguían con él, y seguramente seguirían siempre. Debía aprender a vivir con ellos, no quedaba otra. Pero dolía, joder, dolía.

Al cabo de un rato el temblor y el dolor se hicieron soportables, y Éric pudo darse la vuelta para abrir la puerta, levantar el asiento y comprobar con una vara de madera el estado del depósito de gasolina. Menos de la mitad. No faltaría mucho para tener que repostar, lo haría en cuanto encontrara una gasolinera. Quizá sería más fácil en un pueblo más grande, así que decidió continuar el viaje. El próximo pueblo era La Ferté, probaría suerte.

En La Ferté seguía oliendo a río, aunque desde la carretera solo se vieran árboles y las suaves ondulaciones de las colinas. Éric aparcó el coche delante de un restaurante. No tenía hambre, la incertidumbre le atenazaba el estómago, pero aun así se obligó a entrar y a tomar un aperitivo y un café *crème*. Un camarero, entrecerrando los ojos para verlo mejor a través de sus gruesas gafas, se acercó a la mesa que había elegido, al lado de la ventana, y le preguntó qué deseaba.

—*Bonjour*, monsieur Dupont. ¿Qué va tomar hoy, hoy?

—No soy monsieur Dupont —contestó Éric.

—Ah, perdón. Es usted monsieur Allamand. Le pongo una copita de vino, de vino.

—No, no me conoce, vengo de París. Soy monsieur Aubriot.

—Oh, perdone, perdone, ya lo sabía —afirmó mientras intentaba ajustarse las gafas sobre la nariz con aire de curiosidad—. Dígame, dígame qué desea.

—¿Puede usted prepararme una ensalada?

—Oh, sí, claro, sí. Ensalada. ¿Algo más? ¿De beber, de beber?

—No, gracias. Solo agua mineral.

—Enseguida, enseguida.

El camarero partió hacia la cocina moviéndose con la agilidad sinuosa de un topo. Debía conocer de memoria la disposición de las mesas en la sala para caminar tan rápido entre ellas y no tropezarse con nada.

Al cabo de un rato, el camarero salió de la cocina con la ensalada y una cestita de mimbre repleta de pan en una mano, y una botella de agua en la otra, mientras sus gafas se iban deslizando poco a poco hasta la punta de la nariz.

—Aquí tiene. Que aproveche, que aproveche.

—Gracias.

La ensalada no estaba mal, salvo por una pequeña oruga que apareció bajo una hoja de lechuga cuando ya solo quedaba la mitad. Éric la apartó con el tenedor y comió sin ganas un poco más. Durante la guerra había comido cosas peores. No era la oruga lo que le quitaba el hambre, sino Claire. No lograba imaginarla, no podía intuir cómo reaccionaría cuando lo viera. Probablemente no querría saber nada de él. Eso si la encontraba. Y luego estaba la niña. ¿Sería verdad? ¿Podría él asumirlo? Quizá debería dar la vuelta y regresar a París, al pasado. Ese ya era un dolor conocido. Pero en Épernay solo le esperaba lo nuevo, fuera lo que fuera.

Se tomó de un trago el café oscuro que el camarero le había servido en una taza de porcelana con el nombre del restau-

83

rante: L'Avenir.[16] Y deseó que el suyo no fuera tan amargo como aquel café.

El camarero le indicó una tienda donde podría encontrar gasolina.

—Tras el árbol de la calle de enfrente, de enfrente. Pero yo no conduzco, no conduzco.

—Gracias, que tenga un buen día.

—Igualmente, igualmente.

Se trataba de una *epicérie*[17] donde el aroma de las largas baguettes compartía espacio con el picante de las especias, las legumbres al peso, los sacos de pienso para los animales y el olor metálico de varios aperos de labranza de los que Éric no conocía ni el nombre. Y en un rincón, delante de una estantería repleta de licores, bebidas y botellas de *champagne*, se apilaban varias latas de gasolina de color naranja. Éric compró la suficiente para llenar el depósito y tener alguna más de reserva. Estuvo a punto de llevarse también una botella de Veuve Cliquot, pero pensó que, si era para beberla con Claire, no debería comprar una de la competencia, y si era para beberla sin nadie a su lado, no la quería. Así que volvió a depositar el vidrio verdoso de etiqueta amarilla con cuidado en la estantería y se concentró en continuar su viaje a la tierra hueca de Épernay, la tierra hueca de las bodegas de creta.

Las suaves colinas que rodeaban a la ciudad estaban cubiertas por las vides desnudas de marzo, pero Épernay tenía tanta vida en el interior de su vientre como sobre su piel. Bajo ella se extendían kilómetros de galerías excavadas en la roca calcárea, que las bodegas parasitaban para madurar sus vinos.

Éric llegó a su destino y aparcó el Ford T bajo los arces que rodeaban una antigua iglesia con un gran rosetón tallado en la piedra sobre la puerta principal y un campanario robusto que aspiraba a convertirse en nube y se quedaba en árbol. Buscaría alojamiento. La buscaría a ella. Quizá podrían encontrarse de nuevo, recuperar lo que tenían entre los dos, las tardes de conversación junto al Sena, el calor de su cuerpo, el suave vello ru-

16. El porvenir.
17. Tienda de comestibles.

bio de su brazo. Sí, la había echado de menos. A pesar de que se había convertido en un idiota que había renunciado a todo, incluso a su vida, la echaba de menos.

Y luego estaba lo de la niña. Con eso sí que no sabía qué hacer.

De las colinas plagadas de viñedos varias columnas de humo se elevaban en volutas hasta el cielo para unirse a las nubes. ¿O las nubes eran el humo? Éric no lo sabía, y tampoco qué significaba ese humo y por qué los hombres y las mujeres abandonaban las viñas y se dirigían hacia el pueblo tan tranquilos, sonrientes bajo sus sombreros, que más que proteger del sol abrigaban del frío que descendía con ellos.

Un viejo, apoyado en un bastón que a duras penas aguantaba su peso, acompañado de un perrillo blanco sucio que se pegaba a su pierna, se acercó a él.

—Ya bajan, ¿verdad, forastero? —dijo, señalando con su bastón el aire—. Los huelo.

Éric lo miró sorprendido. El viejo tenía los ojos cerrados, casi cubiertos por una gorra que alguna vez debió ser de color negro, pero que entonces no pasaba de un gris desvaído, del color del invierno de París.

—Yo alguna vez también subí a los campos. Pero ahora ya no veo. ¿Sabes, forastero? Es el tiempo de la poda. Este año tienen suerte, no hay nieve en la viña. ¿Hueles el humo? Queman los sarmientos que han cortado para calentarse y calentar la tierra y las plantas, en espera de que la primavera sea clemente y de que pronto la viña se vuelva verde. ¿Y tú a qué hueles? Hueles a ciudad y a miedo. ¿Por qué has venido? ¿Qué buscas?

Ojalá lo supiera. ¿Qué buscaba? ¿Una niña? ¿Una vida que había perdido? ¿Un futuro distinto al whisky y al Café Le Dôme?

—Busco una bodega.

—Ah, has venido a comprar champagne. Bodegas hay muchas, forastero. Yo las conozco todas. Me crié en ellas, viví por ellas. No necesito luz para caminar por sus pasillos fríos. Ni ahora, ni antes. ¿Verdad, *Campanero*?

El perrillo, que estaba acurrucado al pie del viejo, movió sus orejas y lo observó con atención, como si fuera su dios.

85

—Ay, *Campanero*, qué buenos ratos he pasado en la viña, tras las faldas de las mujeres… y en los rincones oscuros de las bodegas… Qué buena vida, *Campanero*, qué buena vida… ¿Buscas una bodega en concreto, forastero? Acabas de llegar, tu coche aún huele al calor del viaje.

—Sí. Terre Sauve.

—Ah. La tierra nunca está a salvo de los hombres, forastero. Tampoco Terre Sauve lo estuvo. La guerra la partió en dos. Solo se salvaron los túneles. Los túneles nos salvaron a muchos. Dormíamos allí, vivíamos allí. Las botellas nos hicieron sitio. Los niños corrían por los túneles imaginando el sol. Los hombres no queríamos salir a él, porque con él venían las bombas. Tú también estuviste en la guerra, lo noto.

Éric cruzó los brazos sobre el pecho, en aquel gesto que se había vuelto tan familiar y que le ayudaba a sobrellevar el dolor, y perdió la mirada en el cielo que se extendía sobre las colinas. Se esforzó por contestar.

—Verdún.

—Ah, el Mosa, el Marne, el Somme, qué más da. La guerra la sufre el hombre, la sufren los ríos y la tierra. No nos libramos de ella, la llevamos en el alma, la repetimos una y otra vez. El hombre cava agujeros para sembrar vino o para hacer trincheras. Eleva catedrales para luego derruirlas. Cultiva la tierra para matar lo que ha nacido. Terre Sauve, la tierra nunca está a salvo.

Éric sintió la inquietud a su lado, como una tercera compañera en la conversación. Fue ella la que preguntó:

—¿Qué pasó con Terre Sauve?

—Se destruyó su exterior, pero su corazón siguió latiendo.

Éric no supo qué pensar. ¿El viejo sabía lo que decía? Parecía tener más años que el propio Épernay.

—El corazón de las bodegas está dentro —continuó el viejo—. Y lo de dentro a veces permanece, oculto y protegido tras la coraza exterior, aunque parezca que ya está muerto. Bajo el suelo de creta sigue latiendo la sangre de Terre Sauve. Y con esa sangre la están reconstruyendo todavía. Me llamo André.

André tendió una mano, que más bien parecía un trozo retorcido de vid, hacia Éric, que se la estrechó con cuidado de no quebrarla.

—Soy Éric Aubriot.

—Bienvenido a Épernay, Éric Aubriot. Gracias por escuchar a un viejo. Si quieres, yo te llevo a Terre Sauve. Pero tenemos que ir en eso —señaló con su bastón al Ford T—. Con *Campanero*. Aunque a *Campanero* no le gustan los coches.

*Campanero* movió la cola suavemente, mirando a Éric, que esbozaba una sonrisa sorprendida.

—Si quieres, mañana a las nueve te espero en este mismo sitio, bajo este mismo árbol. Puedes venir, o no.

André se alejó despacio sin levantar apenas sus pies del suelo, como si en vez de pies fueran manos que tantearan la tierra, mientras el perrito pegado a su pierna parecía mostrarle el camino. Éric se quedó allí hasta que el viejo se perdió en las calles de Épernay, ya solo bajo el árbol y bajo el cielo medio cubierto por aquellas nubes de humo que bajaban de las viñas.

# 13

## La Cloche

**Champagne, Marzo de 1922**

Éric decidió sacar el equipaje del Ford T, una pequeña maleta de cuero, la misma que su padre había llevado a Canarias cuando fue a por él, y buscar algún lugar donde alojarse. Lamentó no haber preguntado a André, aunque en parte seguía dudando de su cordura. Buscaría algún café, quizás allí pudiera obtener alguna información. Comenzó a andar por una calle de casas bajas hacia el sur, dando la espalda a las colinas. Al poco se topó con un edificio color ladrillo, el toldo gris sobre la puerta anunciaba: Café Bar La Cloche.[18] Le sorprendió el agradable calor del interior. Los dos o tres parroquianos que apoyaban su tiempo en la barra y los que jugaban a las cartas en las mesas se dieron la vuelta para ver quién entraba. Algunos, al descubrir que no era nadie conocido volvieron a lo suyo enseguida, otros, se lo quedaron mirando con aire curioso.

—Buenos días, señor. ¿Qué desea?

Un chico que apenas había alcanzado la adolescencia observaba a Éric desde detrás de la barra, esperando su respuesta.

—Un café *crème*, por favor —contestó Éric—. Caliente. Hace frío fuera.

---

18. La campana.

—Sí, señor, enseguida.

El chico movió un taburete para subirse a él y poder preparar el café; se lo sirvió añadiendo un poco de leche de una jarrita blanca.

—Aquí tiene, señor.

—Gracias. Estoy buscando dónde alojarme. ¿Conoces algún sitio?

—Sí, señor. Nosotros alquilamos habitaciones. —El chico señaló al techo—. Muy confortables y tranquilas. ¿Quiere ver alguna?

—De acuerdo.

—Espere un momento.

El chico desapareció tras una puerta de color verde, y al poco entró de nuevo seguido de una mujer de mediana edad, que debía estar embarazada, por lo menos, de ocho meses. Llevaba la melena oscura recogida en una trenza tras la espalda que la hacía parecer más joven de lo que era en realidad; sus ojos mostraban una expresión cansada.

—Siento molestarla, señora. Busco alojamiento para unos días —dijo Éric tras tomar deprisa el café y sentir el exceso de calor en la lengua.

—No hay problema. Acompáñeme. Si le gusta la habitación, puede quedarse cuanto necesite.

A Éric le sorprendió la energía que dejaba trascender su voz. Ambos subieron por una escalera que salía del fondo del local, mientras los parroquianos los seguían con la mirada, murmurando entre ellos. Se detuvieron delante de una de las puertas de madera del largo pasillo y ella rebuscó en el bolsillo de su delantal hasta sacar una llave e introducirla en la cerradura, que giró sin dificultad.

Éric se encontró frente a una estancia amplia y luminosa con dos ventanales al frente, desde los cuales se veían los árboles de la plaza de la iglesia y su cuadrado campanario. Parecía estar bastante limpia, olía a una hierba aromática que Éric no supo identificar, ¿quizás albahaca? Y aunque en ese momento hacía algo de frío, se imaginó en uno de los sillones frente a la chimenea con un cálido fuego encendido. Deseó quedarse a solas y descansar.

—Me parece bien. ¿Cuál es el precio?

89

—Seis francos por noche.

Era un poco caro, pero Épernay no tenía fama de otra cosa. Así que aceptó.

—De acuerdo.

—Muy bien. Aquí tiene las llaves. Hay dos, una es de la habitación y la otra es de una entrada que da directamente a la calle, por las escaleras que hemos subido, no sé si se ha fijado en que a la derecha había una puerta.

—Perfecto, gracias.

—Si necesita algo estamos abajo. Soy madame Vien. Dentro de un momento vendrá mi hijo a encenderle el fuego y traerá más leña.

—Gracias. Yo soy Éric Aubriot.

Ella sonrió mientras él dejaba la maleta sobre la cama, disponiéndose a colocar su ropa en el armario de aire antiguo, en cuyo espejo se reflejaron ambos.

—El *pissoir* es la puerta de enfrente. Es común a todos los huéspedes, pero ahora no hay nadie más que usted. No es temporada. Al lado hay unos baños.

—De acuerdo.

—Bien, le dejo. Hasta luego.

Madame Vien y su vientre redondo salieron de la habitación, para, al rato, dar paso a su hijo, que venía cargado con una cesta llena de leña. Él mismo parecía otro palo, delgadito y alto, mirando a Éric con ojos aún inocentes.

—Hola, señor. Voy a encender el fuego.

—Me parece bien. Voy a ayudarte.

—No, que mi madre se enfada.

—¿Quién se lo va a decir? Vamos. Te iré pasando la madera, pon el papel y préndelo. Soy Éric. ¿Y tú?

—Me llamo Adrien.

Éric comenzó a partir las ramas más finas. Se las pasaba a Adrien, que las iba colocando en forma de pirámide sobre el papel de periódico que utilizarían para prender el fuego.

—Adrien… ¿Conoces a un señor muy viejo que se llama André?

—El abuelo André. Lo conoce todo el mundo.

—¿Es tu abuelo?

—Nooo, es el abuelo del pueblo. Dicen que es más viejo que

las bodegas, pero eso es imposible, porque las bodegas las construyeron los romanos. Yo lo sé.

Éric se sentía cada vez más sorprendido.

—¿Los romanos?

—Sí, para sacar la creta blanca del suelo. Quizá también fueran ellos los que plantaron las vides. Aunque el abuelo dice que ya estaban de antes. El abuelo sabe mucho sobre la vid y el *champagne*. Más que nadie. ¿Por qué lo conoces, si acabas de llegar?

—Tuvimos una charla muy interesante en la plaza, cuando aparqué el coche.

—Sí. Siempre dice cosas raras. Pero hay que escucharlo, no ve con los ojos pero sí con el alma.

El fuego comenzó a tomar potencia y relajó a Éric, que se sentó en uno de los dos sofás de tela estampada con pequeñas hojas de vid frente a la chimenea.

—Estoy buscando una bodega. Terre Sauve.

—Es de las del norte, creo, pasando el Marne. ¿Sigue viva?

—El abuelo dice que su corazón sigue vivo. —A Éric le resultaba muy extraño repetir las palabras del viejo, que no entendía del todo.

—Qué suerte. Bueno, debo irme. Si quiere, luego puedo subirle algo de cenar, una sopa.

—Te lo agradezco.

Éric se quedó a solas frente al fuego. Como cuando regresó a París después de la herida de Verdún y se sentaba delante de la chimenea de aquel apartamento casi vacío de la Rue Laplace mirando cómo las llamas devoraban la madera, poco a poco, hasta morir también ellas junto con la luz del día. Cuando llegaba la noche seguía allí, en la misma posición, y cambiaba la compañía del fuego por la del whisky para no sentir nada. Uno de esos días huecos apareció Ari, y al poco, Claire. Y él no supo qué hacer. La guerra le había dejado el pecho vacío, su alma se había ido perdiendo entre los rincones de aquel hospital de campaña, entre la tierra roja de sangre, entre cada muerto que se llevaban los camilleros mientras él, impotente, los veía partir apretando los puños y los labios hasta sufrir también por fuera.

Y le dolía el hombro, y los fantasmas de los *poilus* muertos lo rodeaban hasta que no podía respirar. Habían pasado años. Pero él lo tenía ahí. Como si todo hubiera sucedido ayer.

91

Unos golpes suaves en la puerta devolvieron a Éric a la realidad. Cruzó los brazos sobre el pecho para ocultar el temblor y dijo:

—Adelante.

—Monsieur Aubriot, le traigo la sopa. —Madame Vien entró en la habitación portando una bandeja con un plato que humeaba, algo de pan, un poco de queso y una manzana de color amarillo.

—¿Ya? —Éric sacó su reloj del bolsillo, para darse cuenta de que eran las seis—. Gracias, déjelo en la mesa, por favor.

—¿Está usted bien? —dijo ella, observando la expresión de dolor de Éric y el temblor de sus manos, que no podía ocultar.

—No se preocupe —respondió él, con la voz ronca, apartando la mirada y volviéndola a fijar en el fuego—. No hay problema.

—Si necesita algo estamos abajo. El bar está ya cerrado, pero vivimos aquí. Si llama a la cocina, le oiremos.

—Gracias.

—Hasta mañana.

Madame Vien salió de la habitación y entornó la puerta despacio. Éric cerró los ojos y echó la cabeza hacia atrás hasta apoyarla en el respaldo del sofá, intentando relajarse al calor de la chimenea. Mañana sería otro día, quién sabe qué le depararía. No quería pensar en Claire, ni en la niña, ni en nada. Porque si lo hacía, se subiría en el Ford T camino a París de nuevo, huyendo, cambiando las viñas sin hojas por los altos árboles de las calles de la ciudad para buscar trabajo en algún que otro cuchitril, o quizá se fuera a Canarias, a resolver por fin el misterio de su madre ausente y saber de una maldita vez quién era él y por qué le habían obligado a cambiar el mar por el Sena.

Pero no. No huiría, esa vez no, joder, aunque todo su cuerpo se lo estuviera pidiendo. Ahora estaba en esa habitación, al lado del Marne, y seguramente muy cerca de Claire y de la niña, Erika, quizá mañana se vería en sus ojos. Era miedo, el viejo tenía razón. Y también ira. Y en medio, aquel amor, y él no sabía qué hacer con el amor, no tenía dónde ponerlo.

# 14

## Las lavas que subyugan

*Lanzarote, 1889*

Esa isla no se parecía en nada a Tenerife. Desde que Fabien había llegado hacía casi una semana, un vientecillo africano la amaba de forma constante. A veces incluso la amaba demasiado fuerte. Otras veces solo le susurraba con la calidez de un suave requiebro. Pero ahí estaba, siempre presente, intentando colarse en cada oscuro rincón de sus basaltos. Por ello, algunos molinos de viento rodeaban el Puerto de Arrecife, cuatro casas bajas en torno a la torre de una iglesia que más que otra cosa parecían cajones enjalbegados de blanco, protegidos por un pequeño castillo valiente que daba la cara frente al mar.

La vegetación era casi inexistente. Solo algunas aulagas florecían a las afueras de la ciudad, entre maravillosas corrientes cuajadas de lava negra. Fabien se sentía subyugado por el extraño paisaje. La isla parecía una bruja hermosa de volcánicas vértebras y mirada envolvente. Los que se atrevían a tocar su cuerpo de raros colores, jamás se veían libres de su hechizo. Y Fabien pensó que había encontrado su rincón en el mundo. Que podría envejecer allí, entre los picones de los caminos que iban a morir a aquel transparente mar. Que le sucedería como al hombre de los cuentos: se dormiría apoyado en alguna roca, para despertar al día siguiente y encontrarse con que en realidad habían pasado. cien años, una vida entera, y no se había enterado. Bajo aquel cielo luminoso, todo era posible.

Fabien se alojaba en la única fonda de la isla según su cuaderno de pastas marrones con los apuntes del doctor Verneau. La fonda estaba regentada por don Félix Fumagallo, un italiano algo entrado en años que la mantenía en buen estado, es decir, sin pulgas ni chinches. Además, tenía ventilación, ya que a través de las tablas de madera del piso, a veces desunidas, se colaba aquel aire casi constante que en ocasiones incluso conseguía refrescar el ambiente.

Quería recorrer toda la piel de esa maravillosa isla. Su cabeza coronada, los volcanes negros de su vientre, las calas arenosas de sus pétreos dedos. Quería bebérsela entera, soñar cada una de sus piedras. De noche salía de la fonda y tomaba asiento frente al océano, donde solo se oía el ir y venir del agua en los basaltos. Se llevaba su cuaderno, una vela y unos fósforos, y dibujaba la salida de la luna tras el inestable perfil del mar. Algunas noches, Fabien podía oír también el gemido de los barcos que se fueron y nunca regresaron. Quedaron varados para siempre en algún acuático limbo. Las almas que los ocupaban luchaban por volver a su yerma y amada isla, pero su esencia se había unido a la de aquellas olas impías y lloraban al no conseguir más que acariciar la arena, extendiendo y retirando la mano una y otra vez. Esas noches, a Fabien le entraba miedo y se acababa levantando deprisa para apagar la vela de un soplo, volver a la fonda de don Félix, meterse en una de sus ocho camas y taparse entero con la sábana y la colcha, sin dejar ni un dedo al aire, no fuera que la noche se confundiera y terminara por llevárselo al limbo también a él.

Por la mañana solía levantarse no muy temprano para pasear por las calles a menudo vacías de Arrecife con el material de dibujo bajo el brazo. Oía cómo las puertas se entreabrían a su paso para ver quién era aquel desconocido, y podía intuir la mirada de unos ojos curiosos. A veces se cruzaba con alguna mujer que llevaba su carga en la cabeza, fuera un barril de agua o cualquier otra cosa. En esa isla, el agua era vida más que en ningún otro sitio, porque la única disponible era la de la lluvia, y llovía poco. Los isleños acostumbraban a mirar al cielo, a aquel cielo casi siempre azul que abrazaba su isla, porque si el cielo no lloraba, no tenían qué beber. Recogían cada gota que caía en los aljibes volcánicos de sus casas, o en las maretas de las afueras, porque la sequía significaba irse. A otro sitio, o al otro mundo. Y era demasiado frecuente.

Fabien solía acabar en las calles de roca del barrio de los pescadores, donde el mar casi acariciaba las casas y era un habitante más de sus escasas estancias. Allí las mujeres tenían un ojo en el hornillo que utilizaban para cocinar y otro en el horizonte, esperando que sus hombres regresaran de entre las olas. Él paseaba entre los charquillos de agua que dejaba la marea en los basaltos para observar los pequeños peces, cangrejos o caracolillos que quedaban atrapados en ellos, y dibujaba el mar y las rocas durante horas.

A veces salía de la ciudad hacia las corrientes de lava negra que la rodeaban para tomar el sol con la única compañía de las florecillas amarillas de las aulagas o de algún rebaño de cabras. Una vez se alejó más de la cuenta y vio cómo tres o cuatro isleños perseguían en burro a unas aves grandes que no levantaban el vuelo. Las pobres aves se acabaron cansando y los hombres las cogieron con las manos, sin necesidad de arma alguna. Uno de ellos lo divisó y lo confundió con algún ser maligno de los que habitaban el oscuro interior de las rocas, porque comenzó a dibujar cruces con un cuchillo en el aire y lo acabó clavando en la tierra para anclar el miedo a su filo cortante.

Pero debía irse. No podía permanecer solo en aquella ciudad silenciosa, quería conocer los volcanes que consiguieron parir la isla a base de basalto y tiempo.

Así que una mañana se levantó decidido. Partiría a Yaiza y allí se alojaría en casa de unos amigos del doctor Verneau. Portaba una larga carta de recomendación para ellos. Buscaría un guía y se iría. Ya se había entretenido demasiado en Arrecife y sus tres o cuatro calles. Echaría de menos el mar, pero a cambio podría conocer Timanfaya y las Montañas de Fuego, que hacía apenas siglo y medio habían cambiado el perfil de la isla.

—Don Félix, necesitaría un coche que me llevara a Yaiza —comentó al acabar el desayuno.

—Ah, monsieur Aubriot. En Lanzarote solo hay dos coches

de caballos, creo. Más de adorno que otra cosa. Si quisiera un camello sería más fácil.

—Bien. Pues vamos a ver si conseguimos alguno.

—En el Puente de las Bolas se suelen poner. ¿Se acuerda? Cuando desembarcó tuvo que pasar por allí.

Fabien se encaminó hacia el mar buscando a alguien que lo alejara de él tierra adentro, hacia el vientre de fuego de la isla.

Los camellos permanecían impasibles y arrodillados mirando al mar. Los hombres charlaban entre ellos, mientras fumaban tabaco liado en hojas de maíz. Cuando Fabien se acercó, vinieron hacia él.

—¿Quiere que lo llevemos a alguna parte?

Miró a cada uno de aquellos hombres, morenos, con las camisolas ceñidas a la cintura, sandalias que apenas eran un trozo de cuero atado con tiras a sus pies y sombreros de hoja de palma que los protegían del sol. Eligió al más entrado en años, un isleño de ojos entrecerrados de tanto ver atardeceres en el mar, y preguntó:

—¿Me puede usted llevar hasta Yaiza? Voy a casa de los Monteverde.

—¿Los Monteverde? No. ¿Es usted amigo de los Monteverde? Váyase a la mierda —dijo, dándose la vuelta para mirar al mar de nuevo.

—Oiga… —respondió Fabien, sorprendido. Pero uno de los más jóvenes se acercó y le comentó:

—No le haga caso. Está ya muy mayor. Si le viene bien, yo le llevaré. Por seis pesetas. ¿Tiene mucho equipaje?

El chico parecía buena persona, así que Fabien se decidió.

—No, tengo lo justo. Con un camello bastará. Salimos mañana a las nueve, te espero en la fonda.

—Allí estaré.

Fabien esperó que así fuera. Regresó de nuevo a la fonda, preparó su equipaje y luego se dirigió hacia el barrio de los pescadores para despedirse, por el momento, del mar.

Por la mañana, el muchacho ya lo esperaba con el camello preparado con una especie de arnés de madera sobre su joroba. En uno de los lados del arnés cargaron el equipaje y en el otro lado se subió él. El muchacho se encargó de equilibrar el peso entre ambos, añadiendo en el lado del equipaje un par de saquillos de arena.

—Ya estamos listos —anunció cuando le pareció que estaban equilibrados—. Agárrese bien que el camello se levanta.

Fabien ya conocía el peculiar balanceo del camello al alzarse y andar, y también su fuerte olor, aunque el muchacho parecía mantenerlo bien cuidado.

—No te preocupes y vamos allá. Habría que llegar a buena hora.

El camello avanzaba con parsimonia por el camino negro de picón, que unas veces se confundía con el oscuro basalto del paisaje y otras resaltaba como una herida entre los ocres y amarillos de la cambiante tierra. De vez en cuando algún conejo huía sobresaltado hasta desaparecer en su madriguera. Solo se cruzaron con un pastor y sus cabras, y con algunas higueras que crecían en agujeros excavados en la roca volcánica, protegidas de los alisios.

La casa de los Monteverde se situaba a las afueras de Yaiza, asentada en las faldas de una pequeña elevación de terreno de color ocre. Desde ella se divisaban las cuatro casas del pueblo, construidas con la piedra que el volcán fue donando a sus habitantes a lo largo de los siglos.

—Bueno, señor. Yo ya me voy —dijo el muchacho dejando a Fabien a las puertas de la propiedad.

—¿No quieres entrar y refrescarte un poco?

—Tengo parientes en Yaiza. Pasaré la noche con ellos.

—Gracias por el trayecto. Tu camello sí que vale.

—Camella, señor. Y sí, vale mucho. Oiga…

—Dime.

El chico se lo pensó mejor. Al fin y al cabo no sabía lo que unía a Fabien con los Monteverde.

—No, nada, nada. Que lo pase bien aquí.

Fabien lo vio partir sendero abajo, como si se dirigiera a los pequeños conos volcánicos que rodeaban las cuatro casas del pueblo y que solo se abrían para dejar aparecer una franja de lejano color azulado. El océano siempre estaba presente, recordando a las rocas que existían porque él las había permitido nacer.

Tras la casa se erguían los grandes, Timanfaya y las Montañas de Fuego, bajo un mullido y escaso tejado de nubes.

La casa de los Monteverde estaba pintada de blanco, toda menos la banda de color rojizo que rodeaba las ventanas y puertas de madera labrada. Para llegar a ella había que atravesar un patio bastante más extenso que la casa en sí, caminando por un sendero bordeado de grandes palmeras. A los lados crecían unos olivos que podrían haber visto la erupción del volcán hacía ciento cincuenta años, si es que algo se salvó de aquello. Una fuente con un grifo en forma de cabeza de león adornaba la fachada al lado de la puerta, bajo un pequeño porche. Tenía pinta de no haber sido abierta en mucho tiempo.

Fabien no tuvo que llamar. Una criada joven y morena apareció de detrás de la casa, cargada con una cesta repleta de maíz.

—¿Viene usted a visitar a los señores? —preguntó con su melodioso acento.

—Así es. Traigo una carta de recomendación —dijo, perdiendo su mirada en el perfil de sus senos, que se intuían bajo la camisa blanca.

—Voy a avisar. Pase, por favor —le invitó, tomando la carta.

98

A Fabien lo recibió el frescor de aquellos gruesos muros. No tuvo que esperar mucho. Al momento un hombre tan alto como él pero ya entrado en años, que lucía un gran bigote, apareció acompañado por la sirvienta.

—Bienvenido a nuestra casa. Soy Juan de Monteverde. El Antonio al que se refiere el doctor Verneau en su carta murió hace unos meses, era mi hermano. Nosotros nos hemos hecho cargo de la casa —explicó—. ¿Cómo está el doctor?

—Ah, lo siento mucho. —Fabien estrechó la mano fría que el hombre tendía hacia él, y sintió cómo aquellos ojos de un inquietante color verde claro lo observaban—. Bien, el doctor está bien, su intención es no tardar mucho en regresar a las islas.

—Me alegro. Y no se preocupe, estamos encantados con su llegada. Como comprenderá, aquí no recibimos muchas visitas. Esta es mi esposa, Lucía —explicó, señalando a la mujer que había entrado tras él.

Doña Lucía era luminosa y tranquila, como un faro. Pero su rostro estaba triste como una noche nublada sobre el mar.

Cuando levantó su mirada hacia él, Fabien se quedó hipnotizado por aquellos basálticos ojos. Estuvo seguro de que alguna vez habían sido los más admirados de la isla, y quizá lo siguieran siendo a pesar de las pequeñas arrugas que los rodeaban y de esa sombra de nostalgia que velaba su brillo.

—Encantado —pudo balbucear.

—Es usted bien recibido —contestó ella—. Pase, le enseñaremos su habitación. Luego, cenaremos.

Fabien siguió a doña Lucía y a la sirvienta a través de un largo pasillo, atravesando un amplio salón que daba a un patio interior. En él, un aljibe de piedra volcánica cercado de helechos recogía la poca agua que caía del cielo. Lo rodearon para subir por unas escaleras hacia el primer piso, donde estaban los dormitorios. Los de poniente eran de la familia. En los de naciente se alojaban los invitados. La habitación que le asignaron a Fabien tenía dos ventanas: una daba al patio y la otra, a una tierra negra que albergaba un cultivo de tuneras rodeadas por un pequeño muro, recuerdo de cuando la cochinilla aún era riqueza en las islas. Al lado de una de las ventanas, un sólido armario de madera ocupaba el resto de la pared, y en medio de la estancia había una cama que podría resultar grande hasta para dos personas, cubierta por una colcha blanca de hilo proveniente de algún país europeo. La criada llamó a la puerta. Traía una jofaina de agua para que Fabien pudiera lavarse y refrescarse antes de cenar. Tras cambiarse de ropa y asearse un poco, volvió a bajar las escaleras y regresó al salón.

La mesa ya estaba puesta, y frente a ella aguardaban don Juan y su mujer. Ella mantenía fijos los ojos en alguna parte del mantel, con las manos apoyadas en su regazo, y él saboreaba una copa de un vino de color claro.

—Siéntese, Fabien. —Don Juan indicó la silla que estaba a su lado.

—Gracias.

—Pruebe un poco de nuestro vino —comentó llenándole la copa.

—¿Suyo? ¿Lo elaboran ustedes?

—Por supuesto. Cultivamos las vides y lo elaboramos allá, en La Geria.

—No sabía que hubiera vides en Lanzarote.

—Pues sí. Un día de estos me acompañará a verlas.

—Me gustaría mucho.

Doña Lucía no hablaba. Continuaba con los ojos bajos. Cuando la criada sirvió la comida, un aromático puchero de pescado y patatas, se limitó a tomar la cuchara y comer despacio. No cruzó la mirada con su marido o con Fabien ni en una sola ocasión.

—¿A qué se dedica usted en París?

—Mi familia tiene negocios. Yo, además, soy geólogo.

—Ah, le gustan las piedras. Ha llegado entonces al lugar adecuado. ¿Quiere subir a las Montañas de Fuego?

—Es mi propósito.

—Hágalo. Suba con Fidel. Trabaja para nosotros, él le llevará. Tenemos dos caballos, pequeños, de los de aquí, que se mueven muy bien por el malpaís.

—Se lo agradezco.

—Pero no mañana. Mañana viene mi yerno.

—Y tu hija —dijo doña Lucía, sorprendiendo a Fabien.

Don Juan dirigió a su mujer una mirada llena de ira. Ella se la sostuvo y Fabien pudo imaginar cómo habrían sido aquellos ojos algún tiempo atrás. Seguro que nadie podía escapar a esa magnética mirada.

—Sí, Fabien —contestó don Juan con voz ronca—. Y mi hija Gara, que se quedará aquí un tiempo porque Arthur, mi yerno, viaja a Inglaterra.

Fabien se preguntó por qué parecían llevarse tan mal, cuál sería el motivo de aquella ira entre ellos. Pero no era de su incumbencia, bastante amables se mostraban al alojarlo en su casa, tal y como afirmaba el doctor Verneau.

—Muchas gracias. Yo me retiro ya —comentó, levantándose de la silla.

—No, muchacho. —Don Juan lo sujetó del brazo y le obligó a sentarse de nuevo—. Usted y yo vamos a beber otro vaso de vino y me va a contar cómo son las cosas por el continente. Lamentablemente, pocas veces tenemos compañía. Lucía, retírate.

Doña Lucía volvió a mirarlo de aquella manera tan volcánica. Parecía que sus ojos se incendiaran. Pero se levantó y arrastró su larga falda por el suelo del salón, produciendo el roce un frufrú marino que enganchó la mirada de Fabien hasta que desapareció tras la puerta caoba de madera.

—Deje de mirar a mi mujer —dijo fríamente don Juan, señalándolo con el dedo.

Fabien se sintió enrojecer.

—Disculpe, no quería ofender —contestó.

Don Juan vomitó una enorme risotada que resonó por toda la estancia.

—Es broma, hombre. Vamos, beba un poco. ¿Cómo son las mujeres de París?

—Ya no me acuerdo —bromeó Fabien intentando reírse también, aunque sin conseguirlo apenas—. Las bellezas morenas de estas islas me trastornan.

—Trastornan a cualquiera. —Don Juan se puso serio de repente—. Tenga cuidado con ellas. Lo enganchan y le quitan la razón. Alocan el poco seso que tenemos los hombres.

Fabien pensó que no le importaría que lo alocara alguna mujer como doña Lucía. No, en absoluto.

101

## 15

## El Terroir

*Champagne, primavera de 1922*

*D*ejaban atrás Épernay, camino a Terre Sauve. El abuelo André se aferraba a su bastón como si le fuera a proteger del peligro mortal que suponía el traqueteo del coche. El perrillo se aovillaba a sus pies y no levantaba la cabeza.

—Trasto infernal. La velocidad va a acabar matando al ser humano, que por naturaleza es lento y vago —iba farfullando—. ¿Verdad, *Campanero*? Esto no es para nosotros. Voy a marearme.

—¿Se encuentra bien, André?

—Sigue, muchacho. Si fuera lejos hubiéramos ido a pie. Esto es insoportable.

Éric pensó en cuánto tiempo habría tardado de haber venido de París a pie. Quizá todavía estaría a las afueras.

—¿Hemos pasado ya el río?

Un ciego. Un ciego era su guía, un ciego tenía que mostrarle el camino. Era lo más absurdo que le había pasado nunca.

—Primero el río, luego el canal. Debes ir corriente abajo, siguiendo el agua, muchacho.

Vale. Tendría que detenerse en el río, porque desde el coche no era muy factible ver hacia dónde corría el agua. Debía ser hacia el oeste, ya que el Marne vertía en el Atlántico. Por lógica. Pero el Marne se demoraba y paseaba entre las colinas del *terroir*,[19] a veces miraba al norte y otras veces al sur, entreteniéndose siempre.

La mañana estaba envuelta en una suave y húmeda neblina. Parecía que sobre los campos alguien había sembrado seda blanca, que se elevaba despacio de la tierra siguiendo la cadencia del aire. El sol solo era una pálida presencia en el cielo, pero formaba a su alrededor un halo circular de reflejos rosados. Era un lugar hermoso. Éric detuvo el coche junto al Marne.

—¿Por qué nos hemos parado?

—Quiero ver para dónde corre el agua. Si no, no sé hacia dónde ir.

—Oh la la. Tienen ojos por tener algo en la cara —dijo André, riendo entre dientes—. No tienen oídos, ni ningún otro sentido. La ciudad se los apaga. Eso pasa, ¿verdad, *Campanero*?

Era otro mundo. Olía a verde, a la primavera que quería imponerse, olía puro y frío. Había un río de agua y otros dos de árboles a cada orilla, tres caudales que caminaban juntos hasta perderse en la lejanía, bajo el halo rosado del sol. Éric sintió que sus nervios, que no le habían permitido apenas dormir, querían esconderse bajo el rumor de las ramas y de la corriente. Un pájaro azul surgió de la nada para sumergirse en el agua, reaparecer y ocultarse de nuevo tras las hojas de los fresnos. Poco más allá, las laderas de suave pendiente comenzaban a colmarse de vides aún desnudas.

—Merece la pena, ¿eh, forastero? —dijo André desde su asiento en el interior del coche—. Es bonita la piel de esta tierra.

—Lo es.

Por un instante, Éric lo olvidó todo: París, la guerra, incluso a Claire y esa niña morena. Solo estaba él, el murmullo del río, y el cielo y el silencio del aire.

No oyó cómo el viejo bajaba del coche y se colocaba a su lado para aspirar también aquel aroma. Tan solo notó su mano de madera sobre el hombro, el derecho, el que no do-

103

19. Territorio con alguna característica común, que suele ser agrícola y cultural.

lía. Quizá para sujetarlo, o quizá para sujetarse, nadie lo supo entonces. Y en aquel momento se sintieron lo mismo, seres libres, como los árboles.

Al poco, el perrillo comenzó a ladrar a una pareja de milanos que sobrevolaban el río. Uno de ellos se lanzó hacia el agua queriendo atrapar algún pez que nadaba cerca de la superficie, pero tuvo que levantar el vuelo con las alas extendidas y las garras vacías.

—Sigamos, André. ¿Le parece bien?

—El día comienza a estirarse sobre el río. Sin darnos cuenta, se perderá en él —respondió el viejo, dirigiéndose hacia el coche—. Pasa el canal, Éric. Cada vez estaremos más cerca de la tierra salva. ¿Tienes ganas?

—No lo sé. No sé lo que voy a encontrar allí.

—Casi nunca se encuentra lo que se busca. Todo es una sorpresa.

El Ford continuó su traqueteo por el camino hacia una de las colinas de suave pendiente que rodeaban Épernay, y pronto pasaron el puentecito que se extendía sobre el canal.

—El canal es el gemelo domesticado del Marne. Lo construyeron a lo largo del pasado siglo, cuando yo ya comenzaba a ser viejo, o eso creía. He sido viejo desde niño, no sé por qué. Gira, gira hacia el camino de las viñas. Pinot Noir, Pinot Meunier. Blanco de negras.

—No le entiendo, André —dijo Éric, intentando comprender algo sin distraer su mirada del camino de tierra.

—Ah, forastero. Tienes mucho que aprender. Poco a poco. La sabiduría requiere paciencia y tú acabas de llegar. ¿Estamos pasando el Clos?[20]

—¿Cómo?

—¿Hay algún muro que mantenga prisioneras las parras?

—André, perdone —Éric dudaba—. ¿Está seguro de que me lleva a alguna parte?

—¿Hay algún muro?

—Sí —contestó a regañadientes Éric, apretando el volante mientras sentía que se le acababa la paciencia.

20. Viñedo cercado. Solían pertenecer a monasterios.

—A un lado, el Marne. Al otro lado, el muro del Clos que encierra las vides. Al final del muro, comienza Terre Sauve.

Eso sí lo entendió. Al final del muro, Terre Sauve. Y al oírlo, Éric pisó con brusquedad el pedal del freno del Ford T, que se quejó con un chirrido hasta detenerse. Faltaba poco, muy poco para el final del muro. No, aún no estaba preparado. No tenía ni idea de qué decir cuando se encontrara con Claire. Si es que aún permanecía en Terre Sauve, si es que alguna vez estuvo allí.

—¿Por qué te detienes? ¿Qué buscas? Tras las vides no hay nada que temer, solo siluetas que podan, que atan —comentó el viejo moviendo una de sus manos. La otra se mantenía aferrada al bastón.

No podía decirlo. Expresarlo en voz alta sería convertirlo en realidad, darlo por sentado. Venía buscando a una mujer. Una mujer que perdió hacía cinco años. Y una niña que ahora tendría seis y que quizá, solo quizá, fuera su hija. Venía buscando una vida que dejó escapar. Una posibilidad de volver a ser normal, de dejar de estar solo de una maldita vez. Tantos años perdidos. Ahogados entre las siluetas de los soldados muertos.

105

—Gracias, André, por traerme hasta aquí —dijo Éric, maniobrando con el Ford para dar la vuelta en la carretera de forma brusca y regresar al canal, al río, a Épernay, a la solitaria habitación de La Cloche. Casi no podía respirar, no sabía qué miedo era el que le tenía agarrado el estómago hasta doler, el que se lo estaba volviendo retorcido y duro como una vid arrugada por el tiempo. Cobarde.


Éric abrió la puerta de La Cloche con rapidez para encontrarse con la misma escena del día anterior: los parroquianos volviendo a él la mirada de quien no tiene nada que hacer, y un chaval tras la barra que debía subirse a un taburete para atender a sus clientes.

—Hey, Adrien. Me voy a llevar una botella de whisky y un vaso a mi habitación.

Adrien miró a Éric de forma interrogativa, pero no dijo nada. Se limitó a poner sobre la barra de madera lo que le pedía. Tras la puerta que daba a la cocina, Éric pudo ver de reojo cómo madame Vien se llevaba una mano a la zona lumbar, se sentaba con fatiga en una silla de color del humo y comenzaba a acariciar su vientre cansado.

Los rescoldos del fuego mantenían templada la habitación, pero el aroma a albahaca se había quemado junto con la leña. Éric se sirvió medio vaso de whisky y, con él en la mano, se acercó al vidrio levemente empañado de la ventana. La iglesia se veía borrosa y una ligera lluvia había comenzado a empaparlo todo bajo aquel cielo gris que ese día se parecía extrañamente al de París.

Un trago. Solo un trago de ese whisky áspero que abrasaba la garganta. A ver si era capaz de ahogar el miedo, la ira, los recuerdos. Sería bonito poder cerrar los ojos y borrar la oscuridad de la mente, y que al volverlos a abrir la mirada fuera nueva, distinta, sin pasado. Sin un pasado que golpee el cuerpo a puñetazos, que ate cualquier posibilidad.

Ella lo había rechazado cuando él más la necesitaba. Había bajado las ruinosas escaleras del portal de la calle Laplace sin mirar atrás, dejándolo allí, asqueado, roto y solo.

Ah, así que era eso. Le dolía su abandono.

Con ella a su lado, quizá todo hubiera sido distinto.

Y además, se había callado el tema de la niña. Quizá no fuera su hija, quizá por eso lo había abandonado. No sabía si podría perdonarla. Pero al menos, necesitaba conocer la verdad. Debía volver a Terre Sauve, sentirla de nuevo un instante a su lado para librarse de su recuerdo o agarrarlo para siempre y llevárselo con él. Mirar en los ojos de esa niña. ¿Qué era lo que se lo impedía? ¿De qué tenía tanto miedo? ¿De que solo fuera un sueño, algo imposible, de que al final se tuviera que volver a París igual que había venido, con la única compañía de una maleta de cuero? Eso era lo más probable. Imbécil.

Caminaba de un lado a otro de la habitación, de la puerta de entrada a la ventana, y con cada paso notaba cómo las dudas incrementaban su angustia hasta que acabó tirando el vaso contra la pared, no quería seguir bebiendo, no quería seguir sintiendo. Lo tiró y el vaso estalló y se quedó tan roto como él mismo, incapaz de volver a ser lo que era, incapaz de volver a contener algo. O igual era otra cosa. Igual era que contenía demasiado.

106

Éric miró los pedazos de rabia del vaso, que reflejaban la tenue luz de la lluvia de fuera, y las manchas de whisky extendiéndose sobre el suelo. Los dejó allí, muriéndose, y él echó otro trago a la botella y se hundió en el sillón frente a la chimenea, apoyando su cabeza en las manos, sintiendo en ellas el tacto de su cabello revuelto.

Alguien llamó con los nudillos, pero Éric ni siquiera levantó la cabeza. Se quedó en el sillón, inmóvil, mientras madame Vien entreabría la puerta.

—¿Se encuentra bien? He oído ruido.

Éric no contestó, pero ella se fijó en el vaso roto y preguntó:

—¿Le importa que lo limpie? Esos vidrios rotos pueden ser peligrosos.

—Haga lo que le parezca —contestó Éric, tras aclararse la voz ronca.

La mujer salió para regresar de inmediato con una escoba de paja, un recogedor y un trapo. En silencio, con la trenza acariciándole la espalda y el delantal protegiendo su vestido de flores, barrió los cristales y limpió el whisky poniendo el trapo en el suelo y deslizándolo con la escoba, mientras el ser de su vientre se movía de forma solo perceptible para ella y le recordaba que pronto estaría fuera. Observó a su huésped, ese hombre alto, moreno, guapo y triste. Permanecía sentado en la butaca, sin decir nada, con la mirada en el infinito.

—La soledad suele ser mala compañera —comentó, apoyándose un momento en el reposabrazos del otro sofá.

—A veces es la única que se soporta —respondió Éric con sequedad, sin volverse a mirarla.

—Ya, bien. No quiero molestarle, me voy.

—Perdone. Usted no tiene la culpa, ha sido muy amable. No quería ofenderla.

—No se preocupe, no lo ha hecho. ¡Ay!

Éric se volvió hacia madame Vien, que se doblaba un poco sobre sí misma y se agarraba la tripa.

—¿Va todo bien? Debería descansar. No le debe quedar mucho para el parto. Siéntese un momento.

—Gracias. Un momento solo. Ya está —dijo ella, sentándose en la butaca frente a la chimenea.

—¿Aviso a su marido?

107

—¿Qué marido? —preguntó ella con sarcasmo—. Una vez tuve uno, el padre de Adrien, pero vinieron los alemanes; ya lo sabe. Lo mataron en la guerra.

Que si lo sabía. Vaya si lo sabía.

—Por esa mierda se ha roto mi vida. Yo no morí por fuera, pero sí por dentro —Éric se preguntó si realmente había dicho eso en voz alta. Maldito whisky.

—Bueno, al menos queda algo de usted. Come, bebe y folla. Como yo.

—Yo no follo. Me conformaría con vivir de una forma normal. ¿Sabe? Era médico. Amaba mi profesión. Y desde la guerra, los muertos, la sangre y las moscas no puedo acercarme a una consulta, ni pensar en ello tan siquiera, sin ponerme malo. ¿Ve? Ya comienza.

Éric extendió su brazo izquierdo para mostrarle cómo temblaba, y el derecho, y luego se los cruzó sobre el pecho como siempre. No entendía por qué hablaba a aquella mujer así, con esa confianza, ¿sería porque no la conocía?

—No, está claro que muy buen cirujano no sería —comentó ella, relajándose—. Y si no folla es porque no quiere. No le faltarán mujeres.

—¿Para qué? Estoy seco por dentro, no tengo nada que ofrecer.

—No me joda. Se le ve en la cara que tiene mal de amores.

—Es usted un tanto malhablada. Guarde esa lengua y cuídese. ¿Qué va a hacer cuando nazca el bebé?

—Seguir trabajando. Nadie lo va a hacer por mí. El padre estuvo en esta misma habitación hace casi un año. Se quedó meses, llegué a pensar que se quedaría para siempre. Se largó en cuanto me vio crecer la barriga.

—Lo siento.

—Así son ustedes, los hombres. Solo piensan en lo que más les conviene, en ustedes mismos.

—No siempre, ni todos.

—Ya. Perdone, al fin y al cabo es usted mi cliente y le estoy molestando. No creo que le haya alegrado el día.

—Es difícil alegrarme a mí nada.

—¿Por qué ha venido aquí?

—¿Por no estar en París muerto de asco? —replicó Éric, consciente de la mentira.

—No me diga que no viene por algo.

Éric comenzó a pasear por la habitación, con los brazos aún cruzados. Se detuvo frente a la mesa para echar otro trago a la botella.

—Como siga así no se va a tener en pie.

—Mire su barriga. Se mueve. —Éric señaló con la botella un pequeño bulto que se desplazaba presionando primero el hígado y luego el estómago, comprimido en la parte alta de la cavidad intestinal por aquel pequeño ser.

—Como que estoy preñada.

—¿Sabe? —comentó él, consciente de que el calor del whisky le estaba soltando la lengua—. Sí que he venido a buscar algo. Sí que estoy enamorado, joder, de una mujer a la que hace cinco años que no veo. Y que me dio la espalda cuando más la necesitaba. Absurdo, ¿verdad? Y mire, me la imagino así, como usted, con su piel blanca tensa como un tambor mientras dentro de ella se gestaba una niña de ojos negros como los míos, sin que yo lo supiera. ¿Qué le parece?

Éric agarró la botella con la mano derecha, que solía temblar menos, y se dirigió hacia la ventana, a mirar afuera tras el vidrio empañado.

—Cojones, sí que lo tiene mal. ¿No le cargó el muerto la chavala? Las hay tontas.

—Imagine, ¿eh? Imagine qué mal me vería.

—Joder, la puta guerra. Nos ha jodido a todos. Y esa mujer, ¿está en Épernay? ¿Viene a buscarla después de cinco años?

—Por casualidad me enteré de lo de la niña. Debía venir a comprobarlo, ¿no? Si tengo una hija, me gustaría saberlo.

—Hace bien. No es justo que los hijos se críen solos. Mire Adrien, a su edad y trabajando como un hombre. Y este que viene en camino, no sabrá ni quién es su padre. Ahora, le digo, yo lo voy a querer por los dos. No le faltará de nada.

—No lo dudo. —Éric sonrió. Al fin y al cabo, sí lo estaba animando—. ¿Cree que debo ir a verla? ¿No me mandará a la mierda?

—¿Ir? Ya ha venido hasta aquí. Salga de dudas. El no ya lo tiene. —Madame Vien se levantó con esfuerzo, alisó su delan-

109

tal, metió dos o tres troncos en la chimenea y se dirigió hacia la puerta de la habitación—. Sea usted bueno y no rompa más vasos. Y no se beba toda la botella o acabará muy mal.

—Sí, señora. Lo que usted diga.

—Llámeme Alice.

Madame Vien y su enorme vientre salieron de la habitación, dejándola vacía y tranquila. Éric siguió al lado de la ventana un rato más, mientras el fuego nacía de nuevo y la volvía más cálida, más confortable. Luego dejó la botella sobre la mesa, sacó una de las novelas que había traído de París y se tumbó sobre la cama para leer un rato. Por la tarde daría una vuelta por Épernay, y mañana… Mañana sería otro día.

# 16

## Ojos del color del basalto

*Lanzarote, 1889*

$\mathcal{L}$a primera vez que la tuvo delante, Fabien creyó que se había vuelto loco. Una mujer como aquella no podía ser real. Doña Lucía no podía haberse vuelto joven de nuevo, durante la noche. ¿Quizá había salido a pasear en la oscuridad y la había hechizado una de las horribles brujas de los volcanes, condenándola a retornar una y otra vez a la juventud, mientras el resto del mundo envejecía? ¿O quizás el ligero vino blanco criado entre la ceniza volcánica le había afectado más de lo que creía?

El sol de su primera mañana en Yaiza había amanecido terco, y desde temprano se obstinaba en templar aquella tierra ya de por sí caliente. Tras el desayuno, Fabien paseaba entre los olivos del jardín de los Monteverde, cuando oyó llegar a dos jinetes en sus monturas, que pararon delante de la propiedad. Un criado corrió hacia ellos y se apresuró a tomar las riendas de los caballos, y los jinetes se dirigieron a la entrada de la casa.

Uno era un hombre de piel muy clara y ojos azules que se intentaba proteger del sol bajo un enorme sombrero de fieltro.

El otro era ella.

Fabien clavó sus dedos en la rugosa corteza del olivo tras el que se ocultaba hasta hacerse daño. Si era un sueño, no lo soportaba, debía despertar. Esa mujer era como la isla, volcánica, envolvente, suave. Parecía guardar mil secretos en el fondo de sus oscuros ojos. Y era la mujer de aquel sapo de piel verrugosa y mirada aguada. Nunca podría ser suya, pertenecía a otro.

Vio cómo don Juan salía de la casa para recibir a su yerno, echando solo una ojeada breve a su hija. Ambos entraron en la casa, pero ella no. Ella se quedó fuera, acariciando el grifo con cabeza de león. Luego levantó esos ojos del color del basalto y paseó su mirada por todo el entorno, desde la delgada línea azul que dibujaba el mar en el horizonte hasta el muro pétreo de las tuneras que se cultivaban en el exterior de la propiedad. Hizo un gesto como de desagrado, se quitó el sombrerito de hojas de palma y se retiró la mantilla que cubría su cabello, dejando al aire una melena negra y lisa que se extendía sobre su fina espalda, sobre la tela blanca de su camisa, sobre el corpiño azul que ceñía sus senos.

Fabien clavó aún más sus dedos en el olivo, porque sus piernas amenazaban con comenzar a flotar. Lo llevarían lejos, a hundirse en el fuego de la tierra de los volcanes, a tomar aquel precioso rostro, enterrar las manos en ese cabello y saborear esos labios que se abrirían levemente y dejarían asomar una lengua rosada y húmeda. Y entonces la puerta se abrió de nuevo para dejar paso a la otra belleza, doña Lucía, que sonrió al ver a su hija, le apartó el cabello de los hombros y la abrazó con cariño. Luego la tomó del brazo y juntas entraron en la casa.

Parecía que ya no había sol, que todo se marchitaría si ella no estaba presente. Fabien apoyó la espalda sobre el viejo olivo y miró hacia el horizonte marino, ahora cubierto por un lejano velo de nubes. Lo supo al momento. Si quería salvarse, debía irse de allí de inmediato. Debía entrar en la casa, recoger su equipaje y largarse para no volver jamás, antes de cruzar una sola palabra con ella. Porque si se quedaba, ya nunca podría olvidarla. En toda su vida.

Pero no lo hizo.

No pudo hacerlo.

Se limpió el sudor que humedecía su frente, tragó saliva y agradeció al viejo olivo su presencia. Y dando la espalda al mar, dirigió sus pasos hacia la casa.

Y

La comida fue un suplicio para Fabien. Don Juan y doña Lucía presidían la mesa, uno enfrente del otro. Él estaba a un lado, y en el otro, Arthur y Gara se miraban de vez en cuando. Pero ella también lo miraba a él, y cada vez que sus ojos se cruzaban, Fabien sentía cómo el corazón se le desbocaba en el pecho.

—¿Cuánto tiempo vas a estar fuera, Arthur? —preguntó don Juan.

—Varios meses. Visitaré a mi familia en Londres, pero luego me gustaría establecer contactos comerciales en París y Madrid. Nuestras tiendas necesitan renovar el género. Sobre todo de telas y aperos de labranza. Y alimentación. Ya sabe usted, conservas, alcohol…

—Gara, ¿por qué no viajas con él? Una mujer debe estar con su marido.

Doña Lucía respondió con un bufido al comentario de su esposo.

—Papá, alguien debe vigilar la marcha de las tiendas. No podemos confiar todo el negocio a los empleados, y tú estás aquí con mamá y el vino.

—No es trabajo para una mujer.

—Para mí, sí, y lo sabes. En parte, gracias a ti.

Tenía razón. Don Juan siempre quiso tener un hijo varón, pero solo pudo tenerla a ella, esa muchacha rebelde que tantos problemas le había causado desde que permitió que aprendiera a leer y a escribir. Resultó ser lista. Menos mal que apareció el inglés, que cumplía el requisito indispensable de tener dinero, y pudieron casarla con él. Ella no quería, pero tuvo que conformarse. En esa casa siempre se había hecho lo que don Juan quería, como debía ser. Era un hombre firme y decidido al que no le temblaba la mano, como había demostrado las dos o tres veces que había utilizado el látigo que heredó de su padre.

—¿Le gusta la isla, monsieur Aubriot? —preguntó Arthur.

Fabien carraspeó antes de contestar.

—Mmm, sí, mucho. Por favor, llámeme Fabien.

—Es un maldito secarral y hace un calor de mil diablos. Cualquier día me llevo a Gara a Inglaterra para no volver. Si no fuera por los negocios…

113

—No le haga caso. —Gara apuntó con su tenedor a Fabien—. Esta es mi casa. No podría vivir en ningún otro sitio, lejos de esta tierra y de este mar. Y a él también le agrada, aunque diga lo contrario.

Era imposible para Fabien estar sentado frente a ellos y no pensar en una princesa y un sapo. Se preguntó cuántas veces lo habría besado ya. Estaba claro que más de una, y sin embargo, no se había convertido en príncipe, seguía con los ojos saltones y acuosos, la sonrisa ancha y esa papada que casi le ocultaba por completo el cuello. Y la espalda estrecha, y las piernecillas flacas… Increíble.

—Fabien, ¿me oye? —insistió don Juan—. Este hombre está ido. Le pregunto cuándo va a subir a Timanfaya.

—Ah, perdón, perdón. Sí, cuando usted me diga.

—Mañana, Fidel acompañará a Arthur al Puerto de Arrecife con los caballos y no llegará hasta pasado mañana. Los dejaremos descansar un día. Luego podrá subir.

—No querría molestarles.

—No lo hace. Espero que se quede un tiempo con nosotros. Debe visitar conmigo La Geria. No suelo tener invitados, ya se lo dije, por una vez estará bien tener compañía.

—Se lo agradezco.

Gara rio bajito, tapándose la boca con la mano, y cruzó una mirada irónica con su madre, que se había mantenido callada como era su costumbre. Ambas dieron la comida por terminada y salieron juntas del salón.

Un criado depositó sobre la mesa unos vasos, una botella de whisky y cigarros puros.

—Vamos, Fabien. Anímese un poco —ordenó don Juan—. Coja un cigarrito.

—No sabría ni qué hacer con él —respondió, mientras don Juan le servía algo de whisky.

—Estos franceses no saben lo que es bueno, ¿verdad, Arthur?

—Aún tienen mucho que aprender.

Fabien se llevó a los labios el whisky de color ambarino. Dio un trago y sintió cómo le quemaba la garganta. En cuanto dejó el vaso en la mesa, don Juan se lo volvió a llenar. Pero él no estaba acostumbrado a beber y enseguida comenzó

114

a notar una especie de embotamiento, los ojos se le cerraban de vez en cuando y una risa floja que se le venía a los labios le hacía sentir algo tonto.

—Perdonen. Creo que voy a subir a mi habitación un ratillo a descansar.

—Váyase, váyase. Está flojo, Arthur. Se nos va a dormir en la mesa.

—Le has puesto mucho whisky, y tenía sed, por lo que se ve.

Fabien se levantó con dificultad y arrastró sus pies camino a su cuarto, a pesar de que los muros de la casa se empeñaban en moverse un poco a su alrededor. Caminó por el pasillo apoyándose en la pared, que estaba fresca, y comenzó a subir las escaleras, un peldaño tras otro. Pero alguien bajaba deprisa, alguien envuelto en una blusa blanca, un corpiño azul y una falda larga de color crudo, y Fabien se vio atrapado entre la falda, una melena negra y ese aroma a marea alta.

Ella se ruborizó al verse tan cerca de sus labios.

Pero él se limitó a sonreír.

—Hola, pardela. ¿Qué hace volando por el interior de la casa? Debería volar sobre el mar.

—Mi padre le ha invitado a whisky —contestó Gara, seria.

La tenía tan cerca… Podía poner sus manos en torno a esa cintura estrecha. Podía acercarla a su cuerpo, sentirla entera contra él. Podía perder la boca en ese cuello blanco y suave. Pero ella dio un paso atrás y se quedó apoyada en la barandilla de madera, mirándolo.

—¿Se encuentra bien?

—No lo sé. Mejor con usted más cerca, pardela.

—Estoy casada.

—Sí, con el sapo. No me lo recuerde.

Ella comenzó a sonreír.

—Échese a dormir. Verá cómo se le pasa —dijo, apuntando en dirección a la habitación.

Y continuó su camino, en sentido contrario al de Fabien. Él se agarró fuerte a la barandilla de la escalera, donde quiso notar el calor de ella, y continuó subiendo paso a paso hasta que encontró su cama, que lo recibió con los brazos abiertos, tan mullida como siempre.

## 17

## La creta nos cuenta lo que no queremos

*Champagne, primavera de 1922*

$\mathcal{T}$ras una noche algo agitada, Éric bajó las escaleras de La Cloche con la mano izquierda en el bolsillo del pantalón. Le dolía el hombro, no sabía si por la humedad del ambiente o por su intención de acercarse a Terre Sauve aunque solo fuera para pasear un rato. Adrien estaba tras el mostrador, con aire preocupado.

—¿Qué tal, Adrien? ¿Hay café hecho esta mañana?

—Claro, Éric. ¿Quieres desayunar? Hay bizcocho. Mi madre lleva toda la noche haciendo bizcocho, y *cassoulet*, y sopa, y patatas con carne.

—Gracias, sí quiero bizcocho. —Éric se quedó pensativo. Quizá lo que le pasara a Alice era que se aproximaba el parto—.¿Dónde van las mujeres a dar a luz aquí?

—A ningún sitio. Dan a luz en casa. Viene la comadrona —Adrien abrió mucho sus ya de por sí grandes ojos y se puso serio.

—¿Tienes miedo?

—Yo no tengo miedo. Soy un hombre.

—Yo también soy un hombre, y te puedo asegurar que a veces tengo miedo.

—Pero mi madre es fuerte. No le pasará nada —replicó mientras servía el café y ponía un pedazo enorme de bizcocho color canela en un platito de porcelana.

—Claro que no, Adrien. Está muy sana, y tiene mucha energía. Un parto es algo natural, no tiene por qué ocurrir nada. Que todo el mundo se lave muy bien, ¿vigilarás eso? Es importante.

—Lo vigilaré.

—¿Cuántos años tienes?

—Catorce.

—Eres un valiente.

—Soy el hombre de la casa.

Éric sonrió al ver el entusiasmo del muchacho. Sí, a él también le preocupaba el estado de Alice. Y no sabía por qué. Él no era el médico de aquel lugar, ni la comadrona. Además, para cuando naciera el bebé seguramente ya estaría de vuelta en París.

La mañana era fresca, pero luminosa. Un vientecillo frío con olor a humo bajaba del norte, de las colinas cubiertas de vides. La poda continuaba.

Una silueta se apoyaba sobre el Ford T. Encorvada, delgada y seca como una vieja vid, con un perrillo que movía la cola caracoleando a su alrededor. El abuelo.

—Ah, no te has ido.

Éric se preguntó cómo era posible que supiera que era él. ¿Sería ciego de verdad? Le hubiera gustado observar más de cerca esos ojos que permanecían entrecerrados y casi ocultos bajo la gorra.

—Buenos días, André.

—¿Hoy estás más animado? Ayer me dejaste preocupado.

—No sé si estoy más animado, pero le agradezco que me mostrara Terre Sauve. Voy a subir a las viñas a dar un paseo.

—Hace frío, pero el sol te allana el camino. No estarás solo, hay trabajo en los viñedos —comentó, apuntando hacia las colinas con su bastón—. Que tengas un buen día, forastero. Que las vides desnudas te reciban con clemencia. Aún la primavera está por llegar, aunque el calendario se empeñe en lo contrario.

—Gracias, André.

El viejo se despegó del coche, pero no se alejó mucho. Se quedó escuchando las maniobras de Éric para arrancarlo, le vio subir al coche, bajar del coche, darle a la manivela, volver a subir, hasta que el Ford T consiguió despertar de su noche con un estornudo atroz que le hizo dar un respingo mientras *Campanero* se escondía tras sus piernas, asustado.

—Tarda más en arrancarlo que en ir andando a Terre Sauve —murmuró—. Gente joven. Vamos, *Campanero*. Ya nos contará si encuentra lo que busca, o si se le vuelve a escapar entre los recodos de la creta y del vino. La vida te da, la vida te quita.


Se suponía que Terre Sauve comenzaba cuando terminaba el muro del Clos. Éric aparcó el coche en un ensanchamiento del camino, pegándolo al muro. Un coche de ciudad, un hombre de ciudad, en medio de ese cielo transparente, ¿qué hacía allí? Pero la belleza del lugar tranquilizaba a los *poilus* sin piernas, se perdían tras las vides desnudas, deambulaban por aquellas colinas como buscando su sitio en la tierra.

Se envolvió en el abrigo de paño gris oscuro, levantando bien las solapas del cuello, y se caló el sombrero, porque el aire venía frío y el sol era ligero, no llegaba a calentar. Al final del muro se apilaban unas piedras y le pudo la curiosidad. ¿De verdad el muro encerraba las vides?

Subido al montón de piedras, echó un vistazo a lo que había tras la pared del Clos. Enorme. Un viñedo enorme y desnudo en la ligera pendiente, agarrado a una multitud de espalderas de madera, se extendía formando hileras perfectas, cerrado por completo por sus cuatro costados. Algunos hombres y mujeres se afanaban juntos en cuidarlo, agachados al lado de los sarmientos, quitando los que creían que sobraban, asegurando el resto a su muleta. Cerca de ellos, los sarmientos cortados ardían en una especie de carretillas con ruedas. Una de las mujeres se aproximó al fuego para quitarse el frío de las manos. Otra levantó la cabeza en dirección a Éric, como si hubiera intuido su presencia, y él se bajó de las piedras, otra vez al camino, otra vez escondiéndose, mientras un escarabajo del color del carbón huía con prisa dejando pequeñas huellas en la tierra hasta quedar oculto bajo aquellas rocas.

Se apoyó en el coche mirando hacia el canal del Marne, ahí abajo. El Marne se extendía por el valle, entre su pasado y su futuro, una perenne vena de agua que luego acababa alimentando al mar.

Ya no podía demorarlo más. Delante de él se extendían los viñedos de Terre Sauve. Solo tenía que dar unos pasos, hollar la tierra del camino, menos que el escarabajo para llegar a su refugio de piedra. Quizá Claire estaría en ese momento inclinada sobre una viña, cortando sarmientos con la podadera en sus manos, dando forma a la planta. Ella, que siempre lo había tenido todo.

El dolor del hombro de Éric, de aquella herida ovalada, volvió a agudizarse. Y se preguntó de nuevo qué hacía allí, por qué no había olvidado las palabras de Pauline y se había quedado en el Dôme sirviendo cafés y *champagne*, precisamente *champagne*, a los americanos. Por qué no había podido dejarlo atrás. Quizá porque nunca se terminó. Porque no pudo aclarar las cosas con Claire. Porque la última vez que se vieron aún la amaba.

El viñedo de Terre Sauve trepaba colina arriba hasta perderse en la ligera neblina del horizonte, y también se extendía hacia abajo, camino al río. En un murete de piedra cubierto de musgo verde y suave, un cartel blanco con letras negras anunciaba: «Champagne Terre Sauve». Abajo, muy cerca del río, las viñas parecían apuntar a un grupo de construcciones, algunas en ruinas, rodeadas por los árboles de ribera. Varios gansos, volando en forma de uve, atravesaron el cielo. Éric decidió dirigirse hacia aquellas construcciones. Quizás allí podría preguntar a alguien por Claire. Continuó caminando por la carretera hasta que se percató de que un estrecho sendero partía de ella atravesando el viñedo en dirección al canal del Marne y a aquellas casas. Bajó con cuidado; la tierra estaba blanda y resbaladiza debido a la lluvia del día anterior y a la humedad de la noche.

Las vides parecían muertas y secas. No daba la sensación de que la savia pudiera subir de nuevo por aquellos palos retorcidos para volver a echar brotes y cargarse de racimos de cara al otoño. Pero esa parte de la viña ya estaba podada y los sarmientos restantes unidos con junquillos a las espalderas. Las cuidaban, así que estaban vivas.

Las casas cada vez estaban más cerca, y el frescor del río subía con fuerza por la colina. Éric ralentizaba el paso, demorándose a propósito para fijarse en la tierra de color claro que sus-

119

tentaba el viñedo, en las telas de araña brillantes por la humedad entre las vides, en las palomas, en algún milano. Observó que había zonas donde las cepas eran más pequeñas que en otras, quizá las habían replantado no hacía mucho.

La mayor parte de las construcciones estaban en ruinas. Solo una parecía haber sido restaurada, la más grande, y se erigía orgullosa entre las piedras derrotadas de las otras. Una cuadrilla de hombres acondicionaba una de las naves contiguas. El que parecía el capataz se dirigió hacia él.

—Buenos días.

—Hola —saludó Éric, apretando aquella mano recia y franca tendida hacia él.

—¿Qué se le ha perdido por estos parajes? En estos últimos tiempos no solemos recibir muchas visitas.

A Éric le llamó la atención su acento. No era francés, pero no supo ubicar su procedencia.

—Vengo de París. Me han dicho que estos son los viñedos de Terre Sauve.

—Así es.

—Verá… No sé por dónde empezar. Mi familia tenía negocios con el hermano de monsieur Sauveterre, Antoine.

—Ah, sí. Tengo entendido que murieron de la gripe, tras la guerra.

—Sí, yo también. Conocí a su hija, a Claire.

El hombre observó a Éric con atención. Palideció un instante y se dio la vuelta hacia la brigada de trabajadores. Murmuró algo a uno de ellos, y se volvió otra vez hacia Éric.

—Tengo que podar aquella hilera —dijo, señalando a lo lejos—. Es la única que falta. ¿Quiere acompañarme?

—Sí, de acuerdo.

—Me llamo Gerard Ribelles. Soy catalán, de la comarca del Penedés. Allí también hacemos buenos vinos. Tenga, pruebe a podar —le invitó, tendiéndole una podadera.

—No, gracias. —A Éric le temblaban las manos, metidas en el bolsillo de su abrigo. Sí, la derecha temblaba menos, pero temía no ser capaz.

—Venga, anímese. Las vides no muerden.

El hombre lo miraba como a un rival. Era tan alto como él y en cierto modo se parecían, los dos con el pelo oscuro, los ojos nocturnos y un origen que no estaba en esa tierra alba.

—¿Por qué? —preguntó Éric.

—¿Qué? —Gerard comenzó a andar de nuevo hacia las vides, y Éric le siguió. Ambos caminaban juntos, uno al lado del otro, observándose.

—¿Por qué quiere que pode? Puedo estropear la planta.

—No, eso no es fácil. Son duras. Han sobrevivido a una guerra, señorito de París. ¿Por qué cree que las casas están derruidas? ¿Ve las vides jóvenes? Sustituyeron a las que mataron los *boches*.

—La mayor parte de los señoritos de París, y de toda Francia, también fueron a la guerra, no sé si lo sabe —dijo Éric, algo enfadado por la expresión—. ¿Estaba usted en Francia entonces?

Gerard se desbrochó la camisa, dejando al descubierto varias cicatrices que le araban el torso con surcos desiguales. A Éric un dolor profundo le recorrió el brazo. Los ojos se le llenaron de lágrimas y se dio la vuelta para mirar hacia el río.

—No puedes ni mirarlas, ¿verdad?

Éric sintió cómo la ira se asentaba en su estómago. Apretó los puños, por no estampárselos al catalán en la cara.

121

—Algún médico te cosería eso —contestó girándose de nuevo hacia él.

—Eres Éric, ¿verdad? Joder. Mierda. Eres igual que la pequeña —afirmó Gerard con voz fría, guardándose las podaderas en el bolsillo. Las piernas le flojeaban, tuvo que sentarse en la tierra húmeda—. No me lo puedo creer.

—Conoces a Claire —dijo Éric, mientras el frío se adueñaba de su cuerpo y lo paralizaba, lo plantaba en aquella tierra como una de las vides, bajo el cielo surcado de nubes cada vez más grises.

—La conoce toda la comarca, imbécil. La parisina pelirroja y elegante con la niña morena sin padre. ¡Ja! Y mira por dónde, ahora, precisamente ahora, apareces tú. —De repente el tono de Gerard ya no era frío, sino triste.

—¿Ella está bien? ¿Ellas?

—Vuélvete a París y estarán bien. Bórrate, no existas, no te entrometas en sus vidas. Oh, joder, ¿qué haces aquí después de tanto tiempo?

Éric se aclaró la garganta tragando saliva, para que la ira le permitiera seguir hablando.

—¿Dónde están?

—Te ha dado igual durante cinco años, cabrón.

Éric dejó de sentir dolor en el hombro, temblor en los brazos. Ahora solo sentía el sabor de la furia en la boca. En un instante se abalanzó sobre Gerard, lo agarró por la camisa, su cara quedó a milímetros de la de él y su puño estuvo a punto de impactar en aquellas cicatrices retorcidas de su torso. Pero lo miró a los ojos y en ellos vio amargura y miedo, y su puño acabó golpeando la tierra de creta. Se quedó unos instantes así, sintiendo la respiración agitada del catalán, para luego soltarlo y acabar sentado en el suelo a su lado, con su misma expresión de tristeza en el rostro.

—Tú no sabes nada, Gerard.

—Tú tampoco. No la viste cuando llegó aquí, caminando arriba y abajo por la casa como si estuviera en una prisión. Y ahora que por fin parece feliz, apareces.

—Joder. Acabo de enterarme de mala manera de que quizá tengo una hija. ¿Qué hubieras hecho tú? ¿Quedarte en París?

—¿Ella no te dijo lo de la niña?

—¿Por qué crees lo contrario?

Gerard se quedó pensativo, dando vueltas entre sus dedos a un palito que acababa de cortar de la vid que tenía al lado.

—No lo sé. Lo di por sentado. Habla poco de ti y yo no pregunto.

Éric volvió a mirarlo, asaltado por una duda, ¿quién era él para Claire? Pero prefirió no preguntarlo, no de momento.

—¿Dónde están?

—Ahora no puedes verlas. Están en Chalons hasta el fin de semana.

—¿La niña no va a la escuela?

—Déjalo, ¿vale? —contestó, nervioso—. No puedes aparecer aquí de repente y pretender volver todo del revés.

—Necesito verlas.

—Y después, ¿qué? ¿Qué crees que va a pasar? ¿Piensas que se va a largar contigo a París? Está casada. Así que regresa por donde has venido, Éric, y no vuelvas a aparecer nunca más.

Gerard se levantó, se sacudió el barro adherido a su ropa y

comenzó a andar hacia el edificio con la cabeza gacha, deprisa, mirando al suelo. Al final de la hilera se detuvo delante de una de las vides para asegurar un junquillo que parecía suelto y luego siguió su camino sin mirar atrás.

Casada.

Claire se había casado, había olvidado por completo París, compartía su cama con otro.

Éric se quedó allí, petrificado, limpiando con rabia la humedad de sus ojos y sintiendo que lo poco que quedaba entero de su alma se rompía, se escapaba de él para formar parte de aquella tierra blanca y aún cuarteada por la helada nocturna, mientras un sol anémico seguía su camino diario entre las nubes, cada vez más lejos del horizonte.


Alice y Adrien acababan de cenar en la cocina, al calor del fuego, cuando oyeron un estrépito en la escalera que conducía a las habitaciones de los huéspedes.

—Ahí lo tienes, ya apareció —comentó Alice.

Éric farfullaba incoherencias mientras intentaba levantarse y subir hasta su habitación. Había bajado andando desde Terre Sauve y se había metido en el primer bar que encontró, buscando en el whisky el calor que le faltaba.

—Vas muy mal, Éric —dijo ella, con los brazos en jarras—. Si te intentas levantar vas a volverte a caer. No sabes beber. Adrien, a ver si puedes ayudarlo. Vamos a meterlo en la cama.

Pero Éric se sentó en uno de los peldaños, negándose a seguir adelante.

—Dejadme aquí. Túúú eres un niño, y túúú estás preñada. Y yooo soy un estúúúpido que piensa que puede recuperar su vida y nooo es así. Alice, trae whiiisky.

—Joder con el whisky. Sí que te gusta el whisky. Vamos, Éric, no será para tanto. Si te apoyas en la barandilla y en Adrien, podrás subir.

—Para quééé voy a subir. La caaama está vacíía, no teengo a naadie.

—Te han dado calabazas ¿eh? Con lo guapo que eres, las hay tontas. Ay, si yo no estuviera como estoy. Hala, vamos arriba. Adrien, intenta levantarlo.

123

A duras penas Adrien ayudó a Éric a subir, mientras Alice se adelantaba para abrir la puerta y preparar la cama. Tumbaron a Éric sobre ella y le quitaron los zapatos, la chaqueta y el pantalón, que estaban húmedos y fríos.

—Adrien, echa leña al fuego. Está helado.

—Tooodo me da vueeeltas... Alice, tu barriga se mueeeve...

—Estás fatal —ella rio.

—Síii. Teeengo una hiija y nooo la conozco.

—Vaya por dios. ¿No las has encontrado?

—Miiira. Las pareedes se mueeeven. Joder, Alice. Tráeme un cubo. Voy a vomitaaaar.

Alice sacó el orinal de debajo de la cama y ayudó a Éric a reclinarse sobre él, sentado en el borde de la cama.

—Manda narices. Lo que me toca ahora. Adrien, baja y haz una infusión. Éric, ¿has comido algo hoy?

—A la mieeerda todo. —Éric volvió a vomitar—. He comido la tieeerra blanca que tenéis por aquíí, esa niebla que se pega a todo y el fríío del viñedo de Terre Saaauve... Jodeeer...

—Vale, Éric. Tranquilo. —Alice le pasó el brazo por la espalda—. Todo mejorará.

—Lo dudo —Éric se limpió las lágrimas con la manga de la camisa—. Lo dudo muuucho. Joder, me duele el hoombro.

Alice apartó un poco la camisa de Éric y se encontró con una cicatriz ovalada, ligeramente abultada.

—¿Esto es de la guerra?

—Aliiice, vete a dooormir. Esa barriiga te debe agotar.

—¿Nunca respondes a lo que se te pregunta?

Adrien entró en la habitación con una taza humeante en las manos.

—Mamá, la infusión.

—Bien. Baja y métete en la cama. Yo iré dentro de un rato. Éric, bébetela. Te sentará bien. Es una mezcla de hierbas que hacemos en casa para el estómago. Todos los borrachos de Épernay vienen a por ella.

Éric sujetó entre sus manos la taza caliente que olía a campo y a madera, y fue bebiendo el líquido caliente de color claro.

—Acuéstate e intenta descansar. ¿Estás algo mejor?

Éric, sin contestar, apoyó la cabeza en la almohada.

124

Ella se sentó en una de las butacas al lado de la chimenea, poniendo los pies en la otra y notando cómo ese niño que llevaba en su vientre se movía. No tardaría mucho en tenerlo entre sus brazos, pegado a ella pero por fuera. Ojalá tuviera un hombre a su lado, uno como Éric, capaz de amar. Que esperara tras la puerta de la cocina, el día del parto, para recibir a su hijo en este jodido mundo. En vez de eso tenía la soledad. Nadie iba a ayudarlos cuando el bebé naciera. Lo cogería, cortaría el cordón y se pondría a trabajar. A cocinar las pocas comidas que daban al día, a lavar vasos, a limpiar las mesas, a traer leña, a cuidar del huerto que crecía despacio en la tierra que tenían tras la casa. El parto apenas la preocupaba. La preocupaba dar de comer a sus hijos en esos duros tiempos de posguerra.

Éric murmuraba en sueños. Parecía tranquilo, así que ella y la bola de su vientre se dirigieron a su habitación, la que estaba al lado de la cocina en la planta de abajo, justo debajo de la de Éric y al lado de la de Adrien, que ya dormía. Su cama estaba fría, y cada noche el hueco que el padre de Adrien había dejado se volvía más grande. Hacía nueve meses creyó poder llenarlo. Se engañó.

125

# 18

## El corazón de la isla

*Lanzarote, 1889*

*L*os caballitos caminaban despacio por aquel paisaje desolado. Eran animales de talla pequeña, acostumbrados a las difíciles condiciones de la isla. Solo se oía el sonido de sus pezuñas sin herrar sobre el estrecho camino de cortantes basaltos. Algunos líquenes teñían la roca de colores claros, y en lo alto, un halcón cruzaba el cielo en dirección a la sombra de las escasas nubes.

Hacía calor, cómo no, si mediaba junio. Tanto Fabien como Fidel llevaban sombreros de hojas de palma para protegerse del sol. Recorrían el malpaís, que llegaba casi a la misma Yaiza. Era negro y ocre, y bermejo. La lava se había enfriado en torno a sus volcanes protegiéndolos con figuras imposibles. Los caballitos se resbalaban a menudo, y ellos mismos debían tener cuidado si no querían acabar con sus huesos tan retorcidos como aquellas piedras.

El camino hacia las Montañas de Fuego, los volcanes del vientre de la isla, cada vez era más accidentado, hasta que tuvieron que atar los caballos y seguir subiendo a pie, rodeados por las siluetas silenciosas de los conos volcánicos. Se notaba cada vez más el extraño calor que surgía de la tierra. Fidel llevó a Fabien hasta un lugar ya con una cierta altitud.

—En este lugar las furias de la tierra aún asoman —dijo,

sacando unos huevos de la bolsa que llevaba a su espalda—. Mire.

Fidel levantó algunas piedras y puso los huevos un poco por debajo de la superficie. Fabien acercó las manos y notó el calor que emanaba de la tierra.

—Siéntese. Descansemos un rato.

Varios tipos de lavas conformaban el paisaje. Había coladas más viscosas, que al solidificar habían formado esa superficie áspera y rugosa, y otras más fluidas, que mostraban su característico abombamiento. En otras zonas se habían acumulado los piroclastos, dando lugar a unos conos volcánicos que Fabien conocía como Conos de Cínder. Era extraordinario. A Fabien le parecía un santuario dedicado a unos dioses tan antiguos como el propio planeta. Tras recoger algunas muestras de lavas, sacó su cuaderno de pastas de cuero marrón y comenzó a dibujar el maravilloso perfil pétreo, abstraído, sin importarle el calor.

Al cabo de un rato, Fidel hurgó de nuevo en el suelo.

—Ya están. Tome. —Le tendió uno de los huevos, que quemaba. Fabien lo peló con cuidado. Estaba perfectamente cocido.

—Vaya. Hoy almorzamos huevos al volcán. Gracias, Fidel.

Un vientecillo se atrevía a recorrer la piel de aquellas ardientes montañas, pero apenas conseguía aliviar el calor.

—Oiga…

—Dígame, Fidel.

—¿Usted es amigo del doctor Verneau? Yo lo recuerdo.

—Por él estoy aquí. Lo conocí en el museo de París y me fascinaron sus historias sobre esta tierra. Veo que se quedaba corto.

—Es una tierra dura. Cuesta mucho vivir aquí, no hay agua. Cuando no llueve, no sacamos *ná* de ella. Hubo unos años muy malos, ¿sabe usted? Por la sequía. Nos moríamos de hambre. Mucha gente se fue.

—Es hermosa. Muy hermosa…

Fabien no solo pensaba en el paisaje que le rodeaba. También pensaba en Gara.

—¿Hace mucho que se casaron?

—¿Cómo dice, Fabien?

—Gara y Arthur.

—Ah. La señorita. No conoce a la familia, ¿verdad? No. Hace tres, tres años que el señor casó a la señorita con el inglés.

—Están forrados de pasta.

—¿Cómo dice?

—Tienen dinero.

—Ah, sí, sí. Desde que el abuelo…

—¿Qué?

—Nada. El abuelo ganó dinero.

—¿Tenía negocios?

—Esta tierra es dura, sí, dura. Con algunos más que con otros. Primero fue la barrilla. Y la cochinilla. Luego, los pobres.

—¿Los pobres?

—La gente es así. Los que pueden se aprovechan de los otros. Y esta es una tierra dura, ya le digo. Si no llueve, se pasa hambre. Nadie quiere ver pasar hambre a sus hijos. Hubo quien quiso emigrar. A Argentina, a Uruguay… Y hubo quien se aprovechó de ello. —Fidel dibujó una cruz en el aire con los dedos y luego escupió a un lado—. Hubo quien se quedó con las tierras de los pobres, por ná. Y hubo quien se quedó con ellos pa venderlos como esclavos al otro lado del mar. Los que pudieron se quedaron con ambos, pobres y tierras. Por cien duros los vendían allá en Buenos Aires. Ya ve usted cómo es la vida por aquí.

—¿La fortuna de los Monteverde viene de ahí? *Mon Dieu…*

—Yo no he dicho ná. El padre, el hijo. Tienen los mismos ojos extranjeros. No como ellas. Ellas son sangre de esta tierra. La madre de Lucía la parió en La Geria, en un agujero en el suelo que estaban cavando pa plantar una vid, entre las piedras negras manchadas de verde por la olivina. La diosa Timanfaya la vio parir y quiso celebrarlo. Cerró los ojos un momento y luego todo el cielo se nubló, y ese día llovió mucho para bendecir su nacimiento. Con Lucía se acabaron las ventas de esclavos de los Monteverde. Eso, eso.

Fabien no sabía qué pensar. En esa tierra se amalgamaban la realidad y la leyenda, como el basalto y la olivina. Era difícil saber dónde comenzaba y acababa cada una.

Υ

Por la noche, Fabien no conseguía dormir a pesar del cansancio de la subida a Timanfaya. Daba vueltas y vueltas en la cama con las sábanas hechas un rebujo a los pies. Se le acababan las excusas para permanecer en la casa de los Monteverde, y no quería irse. No todavía. Sería lo más sensato, pero necesitaba ver a Gara un poco más. Era una locura. Pasaba el tiempo soñándola, y no quería que ese sueño acabara tan pronto.

Se acercó a la ventana y la entreabrió. La noche era cálida, la Vía Láctea la partía en dos, tocando con sus manos blancas las cimas chatas de los volcanes, y como cada sábado en Arrecife, había fiesta en el pueblo. Hasta allí llegaban los rumores de las canciones que los isleños de Yaiza dedicaban a sus enamoradas. Solteras. Las enamoradas solían estar solteras.

Fabien pensó que un paseo le sentaría bien. Cogió sus útiles para dibujar junto con la vela y los fósforos, salió de la habitación sin hacer ruido, bajó las escaleras y dio media vuelta a la pesada llave de metal que estaba en la cerradura. Se quedó entre los olivos del jardín, observando las estrellas del cielo de verano, intentando que a su mal humor se lo llevara el viento que portaba un leve aroma a mar. Tomó asiento junto al enorme olivo que lo acompañaba cuando vio por primera vez a Gara, encendió la vela y comenzó a dibujar los arrugados perfiles nocturnos del jardín.

Al cabo de un rato, Fabien comenzó a escuchar dos voces que discutían y que provenían de la casa. Pronto las voces del hombre se convirtieron en gritos y Fabien reconoció la voz de don Juan. Imaginó que la otra sería la de doña Lucía, pero también podía ser la de Gara. Dudó si entrar o quedarse donde estaba, pero en ese instante se abrió la puerta y la esbelta figura de Gara apareció en el camino de la finca, corriendo hacia el sendero estrecho que conducía al malpaís. El sonido de sus pies descalzos en el picón apenas rompía el silencio de la noche. Podía hacerse daño, con esas piedras tan rugosas que casi no se distinguían bajo la luz de la luna menguante que había aparecido hacía poco rato sobre el horizonte volcánico. Así que Fabien fue tras ella. Vio cómo iba aminorando la velocidad hasta que se detuvo al lado de una gran higuera y se sentó en una piedra cercana.

—Oh, *mon Dieu*. Perdone. —Fabien apartó la mirada al

percatarse de que sobre su cuerpo solo llevaba el camisón. Se situó al otro lado de la higuera, pensando que desde ahí podrían hablar sin que ella se sintiera incomodada.

—No se preocupe. Este camisón es más largo que algunos de los vestidos de las damas de París.

—No, no, no se crea, no… —replicó, nervioso—. A las damas de París no se les ve ni los tobillos, bueno, los tobillos sí, un poquito.

—Es muy tarde. ¿Qué hace levantado?

—No podía dormir. En París no tenemos este calor.

—¿Ha oído las voces? Lo odio. No puedo soportar a mi padre. A veces es cruel.

—En Francia existe el divorcio.

—Eso aquí es impensable. No solo mi madre, sino toda la familia quedaría marcada. No puede. Ni quiere.

Fabien, de vez en cuando, separaba sus ojos de los oscuros perfiles de los basaltos para mirarla a ella, no podía evitarlo. Había tomado su lápiz de grafito y había comenzado a dibujarla en su cuaderno, así, a oscuras, casi sin pensarlo. Esos pies descalzos, sus tobillos finos de pardela. Imaginaba su pecho bajo la tela alba del camisón, alzándose al ritmo de su aliento. Una de sus manos acariciaba una hoja de la higuera, la otra reposaba sobre la piel clara y suave de su muslo. Si pudiera, subiría por él hasta llegar al oscuro vello del pubis y perdería ahí el poco juicio que le quedaba.

—No creo que aguante mucho tiempo aquí. Este sitio me ahoga —continuó ella—. Creo que en dos o tres días regresaré al Puerto.

—¿Tiene casa en Arrecife?

—Y en Haría. Como comenté el otro día, vigilaré los negocios mientras mi marido está fuera. Soy la oveja negra de la familia, ¿sabe? a veces no me comporto como una mujer.

—Eso la hace más interesante —afirmó Fabien sin pensar.

—No me diga. Mi familia no lo cree así.

—¿Su marido tampoco?

—Mi marido me tolera, nada más. Igual porque es inglés. No creo que un español lo hiciera como él. Ojalá hubiera nacido hombre.

—Sería una pena.

—¿Para quién? Para mí no. Creo que me voy a volver a la cama.

—¿La he ofendido? No era mi intención.

—No se preocupe.

Gara se puso de pie y comenzó a caminar hacia la casa. Fabien fue tras su estela.

—¿No se hace daño, descalza?

—De pequeña corría descalza alrededor de estos árboles mientras mi padre gritaba a mi madre, y no volvía hasta que dejaba de oírlo. Luego me acercaba a la puerta de su habitación para escuchar cómo le susurraba que no podía vivir sin ella, que nunca se fuera. Si me hago daño, no importa. Hay otras cosas que duelen más.

—Es usted muy hermosa.

Ella se detuvo un instante, sin volverse.

—Los hombres siempre se fijan en lo mismo. En lo que hay por fuera.

—A veces refleja lo que se lleva en el interior.

Ella rió, y continuó caminando.

—Es usted un ingenuo. Que duerma bien.

131

Gara desapareció en el interior de la casa en el mismo instante en que una lechuza sobrevolaba los olivos, en silencio, como la luna.

## 19

## Esa tierra blanca y medieval

*Épernay, primavera de 1922*

Cuando Éric abrió los ojos, ya era mediodía. Un poco de sol entraba por las rendijas de las contraventanas, dibujando luces y sombras en las paredes de la habitación. Dolía. Dolía la cabeza, dolía recordar el día anterior, ese catalán prepotente y sus afirmaciones: «las abandonaste», «está casada».

Casada, casada. El vómito volvió a quemarle la garganta una vez más. Se levantó de forma torpe para buscar el orinal y vaciar en él toda la mierda que llevaba dentro. Claire estaba con otro, otro la tocaba, otro le hacía el amor. Otro cuidaba de su hija. Él no era nada, no existía para ella, solo era un recuerdo del que no merecía la pena hablar. Se iría. Esperaría a sentirse con la suficiente fuerza para recoger el coche, que se había quedado a la sombra del muro del Clos, haría la puta maleta de cuero negro y regresaría a París. Y de ahí a Lanzarote. Encontraría a su madre, si hacía falta la buscaría casa por casa por toda la isla, y le preguntaría cómo había tenido el valor de dejarlo marchar, por qué hay madres que quieren a sus hijos y otras que no. La cabeza le dolía como si se la estuvieran arando, y las paredes de la habitación se inclinaban como si todo a su alrededor se destruyera. Así que volvió a la cama, se cubrió la cabeza con la almohada y cerró los ojos, y el entorno se volvió oscuro como su interior.

Y

—Éric, ¿estás despierto? —dijo Adrien, bajito, entrando de puntillas en la habitación—. Alice te manda algo de comer. Que te lo comas, dice, aunque no te apetezca. Que si no sube ella y te lo da por un embudo, como a un pato. Yo le haría caso. Se puede poner muy pesada si no le haces caso.

—Ya, Adrien, ya. —Cada palabra sonaba como un golpe en la cabeza de Éric—. Déjalo en la mesa.

—Sí. Pero come. No me deja bajar si no es con la bandeja vacía.

Éric intentó incorporarse, farfullando algo acerca de las hosteleras pesadas que se creen madres de todo el mundo. Aún le dolía todo, pero la verdad es que lo que había en la bandeja olía muy bien. Creyó recordar que desde el desayuno de ayer no había vuelto a comer.

—¿Qué es?

—Caldo. Tortilla. Agua. Una pastilla para el dolor de cabeza, infusión. Ayer te pasaste con la bebida.

—No me digas…

—Sí. No te tenías en pie —afirmó Adrien muy serio, moviendo la cabeza de arriba abajo.

—Ya… Bueno. Pues no sé si ahora estoy mucho mejor —Éric intentó levantarse, aún se sentía mareado—. ¿Me quitasteis los pantalones?

—Tenías la ropa un poco mojada de la humedad de la noche. Hacía mucho frío.

—Gracias. Debo ser un huésped bastante molesto. Lo siento.

—No eres nada aburrido. Y a mamá y a mí nos viene muy bien tener huéspedes.

Éric intentó sonreír. Se sentó por fin frente a la mesa y comenzó a remover con la cuchara la taza de caldo, aromática y humeante.

—Cocina muy bien tu madre.

—Es la mejor cocinera de la comarca. Antes de la guerra nunca había mesas libres en el restaurante. Pero la guerra se lo llevó todo. Los alemanes llegaron hasta el pueblo, ¿sabes, Éric? Nos escondíamos en las bodegas, junto a las botellas de *champagne*. Dormíamos allí y todo. Menos mal, porque las bombas

133

destruyeron muchas casas del pueblo. Gracias a los italianos, que los pararon a tiempo, si no, seguro que hubieran bajado y se hubieran bebido todo el *champagne*. ¿Tú fuiste a la guerra? Todos fueron. Mi papá fue pero ya nunca volvió.

Éric miraba al niño, que hablaba y hablaba sin parar, sintiendo de nuevo el dolor penetrante del balazo en el hombro. Harto y cansado de que la guerra se hubiera quedado allí riéndose de todos ellos, cada cual con sus desgracias. Deberían pasar muchos años hasta que se convirtiera en pasado. De momento, seguía señalando a cada uno de ellos con su afilado dedo de hueso.

—¿Cómo está tu madre? —preguntó, para ahuyentar su negrura y volver al presente.

—Bien. Limpiando. Se ha pasado la mañana barriendo y fregando las habitaciones. Ahora ha empezado con la cocina. Cuando llegue el bebé, va a poder comer en el suelo.

—Debería descansar.

—Convéncela tú. ¿Eres un médico de verdad?

—Lo era.

—Si lo eras, lo eres.

—También la guerra se llevó eso.

—No. Eso es tuyo y tú estás aquí. No se lo ha podido llevar. Está dentro. Como en las bodegas.

Éric se levantó de la mesa y comenzó a andar por la habitación con la mandíbula tensa. Ojalá fuera tan fácil. Tomar otra vez el maletín, los fríos instrumentos que salvan vidas. Volver a mirar en los ojos de las personas. Volver a confiar. A pesar de todos esos soldados sin piernas que lo observaban con sus cuencas vacías.

—Te falta la tortilla.

—Vale. Sí.

Mejor dejar de pensar en eso. Mejor dejarse abrazar por el momento, por el cálido momento de chimeneas encendidas, tortillas con una pizca de sal y la compañía de aquel chaval parlanchín que parecía estar a gusto con él.

Por la tarde, Éric decidió que un paseo por Épernay le ayudaría a despejarse. Le vendría bien tomar aire fresco. Así que se arrebujó en su abrigo, que ya estaba seco, se despidió con un gesto de Alice, que calentaba su enorme panza y sus manos en el fuego de la cocina, y salió a caminar bajo el cielo de primavera de la Champagne, un cielo azul que quería incubar el futuro verdor de las vides. Se dirigió hacia el sur, dando la espalda a Terre Sauve. Pronto llegó a una ancha avenida. En su comienzo, un cartel indicaba que era la salida hacia Chalons, y otro, que se trataba de la Rue du Commerce. Decidió continuar por ella un rato. Estaban pavimentando la calle y algunas de las casas aún se estaban reconstruyendo. La guerra había sido dura para ellas. Había asolado las bodegas Möet Chandon y las Chanoine Frères. Otras construcciones y sus jardines ya habían sido restaurados, como el de L'Orangerie. El blanco edificio rectangular, con su silueta enmarcada por las lejanas montañas de Reims, se miraba en su estanque trasero. Lujo. A pesar de todo, era una calle lujosa. Las *maisons de champagne*, alternándose con preciosas casas particulares, se sucedían una tras otra: Perrier Jouët, Boizel, Pol Roger, Mercier... Debajo de ellas la tierra estaba hueca. Había tantos túneles que cualquiera se podría perder en ellos. Algunos comunicaban con el canal del Marne, otros, con el ferrocarril. Y otros mantenían en su vientre las botellas del vino espumoso, gestándolo con la suavidad de aquella tierra blanca y medieval.

135

Éric se sentía fatigado. Aún le dolía la cabeza tras el whisky del día anterior. Tenía que dejar de hacer eso. De beber hasta perder el control. Porque, en realidad, no ayudaba nada. Solo le hacía sentir peor. La realidad permanecía siempre igual de dura, igual de invivible.

Tras recorrer casi toda la Rue du Commerce, decidió dar una vuelta por los jardines del Hôtel Auban-Möet, que había sido transformado no hacía mucho en la Mairie[21] de Épernay, y buscar entre los árboles solitarios y los parterres de flores algún sitio para reposar un momento tras el largo paseo. La tarde caía, el frío se hacía más patente a cada instante y la mayor parte de los habitantes del pueblo ya habían cerrado las contraventanas de sus casas. El edificio era grande, majestuoso, de

21. Ayuntamiento.

piedra clara y tejado de pizarra. Tras él, bordeando una avenida de hierba, crecían unos enormes árboles. Éric apoyó su espalda en uno de ellos, quizás un cedro, y cerró los ojos por un momento, rememorando su encuentro con el catalán en la colina sobre el río.

Casada.

Claire se había casado con otro.

Pero el sonido de unos pasos interrumpió sus pensamientos. Se acercaban deprisa, entre la oscuridad que poco a poco se posaba sobre Épernay.

Eran tres. Rodearon a Éric, que seguía apoyado sobre el árbol. Tres hombres de los viñedos, con las manos aún manchadas de tierra y la cara sucia de furia. Uno de ellos, el más alto, se aproximó a él.

—Tenemos un recado para ti, forastero. Recoge tus cosas y lárgate. Pero ya. Mañana es tarde. Te hemos acercado tu coche —dijo señalando hacia la entrada.

Éric miró sus dientes picados y las arrugas de ira de su frente, y su cuerpo se tensó. Estaba entrenado, no tenía miedo. En el boxeo nunca temblaba, el dolor de su hombro desaparecía y la furia dejaba de ser latente para convertirse en la dueña, y golpeaba para equilibrar su dolor, para que no siempre estuviera dentro, para sacarlo fuera.

—¿Con qué permiso habéis cogido mi coche? —preguntó, sintiendo la furia crecerle dentro.

—Es cojonudo, forastero. Mejor que los que tenemos en la viña. No tengas miedo, no te lo vamos a robar. Te vas a montar ahora mismo en él y te vas a ir por donde has venido.

—Estoy cansado. Voy a dormir esta noche en mi habitación, y quizá mañana, si lo decido así, me vaya. Pero dime, ¿qué persona es esa tan hospitalaria que os envía a por mí?

El alto lo miró extrañado, como si no le entendiera, y los otros dos se aproximaron todavía más, alzando los puños y acorralándolo contra el tronco. Éric evaluó la situación. Los tres parecían fuertes, hombres de campo acostumbrados a trabajar con sus brazos. Podría defenderse, pero tenía que ser ágil. Quizás ellos lo creyeran torpe, y eso le podría dar cierta ventaja.

—Podemos animarte, forastero. Podemos animarte tanto

136

que te vayas para no volver, ni aquí, ni a ningún otro sitio. Así que tú verás —el alto le amenazó con el puño cada vez más cerca de su cara.

—¿Quién os manda?

—Vete y deja a la mujer en paz —ordenó el que estaba a la derecha de Éric, un hombre de pelo tan rubio que parecía albino.

—Cállate. Te dije que no abrieras la boca —respondió el primero—. Ya basta. Y tú, sube al coche, ya.

El alto se acercó a Éric con la intención de cogerle el brazo y obligarlo a ir hacia el coche, pero Éric se volvió a su derecha para agarrar al rubio, darle un rodillazo y hacerlo caer contra él. Mientras, cargó contra el tercero dirigiéndole un golpe a la mandíbula, pero este lo esquivó y le lanzó un derechazo que le alcanzó en el costado y otro en el rostro, dejándolo aturdido por unos instantes, que aprovecharon los otros dos para acercarse de nuevo. Si quería salir más o menos bien parado debía pensar rápido. Decidió golpear con la rodilla al alto en su entrepierna; este se dobló al sentir el dolor y Éric aprovechó para golpearlo en la cara; el hombre cayó al suelo sin sentido. El tercero salió huyendo y el rubio se quedó allí, mirando, sin saber qué hacer. Éric se acercó a él deprisa, y sin dudarlo lo agarró por el cuello de la camisa y lo puso contra el árbol.

137

—¿Quién os manda?

—Vete, forastero.

—A la mierda. —Éric agarró al hombre del cuello, y comenzó a apretar—. No me hagas enfadar más. Dime por qué estás aquí.

El hombre comenzó a ponerse pálido, a sentir que no podía respirar. Se aferró al brazo de Éric y mostró el miedo en sus ojos. Éric aflojó la presión.

—Dímelo.

—Gerard. No quiere que veas a la chica.

—¿Por qué?

—No sé, de verdad, no sé.

No tenía sentido. No encontraba el motivo. ¿Acaso la tenía secuestrada? Vaya mierda.

—¿La tiene encerrada o algo así? Vamos, habla.

—No, no, la chica está bien, es la reina de Terre Sauve. Huy, encerrada, ja, ja —rio el hombre, haciendo un gesto con los ojos—. ¡Si ella hace lo que quiere con él y con todos!

—¿Cómo con todos?

—Lo que quiere, hace lo que quiere.

Éric cada vez entendía menos. Pero en ese momento oyó ruido a su espalda, el grandullón estaba volviendo en sí. Así que decidió dirigirse hacia la calle a ver si era cierto que habían traído el coche. Dejaría pasar lo que quedaba de día y por la mañana volvería a Terre Sauve, a preguntarle a Gerard por qué no quería que viera a Claire.

Sí, era cierto, habían bajado el coche de las colinas. Y aún estaba en marcha. Así que subió con prisa y se dirigió a La Cloche, abstraído, sin saber qué pensar, con el golpe de la cara recordándole el raro encuentro.

Éric abrió la puerta del café y entró con rapidez. A esas horas ya no había clientes, y Adrien y Alice cenaban.

—¿Qué has hecho esta vez? —dijo Alice, sorprendida, dejando caer el tenedor en el plato—. ¿Te has dado en la cara?

—Alice, ¿puedo guardar el coche en algún sitio, para que no esté en la calle?

—Si quieres te abro el portón del huerto y lo metes allí. En la parte de atrás de la casa. ¿Pasa algo?

—Unos hombres me lo han bajado desde las colinas. Querían que me fuera, ya. Intentaron convencerme —comentó, preocupado, tocándose el golpe de la cara, que comenzaba a hincharse.

—Joder. Pero ¿por qué? ¿Estás bien? —preguntó Alice, con cara de asombro.

—Estoy bien, pero no entiendo nada. Por favor, dime dónde guardar el coche, no me fío.

—Adrien, lleva a Éric al huerto.

—Sí. Éric, ¿me podré subir contigo al coche?

—Claro que sí. Vamos.

Al poco, Éric y Adrien regresaron, entrando a la casa por una puerta que daba a la cocina desde el huerto. Alice canturreaba bajito, acariciando su prominente vientre. Al percibir que entraban, levantó la cara, levemente coloreada por el embarazo.

—¿Necesitas algo, Éric? ¿Te duele? —se preocupó ella.

—Estoy bien, solo es un golpe. ¿Y tú cómo te encuentras? —preguntó él, señalando la tripa de Alice.

—Bien. Con dolor de espalda.

—Intenta descansar. Creo que trabajas demasiado.

—Qué remedio. Adrien me ayuda mucho, ¿verdad, hijo? Anda, tráele algo de cena a Éric. ¿Qué prefieres, guiso de ternera o pescado?

—Voy yo. Ya no es hora de que trabajéis.

—Eres un cliente. No deberías —afirmó Adrien con seriedad.

—Vamos, Adrien. Tú me ayudarás otra vez —sonrió Éric—. Eres el hombre responsable de La Cloche. Alice, descansa, hazme el favor. Cenaré y después Adrien y yo recogeremos esto. Vivo solo, estoy acostumbrado.

Alice lo miró con extrañeza, pero no dijo nada. El niño tenía ganas de nacer y ella estaba tan cansada…

139

# 20

## Uvas de volcán

*Lanzarote, 1889*

Sendero de picón, rodeado de pequeños conos volcánicos cuyo color variaba entre los tonos más oscuros del negro y los ocres más claros y amarillentos. Sendero de picón, que allí llamaban rofe, tras la grupa móvil del caballito de don Juan, rumbo a La Geria bajo un sol casi de solsticio, entre ese aire pleno de arena del Sáhara, con Fidel caminando a su lado.

Habían madrugado mucho y Fabien estaba cansado después de la agitada noche. Los pocos ratos que había conseguido dormir habían sido para soñar con una mujer en camisón que se iba a perder entre las coladas de lava que recién salían de un enorme cono volcánico. Él iba tras ella, extendiendo la mano para aferrar su brazo y no dejarla partir, pero ambos acababan atrapados bajo el ardiente flujo piroclástico y morían cubiertos de cenizas, sin tan siquiera poder mirarse a los ojos.

Habían dejado atrás las siembras de las afueras de Uga, donde crecían el trigo, la cebada, las habas o las arvejas de paloma. Los caballitos iban caminando despacio, y la tierra cada vez era más negra.

Hasta que comenzaron a aparecer.

Alguna vez, los hombres envidiaron los conos de los volcanes y construyeron ellos mismos otros más pequeños para conseguir que esa tierra negra y ventosa les diera vino. Y lo lograron. Fabien estaba muy sorprendido.

—Pero ¿cómo? ¿Esto qué es? —exclamó, mientras todo a su alrededor se transformaba en un raro paisaje plagado de agujeros.

—Ya ve cómo el hombre cambia la tierra a su antojo.

—¿Han hecho agujeros en la lava para cultivar la vid?

—Cavamos en la ceniza volcánica para llegar a la tierra vegetal que hay debajo —explicó don Juan—. Pero no la retiramos, porque ella se encarga del riego. Atrapa la humedad del ambiente y la regala a la tierra.

—Algunos tienen muros, ¿por qué?

—Son los socos. Protegen la parra del viento, pero no la ahogan, porque como sabe, la roca volcánica es porosa.

—Oh, *Mon Dieu*… Esto es mágico…

Fabien se detuvo para admirar mejor el raro paisaje que le rodeaba y dibujarlo en su cuaderno. Con él se quedó Fidel, mientras don Juan se adelantó bastante, metiéndose en los campos para hablar con un grupo de campesinos que trabajaba en las viñas.

—El hombre pobre baja la cabeza delante del amo. ¿En Francia también es así?

Fabien inclinó la cabeza para mirar a Fidel, que hablaba entre dientes con gesto de desagrado.

—No sé qué decirle.

—Porque usted no es un hombre pobre. Mi padre no tenía tierras y pasábamos hambre. Luego fuimos a trabajar *pal* rico. Don Manuel, el abuelo de don Juan. Dos tercios de la cosecha eran *pa* él y uno *pa* nosotros. Y al final todo era *pa* él y nosotros seguíamos pasando hambre.

—Lo siento.

—*Ná*. Una vez mató a un hombre. No tienen piedad, no les importa *ná* más que sus riquezas.

—¿Cómo?

—*Ná*. No importa. El tiempo lo oculta todo bajo estas piedras del color de la muerte. El hombre pobre llora sobre ellas. Se deja el sudor y la vida, solo *pa* penar.

Fidel dio un cachete en la grupa al caballo, que comenzó a caminar de nuevo con un trote corto mientras él se quedaba detrás, orinando al borde del camino.

141

Don Juan acabó de hablar con los hombres. Cuando les dio la espalda, algunos hicieron gestos obscenos y otros escupieron en la tierra. Parecía que no lo apreciaban demasiado. Él se aproximó de nuevo al camino.

—Vamos a la bodega. Está un poco más allá. Venga, espabile, deje ya de dibujar en el cuadernito ese y mueva el caballo, cojones —exclamó, de mal humor.

Fabien intentó que su caballo se moviera más rápido, dándole en los costados con los talones, pero el animal no tenía ganas de correr con aquel calor y su paso no rebasaba el trotecillo. Tampoco él estaba acostumbrado a montar. Solo en dromedario.

—Fidel. ¿Estas tierras son de los Monteverde?

Fidel se había puesto a la altura de Fabien sin dificultad, mientras don Juan se alejaba por el camino rumbo a unas casas blancas que aparecieron algo más allá, arracimadas en la falda de un pequeño cono volcánico de color ocre. Estaban rodeadas de palmeras. El viento estaría contento, por fin encontraba algo en lo que se podría entretener.

—Todo lo que ve. Todo lo que ve no lo tienen otros.

Tras las casas, las vides en sus socos subían por el volcán.

—Tienen vides hasta dentro del cráter —matizó Fidel.

—No me lo puedo creer…

—Mire —Fidel señaló al huerto alrededor de las casas.

—Eso no son vides.

—No. Aquí cerca del lagar hay melones, sandías, batatas, en fin, un poco de *tó*. Ya ve las higueras.

Don Juan había atado su caballo a una argolla de metal que salía del muro que circundaba la casa, bajo un letrero que anunciaba en letras de madera: Bodegas Monteverde. Unas tuneras que ya daban sombra crecían un poco más allá.

—Vamos, dénse prisa. Tendrán hambre —gritó.

—Venga, Fidel. Este caballo no anda.

Fidel dio otra palmada al equino, que le valió para trotar unos segundos y luego volver de nuevo a su paso parsimonioso.

—Ya está viejo, ya. Como yo.

Ataron el caballo al lado del otro, entraron al patio principal de la bodega y siguieron a don Juan al interior del edificio de dos plantas, con balconadas de madera oscura y una viga que sobresalía por un hueco estrecho y alargado de la pared.

El lagar estaba construido de piedra de volcán y argamasa, y el techo lo sujetaban varias traviesas de madera.

—Esos maderos vienen de barcos que naufragaron en las costas de nuestra escarpada isla. Aquí se aprovecha todo —afirmó don Juan, tendiendo una copa de vino blanco a Fabien, que miraba con la boca abierta la enorme viga que partía en dos la estancia y que se apoyaba sobre la prensa.

—Pero ¿cómo…?

—Es un lagar de viga, hombre. ¿No se hace vino en Francia?

—Pues bastante, sí, como ya sabrá. Pero yo nunca…

—Bueno. Venga aquí y pruebe un poco de queso, con gofio, que si no se va a marear.

El vino, suave y bastante afrutado para nacer de esas viñas de basalto y sol, entraba muy bien, y pronto pintó una sonrisa perpetua en la cara de Fabien, que tenía sed tras el paseo. Esa isla estaba llena de sorpresas. Quién sabía cuántas le depararía todavía.

Tras el almuerzo, salieron de nuevo al exterior. Fabien se sentó en un poyete a la sombra de la casa y comenzó a dibujar los pequeños cráteres que perforaban toda aquella tierra vomitando pámpanos de color verde en vez de lava, y se maravilló otra vez por el ingenio de los lanzaroteños, que habían aprendido a arañar donde no había. Don Juan, seguido por Fidel, fue hacia los cultivos que había en la parte delantera de la propiedad. Ambos iban hablando, y don Juan se agachaba de vez en cuando para comprobar las plantas.

143

Un sopor dulce se iba apoderando de Fabien, que dejó caer el lápiz. Una lagartija que tomaba el sol a su lado salió corriendo a refugiarse en un hueco que quedaba entre las piedras.


—¡Despierte, hombre, despierte!

Fabien notó que una mano grande y fuerte como un candado zarandeaba su hombro.

—¡Se ha quedado dormido al sol! —exclamó don Juan—. Es más torpe aún de lo que creía. ¡Por Dios!

Cada palabra rebotaba en su cabeza, bum, bum, de un lado a otro del cráneo, lentamente, como si su cerebro se hubiera fundido y ya nada quedara dentro. Frito. Ese cerebro frito no sabía dar órdenes. Las manos no se movían, las piernas no andaban y la piel de la cara se había convertido en alguna especie de cuero reseco y tirante.

—Ohhhh —dijo Fabien queriendo extender la mano sin conseguirlo.

Fidel acercó a sus labios un vaso con agua.

—Pero, vamos a ver —dijo don Juan—. ¿Este hombre cuánto tiempo ha estado al sol?

—Cuando nos hemos ido se quedó ahí sentado —respondió Fidel—. Entonces daba la sombra, pero claro, el sol se mueve.

—Vaamoos muchacho, despierteee —Don Juan intentaba reanimarlo dándole palmaditas en la piel enrojecida de la cara—. Fidel, al caballo con él. Lo bajaremos hasta la casa y lo meteremos en la cama.

Las siluetas romas de los volcanes flotaban alrededor de Fabien. Casi no sentía la dureza del lomo del caballo entre sus muslos. Por un momento le pareció que cabalgaba otra cosa, quizás una mujer morena de volcánicos ojos. Luego notó que lo agarraban por la cintura.

—Veenga francesito —dijo Fidel, sentado tras él en el caballo—. Nos vamos a casa, a echarse a dormir.

Solo veía círculos negros con un punto verde en el centro. Negro, verde. Negro, verde. Hasta perder el conocimiento.


La luz. Esa luz en la cara. Fabien intentó tocarse los ojos y sí, parecía que la mano quería funcionar de nuevo. Notaba la cara caliente y pegajosa, como si se le estuviera deshaciendo.

—Ah, vaya. Por fin despierta.

Gara. Era la voz de Gara la que sentía muy cerca.

—Mmmm. Gara… ¿se me ha deshecho la cara? Ohhh…

Dolía al hablar. Recordaba esos círculos negros con algo verde en el centro que se extendían por las tierras volcánicas. Recordaba una lagartija que tomaba el sol a su lado. Y luego ya no recordaba nada. Pero dolía. Gara reía, y el sonido de su risa partía en dos su cabeza.

—Shhh, por favor…. bajito…

—Lo siento —dijo ella, sin parar de reír aunque intentando hacerlo en silencio.

—¿Qué me ha pasado? —susurró Fabien.

—Se quedó dormido al sol. Lleva dos días en cama.

—¿Dos días? —Fabien se intentó levantar, pero no pudo lograrlo—. Oh, *Mon Dieu*…

—Sí. No se toque la cara. Le he puesto aloe vera.

—¿Qué es eso?

—Un remedio que tenemos aquí para la piel. La tenía un poquito roja.

Gara pensó que más que un poquito, parecía un pulpo recién cocido cuando su padre y Fidel lo trajeron dos tardes atrás. Desde entonces lo había estado cuidando, dándole agua y algo de caldo, acompañando las pesadillas que la fiebre le causó la primera noche. Y había descubierto que le encantaba el color de su pelo, ni claro ni oscuro, como la madera. Y esos ojos tan intensamente azules. Estaba hecho de madera y agua, como los barcos.

—Siento molestarla tanto. —Él cerró de nuevo los ojos. Vaya torpeza. Le daban ganas de llorar. Esa no era manera de conquistar a una mujer como ella.

—No me molesta. He estado muy entretenida intentando que tomara agua. Me daba la sensación de que se estaba arrugando, como una pasa.

—Ohhh la la. No me diga eso.

¿Lo había tocado con esas manos, con esos dedos largos y suaves, y no se había enterado? No se lo podía creer.

Y qué vergüenza. Alguien le había quitado el pantalón. Y la camisa. Estaba en ropa interior.

Ella se dio cuenta de su apuro.

—Fidel me ha ayudado bastante con usted. Yo soy una mujer casada, no puedo ver otros hombres, ya lo supondrá. —A Gara le costaba aguantar la risa.

—Esto es… vergonzoso. Nunca me había pasado.

—Nunca había subido con don Juan a La Geria. Mi padre es peligroso. Le dio vino. Ese vino se bebe muy bien, cuando uno tiene sed.

—No recuerdo que bebiera mucho.

Fabien se sentía enfadado. Fijó sus ojos en las vigas de madera del techo, oscurecidas por los años, preguntándose si también esas serían de barcos muertos.

—Voy a por algo de comer. Ahora que está despierto, hay que aprovechar.

145

—No sé si tengo hambre.

De ella. Tenía hambre de ella, pero era un manjar imposible, algo fuera de su alcance. La vio cerrar la puerta con esos aires de pardela. Parecía que en vez de andar, volara.

Al día siguiente, Fabien ya pudo levantarse. Bajó a comer con la familia al salón, soportó las bromas groseras de don Juan, volvió a observar la callada actitud de doña Lucía, y resistió como pudo las ganas de tocar las rodillas de la pardela por debajo de la mesa. Luego volvió a acostarse, pero después de la cena se sintió con fuerzas de salir al exterior de nuevo, una vez que el sol había desaparecido tras el horizonte. Caminó despacio por el sendero hacia la higuera para sentarse en la misma piedra donde algunas noches antes se había sentado ella, sintiendo por fin de nuevo aquel aire en la cara, aquel aroma a volcán y a mar.

Se iría. No podía seguir abusando de la hospitalidad de los Monteverde. Y peligraba su salud mental al lado de aquella mujer que lo tenía atrapado en su mirada basáltica. Debía alejarse y olvidarla.

Fabien oyó unos pasos que se aproximaban. Oh, *merde*. Era ella.

Gara se sobresaltó al ver una figura sentada bajo su higuera, la de sus noches de insomnio, la que la consolaba cuando de niña no podía dormir. Pero enseguida lo reconoció. Era Fabien. Dudó por un momento, parada en el camino, bajo la luz de aquella luna de finales de junio. Podía, debía volver a casa. Él no tendría que verla así, en camisón, como la otra vez. Pero parecía tan solo, tan frágil, un hombre de agua y madera en aquella tierra de fuego. Y además, había visto los dibujos. Solo eran trazos negros en las hojas de un cuaderno, pero tenían alma. Habían captado el alma de la isla. Y la habían captado a ella. No sabía cuándo la había dibujado así, pero parecía conocerla de siempre. Así que se acercó a él y se sentó en una de las piedras del murete bajo que rodeaba la propiedad por su parte trasera, la que daba al camino de Timanfaya.

—¿No puede dormir, Fabien?

—Eso parece, pardela. —Su voz sonaba triste.

—No me llame así. ¿Por qué lo hace?

—Porque es demasiado hermosa, pardela. No ha nacido para estar entre mortales, sino para volar por encima del mar.

¿Por qué, por qué sentía sus palabras quemándola por dentro? Nunca antes le había pasado algo así. No con Arthur, al que había conocido poco antes de su boda concertada por su padre, pero tampoco con ningún otro.

—Perdone. No debería decirle eso —dijo él, mirando a la lejanía—. Me trastoca su presencia.

—¿Cómo es París, Fabien?

A él le sorprendió su pregunta. Le parecía tan lejana su ciudad, allí, bajo aquel cielo cuajado de estrellas.

—Diferente a esto por completo, pardela. No hay volcanes. En invierno llueve casi todo el tiempo, y a veces, también nieva. Y no solo llueve en invierno. En París llueve siempre que quiere, pero la lluvia es fina y luminosa, y se lleva lo malo.

—Lluvia… Justo lo que aquí necesitamos… ¿Qué más?

—Hay edificios muy altos y un río que atraviesa la ciudad.

—Ah… Como Londres. Arthur me ha llevado a Londres. ¿Qué le pasa? ¿Le sigue doliendo la cabeza?

Fabien se había tapado la cara con las manos. No soportaba recordar que ese hombre, su marido, existía. Que Gara no estaba a su alcance, que nunca lo amaría. Pero ella se acercó. Se agachó a su lado y le puso la mano en el brazo. La tenía allí, al lado de su cuerpo. Podía notar su calor, su aroma a marea alta. Retiró las manos de su cara y la miró. Esos negros ojos de volcán. Esos labios rojos entreabiertos mostrando sus dientes blancos, esa barbilla algo afilada. Su cabello negro apenas moviéndose por el alisio. Con una mano la cogió por la barbilla, y con la otra la atrajo hacia él acariciándole la nuca. Su boca quedó a milímetros de la de él. Ambos respiraron el mismo aire. Ella se perdió en la intensidad de aquellos ojos azules que la miraban como si la quisieran devorar. Pero sin mediar palabra, él la soltó. Se levantó deprisa y desapareció por el camino que llevaba a la casa, así, sin decir nada, dejándola sola de nuevo junto a la higuera, como siempre desde que era niña.

147

# 21

## La esperanza que nace

*Épernay, primavera de 1922*

Éric se incorporó sobre la cama, sobresaltado. Alguien le agarraba por el brazo y se lo zarandeaba, diciendo su nombre. Aquellos hombres otra vez. Su cuerpo se preparó para luchar de nuevo y la adrenalina retumbó en sus oídos, bum, bum, al ritmo de las campanas de la iglesia, que marcaban el tiempo en Épernay. Pero no. No eran ellos. Adrien, nervioso, gritaba su nombre.

—¡Éric, ven! Eres médico, ¿no? Pues sal de la cama. ¡Éric!

El niño tiritaba aunque el ambiente era acogedor, y sus grandes ojos oscuros reflejaban el temor que sentía. Éric se levantó deprisa, quitó la manta de la cama y lo cubrió con ella.

—¿Qué te pasa, Adrien?

El niño se arrebujó en la manta y, dando saltitos de un pie a otro, dijo:

—Nace. Ya nace y la comadrona no viene, la he ido a buscar pero está en Hautvilliers con el médico. ¡Estoy solo!

Éric se sentó en el borde de la cama y le tendió un pañuelo para que se secara las lágrimas que dejaban surcos húmedos en sus mejillas. El dolor. El dolor comenzó a brotar de su hombro como una brasa que poco a poco se apoderaba de su cuerpo. Joder. Dolía.

—No —dijo con voz ronca.

—No ¿qué? Vamos, Éric, mamá está sola abajo, ¡vamos!
—casi gritó Adrien, más asustado a cada momento.

Éric se levantó, fue hacia la ventana y apoyó las dos manos en la pared para que dejaran de una puñetera vez de temblar. Estaba fría. Fijó la mirada en las baldosas de pálidos colores del suelo, allí donde el whisky se había derramado no hacía mucho, intentando no pensar en el maldito miedo que se le clavaba en el vientre.

—No puedo —murmuró—. No puedo. Ya no soy médico.

No gritaba. Alice no gritaba. Todo estaba en silencio, incluso la noche. Solo se oía el corazón de Éric y la llantina cada vez más fuerte de Adrien.

—Sí lo eres. Lo eres.

—Déjame, Adrien —ordenó con voz seca.

El niño seguía ahí, de pie, llorando. Hasta que, de repente, se quitó la manta y se la arrojó a Éric.

—Eres un cobarde. ¡Cobarde!

Salió de la habitación corriendo, sin molestarse en cerrar la puerta. Un aire frío y callado recorrió la estancia y el frío se metió en el interior de Éric, que cayó al suelo de rodillas y sintió la náusea en su garganta y el dolor apretándole el pecho hasta dejarlo sin respiración.

Allí estaban otra vez las hileras de heridos, las operaciones sin apenas nada, las ratas y el olor a muerte que todo lo impregnaba. Aquel chico, Jérôme, que aguantaba día tras día hasta que su cuerpo se pudrió por completo y aun así tenía los ojos abiertos, porque solo quería vivir. Y él, impotente, contemplando la escena con las manos atadas, porque nada cabía ante tanta desgracia.

Éric abrió los ojos y se encontró con que había llovido en el suelo. Sus lágrimas dejaban huellas oscuras en las baldosas, como cuando el cielo lloraba sobre el pavimento de París. Se levantó despacio, se vistió como pudo intentando controlar el temblor de sus brazos, joder, cómo dolía. Se lavó la cara y las manos con aquel jabón que olía a lavanda y bajó la escalera. Todo seguía en silencio. La puerta de la cocina estaba cerrada y la abrió con cuidado. El fuego se erguía crepitando en la chimenea e iluminando el rostro calmado de Alice, que permanecía sentada en su silla de madera con los ojos cerrados frente a

149

él. Adrien estaba en un rincón, de pie, con el rastro de las lágrimas aún en la cara, mirando a su madre con una expresión entre veneración y temor. El resto de la habitación estaba en penumbra, apenas alumbrado por las llamas. Allí solo se respiraba paz y el aroma de las flores secas de tilo que colgaban de sus ramas cortadas sobre la chimenea.

Éric se acercó a Adrien, que le sonrió débilmente. Cruzó los brazos sobre el pecho para disimular su violento temblor y se quedó al lado del muchacho, apoyado en la pared, observando a Alice. Intentando que la imagen de ella ahuyentara todos sus fantasmas.

Ella continuaba con los ojos cerrados y las piernas abiertas, y su vestido de florecillas caía alrededor de su vientre como una sábana de seda. Se aferraba a la silla y los nudillos se le ponían blancos y el vientre tenso, se podía apreciar a través de la tela. Inhalaba profundo y soltaba el aire por la boca, despacio, como si fuera el respiradero redondo que daba vida a una bodega. Luego se volvía a relajar, acomodándose de nuevo en su asiento, casi durmiéndose.

150

Éric, poco a poco, se fue relajando también, y él y Adrien se sentaron en el suelo, juntos, a ver durante horas la danza sosegada de Alice.

Cuando el sol nacía fuera, el ritmo comenzó a cambiar. Ella se levantó a beber agua y los miró un instante, sonriendo al verlos allí, acurrucados juntos. Luego se quitó el vestido de flores, quedándose solo con una ligera combinación de color crema, y se puso de rodillas frente a la silla, sintiendo en sus riñones el calor del fuego. Alice se agarró a la silla en la siguiente contracción, acompañándola con un gruñido de loba que salía de sus entrañas, girando despacio las caderas, para luego volver a relajarse.

Adrien miró asustado a Éric, pero él le indicó con la mirada que todo iba bien. Le susurró que ya quedaba menos para el nacimiento y que debía echar más leña al fuego, traer unos cojines para que Alice estuviera cómoda y lavarse luego las manos.

Las llamas de la chimenea se elevaron como si quisieran salir al exterior. Los gemidos de Alice se hicieron más profundos, hasta que una cascada de agua brotó de su interior, empapándole las piernas con un líquido claro.

Éric indicó a Adrien que trajera toallas limpias y él se levantó despacio, con el temblor de sus manos otra vez ahí, para asegurarse de que el líquido amniótico fuera transparente, como la mirada de ella. Luego se lavó en la pila de la cocina de nuevo y regresó a su lado.

—¿Puedo tocarte? —susurró. Quería asegurarse de que no existía prolapso de cordón, y de que la colocación del bebé era la correcta—. No te muevas. Solo inclínate un poco más. Así.

La cabecita clara del bebé se podía ver ya. Resplandecía al calor del fuego.

Alice tuvo otra contracción y Éric contempló cómo el útero empujaba y la vagina se abría un poco más. Pronto saldría la cabeza.

—Muy bien —dijo bajito, arrodillándose a su lado—. Pronto llegará tu bebé.

Ella se giró hacia él y se sujetó a su cuello mientras sentía que la contracción la rompía por dentro, quería que aquello acabara ya, dolía, cómo dolía. Y rompió su silencio.

—Joder, Éric, dueleee…

—Respira. Relájate. Lo estás haciendo muy bien. Adrien, calienta las toallas y pónselas a tu madre en los riñones. De una en una.

—Aaaahhhh… Uffff…

De repente, las contracciones se distanciaron y Alice se relajó.

—Tengo sed.

—Vamos, ponte de pie. Bebamos agua.

Éric acompañó a Alice a la pila de la cocina y ambos bebieron. Regresaron frente al fuego y enseguida ella se puso en cuclillas de nuevo y volvió a gemir mientras Éric se colocaba tras ella para esperar al bebé.

—Venga, Alice, despacio. No empujes, respira. Muy bien.

La vagina se iba abriendo poco a poco y en cada contracción la blanda cabeza del bebé estaba más cerca, más fuera. Hasta que en una de ellas, acompañada de un profundo gruñido de Alice, la cabeza salió del todo. Y en la siguiente, todo el cuerpecito cayó a la vida, ligero, resbaladizo, dulce.

Era preciosa. Una pequeña niña perfecta, que miraba sorprendida a su alrededor con los ojos abiertos, preguntándose a qué raro lugar había llegado, sintiendo por primera vez el aire sobre su piel. Protestó un poquito, arrugando su diminuta frente y dibujando una o de sorpresa en su boca.

—Alice, coge a tu bebé, tómala.

Alice se quitó la combinación, porque necesitaba sentir a aquel pequeño ser otra vez al lado de su corazón, pegado a su piel. Se quedó desnuda sobre los almohadones, con la niña en su pecho todavía unida a ella por el cordón umbilical, mirándola, aprendiéndose cada detalle de ella. Parecía que estaban solas en el mundo, que no había nada más en aquel instante que esos dos pares de ojos enganchados y unidos.

Éric, y Adrien a su lado, sentados en el suelo frente a ellas, lloraban. Adrien se acercó al lado de su madre y de su hermana y le tocó la mano por primera vez, con cuidado, porque era tan pequeña que se podía romper. Pequeña y perfecta, con esos dedos rosados y delgaditos.

Los brazos de Éric ya no temblaban. Temblaba su pecho, que no podía parar de llorar. Estaba agradecido por haber podido presenciar ese momento, un nacimiento, después de tantas muertes. Por primera vez en muchos años sintió que quizá valía la pena intentarlo de nuevo, volver a sentirse vivo, recuperar el placer de dedicarse a lo que más le gustaba: la medicina. Seguía teniendo la guerra con él, pero Alice le había hecho un regalo. Le había recordado que no todo era muerte.

Alice se movió un poco y algo salió de su interior, una masa oscura del color de la sangre que se deslizó hacia el suelo. Éric se limpió las lágrimas y la examinó. La placenta estaba entera, intacta. Las raíces de la pequeña se soltaban, ya vivía sola, ya respiraba su propio aliento, dejaba el vientre y se agarraba al pezón, cerrando los ojos, abriendo las manos en una caricia al aire.

—Adrien, ¿quieres cortar el cordón?

—¿Cómo? —El niño abrió mucho los ojos.

—Debemos cortar el cordón umbilical. Tu hermana ya no lo necesita ¿ves? Ya no late.

—Está todo preparado, ahí, en esa cajita. —Alice señaló hacia una cajita metálica situada al lado de la cocina—. Herví unas tijeras y algo de cordel.

—Piensas en todo —sonrió Éric.

Éric ató el cordón umbilical con un poco de cordel, cerca del vientre de la niña, y ató otro pedazo un poco más allá. Indicó a Adrien que debía cortar entre los dos hilos. El muchacho, muy serio, tomó las tijeras y se dispuso a hacerlo.

—Me da miedo. ¿No le haré daño?

—Claro que no. Me has demostrado esta noche que eres más valiente que muchos, incluido yo. Lo harás muy bien.

—Bienvenida, hermanita. Te cuidaremos mucho, te lo prometo. —Adrien, sonriente, cortó el cordón por fin—. Gracias, Éric.

—Yo tengo que agradecéroslo. Esto es un regalo.

A Alice, que sonreía, se le escapó un suspiro.

—Alice, ¿quieres acostarte? —preguntó Éric—. Aquí hace calor, pero entre mantas estaréis mejor. Dentro de poco la pequeña se dormirá y tú podrás descansar también.

—Creo que sí. Estoy cansada. Toma, Adrien, coge a la niña.

—Despacio, no te vayas a marear —advirtió Éric, ayudándola a levantarse.

Al separarse de su madre, la niña comenzó a llorar, enfadada, con un llanto estridente.

—Pues sí que tienes genio, preciosa. Vamos, vuelve conmigo —Alice, ya de pie, tomó a la niña y caminó despacio hasta su cama. Luego la dejó sobre ella con cuidado y la limpió con una toalla. Abrió el primer cajón de la cómoda y tomó unos pañales de tela, un pequeño vestido y un camisón y unos paños para ella. La pequeña protestó al sentir el tacto de la ropa sobre su piel, pero después Alice se acostó y la puso de nuevo al pecho. Ella enseguida dejó de llorar y abrió mucho la boca, tanteando aquí y allá, hasta que por fin acabó encontrando el pezón. Adrien se sentó a su lado, fascinado.

Éric volvió a la cocina y comenzó a recoger lo que quedaba del parto. Bajo el fregadero encontró unos paños y un cubo, que llenó de agua para limpiar el suelo de líquido amniótico, y tras ello, poner en remojo las fundas de los almohadones y las toallas. Luego tomó la placenta y el cordón y salió al patio trasero de la casa. Buscó algún recipiente donde la pudiera dejar. Más tarde les preguntaría a Alice y Adrien qué querían hacer con ella, quizá podrían enterrarla y plantar un árbol como recuerdo. Al lado del muro encontró un balde de hierro. Estaba

153

caliente por el sol que en esos momentos ya se mostraba alto en el cielo. Casi sería mediodía. Metió la placenta en el balde con cuidado y lo colgó de una especie de poste que sobresalía del muro cerca de la puerta. Allí estaría a salvo de los gatos. Luego, se lavó en la pila de piedra que estaba adosada a la casa. El agua era fresca y olía a montaña.

Hacía calor. Pronto la primavera se apoderaría de todo y el huerto de Alice comenzaría a crecer. En aquella época Alice cultivaba coles, lechugas de invierno, zanahorias, espinacas y algunas coliflores. El huerto estaba rodeado por muros de piedra, como un reducido clos. Como un clos que encerrara entre sus muros la vida de las personas, siempre prisioneras de sí mismas y de lo que poseen. En mayor o menor medida. Siempre en el clos, cuando las personas están hechas para los espacios abiertos.

Frente a la puerta de la cocina había una mesa de madera rodeada por varias sillas bajo el porche cubierto por una vieja y retorcida parra. Éric, cansado, se sentó en una de ellas y dejó que el sol le calentara la cara. Él no se quemaba con el sol, no como Claire, que con esa piel tan clara enrojecía en cuanto el invierno se iba. Claire y su niña. Quería conocer a esa niña, saber si de verdad le pertenecía. «Eres igual que la niña», dijo el catalán. Joder. ¿En qué estaba pensando Claire para no decírselo? Cuando nació, él estaba en Verdún. Se perdió su gestación, su nacimiento y los primeros años de su vida. Si era suya, no quería perderse más. Maldita guerra.

De repente, Adrien apareció a su lado. Absorto, Éric no lo había oído venir.

—A mamá le duele la barriga.

—¿La niña está mamando?

—Sí.

—Serán los entuertos. Pasa porque el útero se contrae para volver a su tamaño normal. Vamos a ver si todo está bien.

Éric regresó a la habitación de Alice.

—¿Cómo estás?

—Ufff. Me duele la tripa.

—¿Puedo ver si todo va bien?

—Te lo agradecería.

Éric retiró la ropa de cama y levantó el camisón de Alice

para poder palpar el útero a través del abdomen. Era normal.

—Está bien. Paciencia. Solo es el útero que se contrae.

Éric observó a la pequeña, envuelta en una mantita de ganchillo.

—¿Cómo la vas a llamar?

—No lo he pensado aún. Quizá Beatrice, como mi abuela.

—Es un nombre bonito. Suena bien. Beatrice Vien.

Alice sonrió con tristeza. Beatrice no conocería a su padre. Se criaría en La Cloche, con ella y con su hermano Adrien. No estaba tan mal. Los tres formarían un buen equipo. Tampoco había otra cosa.

Éric preparó algo de comida para todos, con ayuda de Adrien, que le indicaba dónde guardaban lo que iba necesitando, y comieron juntos alrededor de Alice, mientras la pequeña dormía al lado de su madre. Pero Éric se sentía extraño, allí, tan acompañado y a la vez tan solo. No sabía qué hacer. Quizá después de aquel nacimiento los fantasmas sin piernas le permitieran volver a la medicina, quizá podría intentarlo de nuevo. Regresaría a París y recuperaría su vida. Ya estaba harto de los muros de su propio Clos. Debía buscarse, fuera donde fuera.

Pero antes necesitaba ver a su hija. Aunque solo fuera un momento. Y decir adiós a la pelirroja que había tenido tantas veces sobre su piel. Bajo su piel. Pero no esa tarde. Estaba cansado. Saldría un rato a tomar el aire, luego haría la cena para los tres otra vez, y a la mañana siguiente ya se vería.

155

Aquella tarde Éric no se fue muy lejos. No quería repetir el encuentro del día anterior, con los hombres. No con Alice recién parida en la cama. Y además estaba cansado, casi no había dormido. Solo se acercó a la plaza de la iglesia, rodeada de árboles, y se sentó en un banco bajo uno de ellos, frente al rosetón de la fachada que miraba al este, por donde se colaría el sol de la mañana para iluminar su interior. Si fuera posible se quedaría allí para siempre, sintiendo el ligero calor de la tarde en la cara, sin tener que pensar hacia dónde encaminarse luego, sin tener que tomar determinaciones. Como esos árboles que le daban sombra.

Una figura se venía acercando desde el pueblo. Un viejo con un bastón que tanteaba el suelo, arrastrando los pies tras un perrillo de color claro que movía la cola. André. Éric se quedó quieto, sin hacer ruido. Cuando el viejo llegó a su altura se detuvo, se quitó la boina que cubría su cabeza y se rascó el poco pelo blanco que aún le quedaba. Sus párpados permanecían casi cerrados para no permitir que nadie viera esos ojos opacos que alguna vez tuvieron el brillo de la juventud.

—Hombre, forastero. Qué haces ahí tan callado.

Éric se sobresaltó al escuchar de nuevo esa voz que parecía salir del fondo de una botella, tan vieja, tan cascada y tan llena de burbujas como el *champagne*. No se lo podía creer. No era verdad que no viera. Estaba tan sorprendido que no supo qué decir.

—Ehhh… Buenas tardes.

—No sé si querrás que este viejo se siente a tu lado. ¿O quieres estar solo, sin que nadie te moleste?

—Siéntese. Es un placer hablar un rato con usted —aunque solo le comprenda a medias, le faltó por añadir.

—Ya está aquí la primavera. El sol ya calienta la tierra. Pronto las vides comenzarán a llorar, porque renacer duele.

«Ya empezamos», pensó Éric.

—¿A qué se refiere?

—Con el calor, la savia sube por los sarmientos arrugados, que lloran al volver a la vida. Les duele la poda. Les duele lo que han dejado atrás. Lo que otros les han quitado.

—Qué razón tiene.

—Pero nosotros no somos vides, forastero. Nosotros podemos seguir caminando —el viejo, sentado junto a Éric, movía el bastón mientras hablaba, dibujando surcos en el suelo de tierra, al lado del perrillo—. Para huir, o para inventar un camino nuevo. Depende.

—Es igual. Todo duele.

—Duele porque estamos vivos. Cuando la tierra nos cubra, ya no dolerá nada. Tú lo sabes, forastero. Y quien puede sufrir, también puede gozar. No encontraste lo que buscabas en la tierra salva.

—Nada de nada, André. Ella está casada.

—¿Solo buscabas a una mujer? Vaya, forastero, qué desilu-

156

sión. Debes mirar más adentro si quieres encontrar algo. Aún no lo has hecho. Esta tierra de creta está hueca de secretos —dijo, golpeándose el pecho—. Abre los ojos. Estás más ciego que yo.

André se levantó del banco y siguió el mismo camino que su bastón, que iba por delante tanteando la tierra, acariciando la cola de *Campanero* con las delgadas canillas de sus piernas de viejo. Éric se quedó en el banco, recibiendo en el rostro la escasa luz del atardecer, con la extraña sensación de que aquel viejo podía llegar a su lado, hurgar sin dificultades en las heridas de su interior y luego irse tranquilo, sin tan siquiera mirar atrás una sola vez para verlo ahí, con el pecho abierto, sangrando lo que quedaba del día.

157

## 22

## Claire Sauveterre

*Épernay, otoño de 1920*

Hacía un año que Claire había dejado París. Un año desde que sus padres habían fallecido. Los enterró en el cementerio de Montparnasse, al sur, en dos tumbas contiguas sin ningún adorno, como las de los pobres. Por culpa de la guerra y del tonto de su padre, que los había arruinado, a ellos, los Sauveterre, una de las familias más ricas de la capital. Toda una vida rodeada de lujos para luego acabar en la calle, con su hija, como una mendiga. Pauline, esa niña inocente, pensaba que no le quedaba nada. Pero no era tan tonta, no iba a dejar que los acreedores se lo llevaran todo, ni hablar. Terre Sauve y algunas joyas de su madre, las más valiosas, habían sido la última baza. Volver con Éric no era una opción, no en aquella mísera habitación, sin nada; quería un destino mejor.

Hacía un año, cuando llegó a Épernay, la bodega estaba arruinada, destruida por las bombas alemanas. Su tío no se mostró muy contento de verla, hasta que sacó de la doble costura que había preparado en su vestido las piedras y el oro que antes habían pertenecido a su abuela y a su madre. Cuando su tío las vio, sí se alegró. Los ojos se le iluminaron por la codicia. Pero ella no era tonta, no, señor. Habían firmado una escritura que la hacía dueña del treinta por ciento de Terre Sauve. El cuarenta era de su tío, y el resto lo había comprado el catalán.

Él ya estaba en Terre Sauve cuando ella llegó. Aún convalecía de la carnicería de la guerra, como todos, como todo. Se parecía algo a Éric, con el pelo oscuro y el cuerpo fuerte y musculoso. Pero el catalán era rico. Su familia tenía dinero, mucho dinero. Y eso era lo que ella necesitaba, eso era lo importante. Por suerte, quedó deslumbrado por su cabellera roja y larga, por su piel suave, por la mirada que ella le dedicaba cuando venía de las viñas con las manos manchadas de tierra. Sabía cómo gustar a un hombre. A pesar del estorbo de la niña.

Éric era ya solo un recuerdo. Fue bonito, antes de la guerra. Procedía de una familia acomodada, era educado, toda una promesa de la medicina. El futuro hubiera sido brillante para ambos y ella lo amaba, sin duda, por eso le dio su nombre a la niña. Pero luego se torció. Ese hombre ya no volvió de la guerra. Volvió una sombra sin futuro, que renunció a todo y se quedó en aquel cuchitril, bebiendo, sin saber qué hacer. Ella no quería estar con alguien así. Quería lujo, trajes bonitos, sirvientes. Pronto lo tendría. En cuanto la bodega estuviera encaminada, lo lograría. Convencería a Gerard y se irían de aquel campo provinciano a Barcelona, o mejor, a Nueva York. Por fin podría perder de vista esa asquerosa tierra blanca que se embarraba durante la mayor parte del año, se pegaba a sus zapatos y no la dejaba andar, daba igual que estuviera en la bodega o en Chalons. Por fin volvería al lujo, a la moda, a pasear entre edificios altos, y no entre esas malditas viñas. Estaba harta.

Todavía faltaba mucho por reconstruir. La mano de obra era escasa y ya era tiempo de vendimia. Por suerte, la bodega subterránea permanecía intacta bajo la tierra. Y en ella, las cosechas de otras añadas, las barricas, las botellas, los pupitres de fermentación. Ese año llegarían a producir casi la mitad de *champagne* de lo que se producía antes de la guerra, con las viñas viejas. La recuperación estaba siendo lenta, pero constante. Francia estaba en crisis, pero ella y Gerard tenían otras miras: habían empezado a contactar con empresas del otro lado del Atlántico para ampliar el mercado. Ella no vendimiaba. Era demasiado hermosa para quemarse al sol. Paseaba por la casona recién rehabilitada viendo desde los amplios ventanales cómo las cuadrillas doblaban la espalda en el viñedo, llenando canastos con cuidado. La uva que se rompía ya no valía. En Terre

Sauve se producía blanco de negras, la mejor variedad del *champagne*. *Champagne* blanco de uva negra, Pinot Noir y Pinot Meunier, que se depositaba en las prensas nuevas para extraer el mosto claro del interior con cuidado, sin contaminarlo con el pigmento oscuro de la piel, y llevarlo al vientre de la creta. Allí la tierra lo incubaba a temperatura y humedad constante. A una primera fermentación, le seguía una segunda en las botellas, inclinadas en sus pupitres de madera a veces durante años. Pausadamente, el vino fermentaba bajo los ojos vigilantes de Gerard y sus hombres, que pasaban meses acariciando esas botellas, cambiando su posición para que poco a poco los posos se depositaran sobre el tapón, y luego degollarlo, quitarlo junto a los posos con ayuda del hielo, para dejar el vino limpio, transparente y lleno de vida.

Echaba de menos las distracciones de París y deseaba que la cosecha volviera a ser lo que fue para viajar a Nueva York y establecer contactos comerciales que le permitieran salir de aquel maldito rincón. Volver a vestir la moda de Poiret.

Desde luego, la niña había sido un error. No sabía qué hacer con ella y le rompía todos sus planes.

160

Atardecía. La casona miraba al oeste y el sol de septiembre entraba por los grandes ventanales y tocaba la pared opuesta de la habitación. El mismo sol que dibujaba sombras grises en las viñas verdes. Los jornaleros se retiraban ya, y por la ligera pendiente, Gerard bajaba hacia la casa reconstruida de las ruinas de Terre Sauve, cerca del canal del Marne.

Gerard levantó los ojos hacia aquellos ventanales. Tras ellos estaba Claire, con esa mirada altiva que lo volvía loco. La parisina deliciosa que tan bien se sabía mover en la cama. Lo hechizó la primera vez que la vio. Desde entonces, solo pensaba en hacerla suya. Y por fin, tras casi un año de espera, lo había conseguido. Desde que comenzó la vendimia, la vendimiaba también a ella. Exprimía sus senos blancos como las uvas Chardonnay. Sorbía los jugos de su interior sin saciarse nunca, tanta era la sed que había pasado de ella. A Claire no le desagradaban las cicatrices de su torso, gozaba con él como él con ella, exprimiéndolo también, cabalgándolo sin descanso hasta dejarlo exhausto. Su orgasmo era glorioso, más que el de ninguna mujer de las que había conocido. Explotaba gritando, como una botella de *champagne*, derramando placer desde cualquier poro de su piel. Y eso a él lo enloquecía, solo de pensarlo, se le ponía dura.

Gerard pasó de largo dejando atrás la casona bajo la atenta mirada de Claire y se dirigió hacia el río, depositó su ropa en la orilla y se metió en el agua. El frío revitalizó su cuerpo, lo libró del polvo y del cansancio de las viñas, todo el día agachado con los *sécateurs*[22] en la mano, llenando de racimos canasto tras canasto. Pero ahora lo esperaba ella, como cada día desde que comenzó la vendimia. Nunca había estado tan loco por ninguna mujer. Haría cualquier cosa por ella. Estaba la niña, pero eso no importaba. Estaba el padre, pero Claire le aseguraba que era cosa del pasado. Que él no las quería, y tampoco ellas a él.

Gerard se vistió rápido, y con paso ligero se dirigió a la casona. Entró por el amplio vestíbulo. La planta baja estaba dedicada al *champagne* y a las recepciones con los clientes, que en ese momento aún eran pocos. En la planta de arriba habían habilitado unas habitaciones privadas para épocas de mucho trabajo: la poda, la vendimia. Él se quedaba casi todo el año, porque amaba las vides. Ella no. Ella amaba el lujo y el *champagne*, pero no el viñedo, y se sentía prisionera en Épernay, a pesar del ambiente que poco a poco recuperaba la ciudad con las grandes *Maisons de Champagne* y su opulencia. No se podía decir que ese fuera un pueblo normal, pero a ella no le gustaba. Echaba de menos algo que no existía y Gerard a veces tenía miedo. Miedo de que el padre de la niña volviera a reclamarla y se las llevara de vuelta a París junto a él. Juró que nunca lo permitiría. Claire era suya.

Gerard subió la escalera de mármol blanco que lo conducía a la primera planta, a la habitación de Claire, la del final del pasillo. Golpeó la puerta con suavidad.

—Pasa, Gerard. Te estaba esperando.

Estaba desnuda sobre su suntuosa cama con dosel. Su piel clara contrastaba con el terciopelo granate que la cubría, y su melena larga y lisa le llegaba hasta los senos. Gerard notó la

161

22. Tijeras de podar.

dureza de su miembro de inmediato. De pie, mirándola, se desabotonó la camisa despacio y la dejó caer al suelo. Ella entreabrió sus piernas para mostrarle su fruto excitado, para que se diera prisa, pero él disfrutaba con ese momento, observando despacio aquel cuerpo que pronto sería suyo.

—Ábrete un poco más, Claire. Quiero verte entera.

—Ábreme tú.

Se aproximó a la cama y puso un dedo en una de sus suaves rodillas para separarle las piernas y dejar expuesto por completo su objeto de deseo. Ella gimió, pero él siguió observando sin prisa los pequeños pies, las largas piernas, los muslos redondos y la humedad de lo que había entre ellos. De pie, al lado de la cama, comenzó a recorrer con la mano una de aquellas piernas, acariciando la piel suave del interior de los muslos, rozando apenas un instante con un dedo el cálido clítoris para luego separarse de nuevo de ella y comenzar a quitarse los pantalones con lentitud. Tenía los pezones enhiestos y la boca entreabierta, y él comenzó a imaginar aquellos labios en torno a su pene, deslizándose arriba y abajo. Pero aún no era el momento.

162

—Vuélvete, Claire.

Ella no replicó. Llevaban haciendo eso apenas unos días, pero ya sabían lo que les gustaba a ambos. Se puso boca abajo en la cama, enseñándole unos glúteos perfectos. Y él, ya desnudo, se acercó a ella, se subió por fin en la cama y comenzó a amasarlos, primero despacio, luego con fuerza. Se tumbó con cuidado sobre ella, con el pene presionando el trasero, mientras comenzaba a morderle la oreja y a susurrarle:

—Te deseo, Claire. Me vuelves loco. Eres preciosa.

Ella se movía bajo él, excitándolo cada vez más, y él comenzó a perder su mano en el calor de sus suaves pechos. Luego la agarró del pelo enredándoselo en el puño y la penetró deprisa haciéndola gritar de placer, entrando y saliendo durante largo rato, metiendo su mano debajo para acariciarle el clítoris, y ella comenzó primero a gemir y después a gritar cada vez más alto hasta que se rompió por dentro en oleadas espumosas de placer, vaciándolo a él en un intenso orgasmo. Se quedaron juntos largo rato, sobre el terciopelo granate, y él pensó que por fin había encontrado su cielo.

## 23

## La calma

*Épernay, primavera de 1922*

—¿*M*e quieres explicar qué haces levantada? —dijo Éric, que llegaba a la cafetería para desayunar tras pasar una rara noche entre pesadillas e insomnio, enfadado al ver a Alice tras la barra.

—Hay que vivir, Éric. No puedo permitirme cerrar el negocio.

—No me fastidies, Alice. ¡Estás recién parida!

—Las recién paridas también tienen que comer. Y sus hijos. Si no hay dinero, no hay comida.

—No me lo puedo creer. ¿Dónde está la niña?

—En la cocina, dormida.

—Vamos, Alice. ¿No quieres cerrar? Muy bien. Yo en París trabajaba de camarero —respondió Éric, cada vez más enojado. Era un despropósito que aquella mujer con su renovada trenza y su aún hinchada barriga quisiera trabajar el día después de parir—. Yo atenderé a la parroquia. Para dos o tres cafés que pones al día, seguro que me puedo arreglar.

—No te lo crees ni tú. Como te empiecen a temblar tus jodidos brazos, no llega un café entero a la barra.

—Tú, testaruda mujer. Te aseguro que detrás de la barra tengo mejor pulso que cualquiera. Vete con tu hija, ya. —Éric la sujetó del brazo con suavidad y la condujo a la cocina, justo cuando se comenzaba a oír una aguda llantina que provenía de un cajón de madera situado al lado del fuego—. ¿Lo ves? Beatrice tiene hambre. ¿Ya tienes leche?

—No sé.

—¿Cómo que no sabes? Alice, los bebés maman. Si no maman, se mueren.

Alice se sentó en la silla que aún estaba al lado de la chimenea, la misma que el día anterior había utilizado para dar a luz. Escondió la cara entre las manos y comenzó a sollozar.

—Estoy sola, Éric. Si no trabajo, no podemos comer. Me tengo que apañar, joder.

Éric puso una silla al lado de la suya y la abrazó.

—Me quedaré unos días —le susurró—. De momento no estás sola. Tú me acompañaste cuando estaba borracho. Pudiste no hacerlo. Déjame ayudarte ahora.

Ella asintió. El llanto de la pequeña era cada vez más agudo, y agitaba los bracitos en el aire buscando algo que no tenía, que le faltaba.

—Por favor, atiende a tu hija. Métete en la cama con ella y dale el pecho. Yo estaré en la cafetería. ¿Dónde está Adrien?

Éric vio cómo Alice levantaba a su hija con cariño y la acunaba para calmarla.

—En el huerto. Hay que sembrar.

Éric se acordó de algo.

—¡Joder! ¡La placenta! ¡La dejé colgada en un cubo!

Alice se rió, secando a la vez sus lágrimas y las de Beatrice.

—Adrien la enterró junto al peral, el que crece al lado de donde tienes el coche. Así recordaremos para siempre el día de ayer y a ti.

Éric sintió dentro un calor que hacía tiempo que no sentía. Pensó que a pesar de todo el viaje había merecido la pena.

—Gracias, Alice —murmuró, viéndola depositar un beso en la cabeza de su hija mientras entraba a su habitación—. Descansa, te lo mereces.


Abril había llegado a Épernay. Los días se iban alargando sobre los viñedos. Las constelaciones de invierno todavía eran las dueñas de los atardeceres, con el guerrero Orión que poco a poco desaparecía tras el horizonte, seguido por las dos estrellas hermanas de Géminis y tras ellas Leo con Régulus, su brillante corazón azul. La Osa Mayor lo observaba todo desde el cénit, como la verdadera reina de la noche, la que no desaparece nunca.

Éric miraba el pálido brillo estelar desde el patio trasero de La Cloche. Aún no había subido a Terre Sauve, se le pasaban los días sirviendo cafés y pastís a los paisanos de Épernay y turnándose con Adrien en el huerto, mientras Alice amamantaba a la pequeña Beatrice, que ya tenía tres semanas de vida. Alice se había recuperado bien y comenzaba a hartarse de sus vacaciones forzadas. Éric había dejado que el tiempo pasara, estaba a gusto en la sencilla rutina de La Cloche y el trabajo duro de la primavera en el huerto le sentaba bien. Hacía todo lo que Alice y Adrien le indicaban, porque él no sabía nada sobre los cultivos. Esa mañana había acabado de cavar y abonar las hileras que le faltaban. Con las indicaciones de Adrien y su fuerza, el huerto de ese año sería bastante más extenso que el pasado.

—Podrías regresar cada primavera. Se te da bien lo del huerto —dijo Adrien, saliendo de la casa y sentándose a su lado—. Porque sé que no te vas a quedar con nosotros.

—No puedo quedarme. Épernay es precioso, pero no es mi sitio. Y aún tengo cosas que arreglar. De todas formas, no estamos tan lejos. Son solo unas horas en coche, y ya conozco el mejor lugar para alojarme. No te quepa duda.

—Vamos, Adrien —Alice asomó su trenza por la puerta de la cocina—. Es muy tarde. A dormir.

—Yo también me voy a descansar. Estoy agotado. Tu hijo me da unas palizas tremendas con la azada. —Éric, sonriendo, entró en la cocina—. Beatrice, ¡estás despierta!

—Lleva todo el día durmiendo —dijo Alice, meciendo a la niña en sus brazos, que parecía feliz—. Llega la noche y ¡joder! ya la ves. Me tiene rota. Se dormirá por la mañana.

—Quédate durmiendo con ella —respondió Éric.

—Necesito hacer algo. Ya estoy fuerte. Y además ya hemos abusado bastante de ti.

—No. Alice, me habéis dado algo de paz. Y te puedo asegurar que en mi caso eso no es cualquier cosa. Cuando me vaya, os echaré de menos.

Alice lo miró con cariño. Era un buen hombre, además de guapo. Lástima que no fuera para ella.

—¿Vas a subir a Terre Sauve?

—Sí. Necesito verlas, aunque solo sea una vez. Quiero conocer la cara de mi hija.

—Hazlo, Éric. Pero no tengas prisa por marcharte, de verdad. Tu alojamiento ya está pagado con creces.

—Mi alojamiento vale lo que vale, y tú tienes dos bocas que alimentar. Así que no protestes con esa boca que tienes, tan mal hablada. Me voy a dormir. Beatrice, duérmete tú también un poquito a ver si a tu madre se le quita ese gesto de enfado.

—Pero…

Éric subió las escaleras y se dirigió a la habitación. Por la mañana intentaría encontrar a Claire. No había vuelto a saber nada de aquellos hombres que le asaltaron en el jardín de la Mairie, ni de Gerard. El coche seguía en el patio trasero de La Cloche y él no había salido apenas al pueblo. Por si acaso, iría preparado.

## 24

## Lo que llega con el mar

*Lanzarote, 1889*

—Muchas gracias por su hospitalidad, don Juan. Pero debo dejarles —dijo Fabien, sentado a la mesa de los Monteverde delante de un vaso de leche de cabra, una fuente con frutas variadas y algunos dulces, y ese olor a café recién hecho.

—Nos apena que se vaya, Fabien —contestó don Juan—. Hemos estado entretenidos con usted.

—Sí, emborrachándolo —dijo Gara, que de repente parecía estar de muy mal humor—. ¿Dónde va usted, Fabien?

—No lo sé. Creo que al Puerto de Arrecife de nuevo.

Intentó no mirarla. No se sentía capaz. No quería seguir allí porque ya no podía resistirlo. En cualquier momento la cogería y abriría con su lengua esos labios húmedos, sin importarle nada. Y no podía hacerle eso a sus anfitriones. Era absurdo, ¿cómo se había enamorado así? Él no era de enamorarse rápido, no al menos hasta que conoció a Gara. Le gustaban las mujeres, eso sí, pero nada más.

—No se preocupe por mí. Bajaré al pueblo y buscaré algún camello que me pueda llevar.

—De eso nada, muchacho. Fidel lo llevará adonde quiera.

—No, de verdad.

—He dicho que Fidel lo llevará.

No se podía discutir con don Juan. Era un dictador acostumbrado a que se hiciera lo que él quería, y Fabien se rindió.

—De acuerdo.

—Yo también me iré —dijo Gara—. Daré una vuelta por la tienda del Puerto, aprovechando el viaje.

—Creo que me he confundido, perdón. No voy a Arrecife, voy a… No sé…

—No le estará usted haciendo un feo a mi hija, ¿verdad? Nos haría un favor si la acompañara.

Oh, *Mon Dieu*. Esa familia era imposible. ¿Cómo iba a poder viajar con ella? La besaría. Seguro.

—Sí, sí, no hay problema, claro…

—Perfecto. Saldrán mañana temprano. No es tiempo de andar por esos caminos, Fabien, y menos usted, que parece que no le sienta bien el sol. Madrugarán, y aun así les pillará el calor.

Doña Lucía observaba a Fabien. Ella sabía de dónde venía su incomodidad, por qué quería irse. Había visto cómo miraba a su hija. Ese hombre con el que estaba casada no se daba cuenta de nada, pero ella sí. Era una locura que partieran juntos.

—Gara, hija mía. No me encuentro muy bien. ¿Puedes acompañarme a mi habitación?

—Claro, mamá. Vamos.

Don Juan salió también, mientras Fabien seguía dando vueltas con la cucharilla en su taza vacía.

Habían pasado dos semanas y Fabien aún no se la podía quitar de la cabeza. Había visitado los acantilados de Famara, el valle lleno de palmeras y vegetación de Haría, y el precioso tubo volcánico del volcán de la Corona con ayuda de un guía, Alejandro, un joven escurridizo como una anguila que no paraba de fumar. Al final, Gara se había quedado en Yaiza porque doña Lucía se sentía enferma, y Fabien estaba haciendo lo posible por deshacerse de su imagen. Quería perderla en el estrecho mar que separaba Lanzarote del islote casi deshabitado de La Graciosa. Despeñarla desde los altos riscos de Famara. Enterrarla en la esquina más oscura de la cueva de los verdes, o ahogarla en la pequeña playa de Arrieta, donde las casas miraban mar adentro todo el rato, y olvidarla de una maldita vez. Pero no podía.

Su habitación de la fonda de don Félix parecía a punto de ser desalojada desde el primer día que regresó. El equipaje se había quedado sin deshacer, guardado en las maletas, preparado para ser izado al vapor que se dirigía rumbo a Francia cada quince días. Pero el vapor acababa de partir y Fabien lo observaba apoyado en el murete de piedra del Puente de las Bolas. Había levado el ancla ayudado por la marea alta y se alejaba despacio de Arrecife, con su proa picuda camino del norte, dejando tras él un cielo sucio de humo y un francés que no quería deshacerse de su sueño de volcanes. Al menos no todavía. Y ese francés se dio media vuelta, dejando atrás los hombres que fumaban tabaco liado entre hojas de maíz, las barcas esperando su acuático paseo y las gaviotas chillando refranes de mar, y se dirigió a su cuarto alquilado para pasar el día al fresco en espera de la noche, porque de noche no se sentía tan triste. Tomaba su cuaderno de pastas marrones, la vela y los fósforos, y se iba a dibujar.

Aquella noche tenía ganas de andar.

169

Se dirigió hacia el mar, caminó hasta la playa que se plegaba como una concha al sur de la ciudad y siguió adelante con la luna creciente como guía. No era fácil caminar con tan poca luz sin salirse del estrecho sendero de rofe que recorría la costa. Pero le daba igual. Nada tenía sentido. Debía marcharse de una vez a París, pero no lo hacía. Se quedaba allí, inmóvil, como un fósil imposible atrapado en el basalto.

De noche, el mar hablaba más alto y Fabien se sentaba frente a él durante horas. Buscaba algún sitio cómodo, encendía la candela, sacaba el lápiz y escuchaba. Ya no tenía miedo, sabía que los muertos en el mar no podían volver a tierra, se quedaban para siempre en su tumba pelágica. El mar le contaba historias de lunas que amanecían, de nubes oscuras, de islas de fuego, y él las dibujaba. A veces durante horas, hasta que le sorprendía la claridad del alba.

Porque la noche lo nivelaba todo. No había colores, solo la negrura, la penumbra y la luz, y esos trazos oscuros sobre la albura del papel. Fabien encontró un lugar resguardado del viento por un murete de piedra no demasiado alto. Se sentó a su cobijo, sobre la arena de la playa, y apoyó la espalda en las piedras, pero pronto la separó, porque su dureza se le clavaba. Sacó los fósforos del bolsillo, restregó la cabeza de uno de ellos por la superficie rugosa de la cajita de cartón y una clara luz iluminó por un momento su rostro triste. Encendió la vela y la colocó a su lado para que la escasa luz le permitiera dibujar. El mar estaba tranquilo bajo aquella luna creciente que quería trepar por el cielo hasta llegar al cénit, huyendo de tanto silencio.

Se iría en el siguiente vapor, seguro, no lo dejaría escapar otra vez. No tenía sentido esperar más tiempo a un sueño que no se cumpliría. En París podría olvidarla, no como allí. En la isla todo se la recordaba, cada higuera, cada silueta de volcán.

Cada voz de mujer.

Las voces de dos mujeres se acercaban, a esas horas de la noche, tan lejos de la ciudad.

Debía ser su imaginación.

Ya no podía distinguir la realidad del deseo.

—Quédate aquí y déjame sola.

—Señora, volvamos. Sabe que esto no está bien y a mí me da miedo. ¿Y si nos ve alguien?

—Nadie viene a estas horas tan lejos. No seas miedosa.

—¿Y los pescadores?

—Vuelven al Puerto, no aquí. Y además, los oiríamos y nos daría tiempo a salir corriendo. Lo necesito, Ana. Quiero algo de libertad, porque si no, me asfixio, ya lo sabes.

Las dos mujeres estaban a algunos metros de Fabien, pero no podían verlo, refugiado como estaba tras el murete. Él se había olvidado de respirar. Sudaba, y el lápiz se había quebrado entre sus dedos.

Era su voz.

Era Gara.

No sabía qué hacer. Si se levantaba, lo verían. Quizá no fueran en su dirección, quizá Gara se acercara a la playa sin continuar por el sendero de rofe, sin pasar a su lado.

—Tú te quedas aquí, como siempre. Yo me baño y luego regresamos a casa tranquilamente antes de que amanezca.

—Dése prisa, por favor, señora.

—Toma la pistola.

—Ay, madre, Virgencita del Carmen, por favor, protégenos, que no nos pase nada, dame otro trabajo en otra casa, virgencita, por favor...

—Siempre igual, Ana, ¿eh? Hala, échate a dormir que yo me voy.

Fabien escuchó unos pasos acercándose a él. Pero no podía moverse. Ni reaccionar. Su cuerpo se había paralizado, con el lápiz roto en una mano y los dedos de la otra clavándose en el cuaderno.

La vio pasar por delante de él en dirección al agua. Estaba vestida de hombre, pero volaba como una pardela sobre la arena. Detuvo el vuelo cerca de la orilla, aspiró el aire salado y húmedo del mar, y comenzó a desnudarse. El pantalón cayó arrugado a sus pies, seguido por lo que parecían unos calzones. Luego se quitó la sombrera y el pañuelo que ocultaba su cabello. La camisa de lino. Todo quedó sobre la arena de la playa, en un montoncillo arrugado. Y Fabien comenzó a dibujar con la mitad del lápiz la silueta desnuda de Gara, que se dirigía con paso firme hacia el agua. Ella dejó que las olas fueran tocando despacio sus piernas, que subieran hasta los muslos, que acariciaran el vello de su pubis. Que abrazaran su vientre y se perdieran entre sus pechos y en sus labios mojados y tan rojos como los de la diosa Timanfaya, mientras él la dibujaba recorriendo la misma ruta en su cuaderno, como si también la estuviera tocando.

Gara comenzó a nadar. Él solo la intuía en la penumbra nocturna.

Al cabo de un rato ella se detuvo, porque miró hacia la playa y vio una ligera luz. No supo qué podía ser y tuvo miedo. No debía permitir que nadie la viera, porque el escándalo sería mayúsculo. Ella, Gara de Monteverde, nadando desnuda en medio de la noche. Impensable. Aunque ella no era Gara de Monteverde. Era Gara Betancor, hija de su madre, no de aquel ser cruel que maltrataba a los hombres que cultivaban sus tierras, hijo a su vez de un asesino traficante de esclavos, peor, de hombres libres que él convertía en esclavos. Gara Betancor. Lo otro dolía demasiado.

Debía saber qué era la luz de la playa. Decidió salir del agua lejos de ella, sin hacer ruido, y acercarse despacio por detrás. Lo

171

peor del plan era que estaba desnuda. Tenía que ser prudente.

La arena estaba fría y pronto se transformó en picón y en basalto. Estaba acostumbrada a andar descalza, aunque de vez en cuando las aristas de las piedras se le clavaran en los pies. Llegó tras el muro y asomó apenas la cabeza para ver qué escondía.

Lo reconoció enseguida. Su pelo color madera, alborotado. La candela y su pálida llama, el cuaderno abierto y esa mano nerviosa y a la vez fuerte moviéndose deprisa sobre él. Dibujaba el mar, el perfil volcánico de una isla y una mujer entrando en el agua.

Gara tuvo que hacer un esfuerzo para no gritar. No creía que pudiera volver a encontrarse con Fabien. Lo imaginaba ya en París, esa ciudad donde no dejaba de llover un agua luminosa y fina. No había podido acompañarlo a Arrecife porque su madre se había indispuesto, aunque una vez que él partió se repuso rápido. Pero soñaba con él, el hombre capaz de dibujar en un cuaderno el alma de las cosas, el que la miraba como si fuera una diosa. Soñaba con volver a encontrarlo, para… para poder conocerlo, para saber qué se escondía tras su mirada azul. Oh, dios, y ahora lo tenía delante de nuevo.

Y ella no llevaba ropa.

# 25

## Ellas

*Épernay, primavera de 1922*

Éric aparcó el Ford T al lado del muro del Clos y caminó hacia las casas de Terre Sauve. Era verdad, las vides lloraban savia bajo el calor del sol de aquel abril tan templado. Se humedecían por las heridas de la poda, haciéndose sensibles a los fríos nocturnos, a la soledad de las noches en las colinas de Épernay. Una cuadrilla de trabajadores cambiaba de posición los junquillos que sujetaban las vides. Éric observaba lo que hacían, preguntándose para qué tanto trabajo. Se acercó a uno de ellos, un hombre recio, entrado en años, con el rostro surcado de arrugas.

—Buenos días.

—Ehhh.

El hombre aflojaba las ligaduras y las bajaba un poco sobre los sarmientos.

—¿Los vuelven a atar? —preguntó Éric.

—Bajamos los junquillos. Hay que dejar crecer los brotes. Cuando llegue junio los volveremos a subir. Hay que atarlas corto a las vides, para que no se desmadren. Como a las mujeres.

A Éric le sorprendió el comentario. Pero en ese momento divisó al hombre rubio del otro día, el que parecía casi albino. Estaba rojo por el sol y bajaba corriendo hacia los edificios del final del viñedo. Se detuvo delante de un hombre que bien podía ser Gerard. El rubio señaló en su dirección y ambos miraron hacia él. Su cuerpo se tensó. Esta vez quería saber dónde estaba Claire. Solo sería un momento, pero iba a entrar en esa casa. Costara lo que costara.

Bajó con rapidez por el surco entre las vides en dirección al edificio principal. Vio cómo Gerard se dirigía hacia él con los puños en alto para cortarle el paso y no se lo pensó. Fue como un acto reflejo. Cuando ambos llegaron a la misma altura, ya en la explanada anterior a la casa, Éric le lanzó un puñetazo al rostro que lo cogió por sorpresa, dejándolo aturdido por unos instantes, y él, deprisa, atravesó la puerta de entrada. Se encontró en un enorme vestíbulo, bajo el escudo de Terre Sauve, un racimo de uvas con dos pámpanos entrelazados, tallado en piedra en la pared de la entrada. En uno de los lados un muestrario de botellas de *champagne* rodeado de estilizadas copas de cristal se exhibía sobre una mesa del color de la caoba. Al fondo, dos escaleras de mármol simétricas con sus barandillas de madera tallada en forma de hojas de vid conducían a la primera planta. Una elegante mujer que llevaba un vestido blanco ceñido a sus caderas con un cinturón oscuro, un sombrerito sobre su larga cabellera pelirroja y dos copas de *champagne* en una de sus manos se deslizaba por ellas hacia el recibidor haciendo ruido en cada escalón con sus zapatos de tacón. Toc. Toc. Toc.

Era ella.

Claire.

Éric se quedó frente a las escaleras, observando sus pasos al bajar, sintiendo el sonido de esos zapatos como un golpe en el pecho que en cada ocasión dolía más. Estaba hermosa. Más todavía que la última vez que la vio.

—Vaya, Éric. Vienes a mi casa y pegas a mi prometido. Eso no se hace —dijo con voz seductora, acercándose a él y ofreciéndole una de las copas de *champagne*.

Él la notó fría y húmeda en su mano dolorida por el golpe, y tuvo que aclararse la voz antes de contestar. Casi no le salían las palabras. Por fin la tenía delante, aunque estaba cambiada. Era más adulta, por supuesto, más madura. Pero había algo nuevo en su mirada. ¿Qué era?

—¿Tu prometido? —consiguió preguntar.

—Sí, querido. Me caso el mes que viene —respondió, con sus acuáticos ojos perdidos en las burbujas que surcaban el cristal de su copa.

Gerard lo había engañado. No estaba casada, no aún.

—Estás muy guapo, Éric. ¿Qué haces aquí? ¿Dónde te alojas? —preguntó, levantando sus ojos hacia los de él.

—En el pueblo, en un sitio llamado La Cloche.

Ella se acercó más y le pasó un dedo por la mejilla, por el cuello, por el pecho. Recordó las tardes de paseo por París junto a él, la última noche que pasaron juntos en aquel hotel. Eran otros tiempos. Él volvió a oler el aroma de su cabello, a recordar el calor de su aliento sobre su piel. Pero algo no iba bien. Lo presentía. Ella había cambiado, y no para mejor.

—¿Qué haces ahora, Éric? ¿Has vuelto a ejercer la medicina?

—Claire —susurró con voz ronca, sintiendo la proximidad de su cuerpo.

La tenía demasiado cerca, casi pegada a él. Por un instante sintió deseos de atraerla todavía más. De abrir con su lengua esos labios húmedos de *champagne*; de hundir sus manos en los recodos de su piel clara, pero recordó el instante en que él estaba roto y ella se dio la vuelta y se alejó sin mirar atrás. No era tan fácil.

Gerard entró en la sala de forma brusca.

—Claire, ¿este hombre te está molestando? —gritó, agitado.

Claire se separó de Éric, le dirigió una mirada fría y le hizo un gesto con la mano, indicándole la dirección de la puerta. Él se detuvo y, contrariado, salió de nuevo hacia el tibio frescor de la mañana de abril.

Claire se dirigió hacia la mesa de las botellas. Su copa ya estaba vacía. Tomó una y soltó el alambre que sujetaba el corcho, que salió disparado y fue a rebotar contra el suelo de mármol.

—¿Más *champagne*? —ofreció ella, llenando su copa.

—No, gracias —contestó Éric. La suya continuaba intacta. No habría podido tragar ni siquiera un sorbo. La dejó en la mesa, al lado de la botella recién abierta, y se apoyó allí, con los brazos cruzados sobre el pecho, aunque no le temblaran, observándola.

No le temblaban. Qué extraño.

Ella dio dos o tres pasos por la habitación, para después volver de nuevo frente a él.

—No has contestado a mi pregunta, Éric.

Éric, Éric. Su nombre sonaba suave en sus labios.

—Yo también tengo preguntas que hacerte. Dime, Claire. ¿Tuviste una hija?

Ella se puso pálida un instante, pero enseguida recuperó su compostura. No podía echarlo todo al traste. Por un momento se había imaginado de nuevo junto a él, si fuera un médico brillante. Otra vez en París, con sus amplias avenidas, sus preciosas tiendas, sus elegantes cafés. Sería maravilloso. Pero había invertido mucho dinero en la bodega y ahora por fin estaba dando sus frutos. Debía ser prudente.

—¿Una hija? ¿Por qué piensas eso?

—Conocí a Pauline. Me dijo que te saludara. Tiene muy buenos recuerdos de ti.

Ah, sí. La pobre cría.

—¿Es paciente tuya?

—Claire. Dime qué hay con la niña.

—Déjalo, Éric. No importa ya.

Éric sentía crecer su enfado por momentos. ¿No importaba la niña?

—¿Cómo que no importa? Quiero verla, Claire.

Qué gracioso. Éric quería ver a la niña. La verdad es que Claire no sabía en qué lugar de la viña podría estar en ese momento. La niña iba por libre, ella no se preocupaba demasiado. Podría estar jugando entre las cepas, o en el frescor de los subterráneos. Quién lo sabía. Claire se rio, y su carcajada resonó entre las paredes de la sala de recibir de Terre Sauve.

—Búscala. Seguro que no anda muy lejos. La reconocerás, se parece a ti —afirmó, apuntándolo con el dedo—. Pero a ver qué le dices. Ella piensa que su padre es Gerard. Nunca ha conocido a otro.

Éric estaba furioso.

—Porque tú no lo permitiste, Claire. ¿Cómo pudiste?

—Estabas fatal —dijo, sonriendo—. Parecías un muerto de hambre, en ese sitio tan miserable. Yo quería otra cosa para mí.

Éric no daba crédito. ¿Dónde estaba la Claire que él conocía?

—No eres tú, Claire. ¿En qué te has convertido?

—Así es la vida, querido. Nos enseña muchas cosas. Pero aún no me has contestado. ¿A qué te dedicas ahora?

Éric la miró con pena. No comprendía nada. De repente quería salir de allí. Quería dejar de respirarla, sentir el aire fresco en el rostro. Pero necesitaba saberlo.

—La niña. Dónde está.

Ella rio de nuevo.

—Te he dicho la verdad. No lo sé. Igual está en las viñas, o en la bodega. Puedes buscarla, si quieres. A veces, baja hasta el canal. Pero, Éric, recuerda. Ella ya tiene padre. No la confundas. No le hagas más mal que bien.

A Éric le entraron ganas de vomitar. Salió deprisa hacia el exterior, pasando por delante de un preocupado Gerard. Siguió caminando con rapidez hacia el canal del Marne y allí, frente al susurro del agua que corría, cayó a la creta para vomitar toda su ira. Luego se quedó sentado en la humedad de la tierra, mirando aquel río artificial que alguien construyó como un esclavo del hombre y que ahora estaba habitado por aves acuáticas, como si fuera libre y verdadero. Claire ya no era ella, estaba seguro. Como él, había cambiado. Éric sintió cómo se liberaba de un peso, como si una sombra se fuera y desapareciera arrastrada por las aguas prisioneras del canal. Pero a la vez la tristeza se cernió sobre él como el omnipresente cielo color ceniza, como el llanto de las vides.

177

Poco a poco recuperó la suficiente calma para comenzar a buscar a su hija. Su hija. Cuando lo pensaba le entraban ganas de llorar. Era su hija, pero no podía tenerla a su lado, ni tan siquiera podría decírselo alguna vez.

—Hija —dijo al árbol que tenía tras él.

Se sintió absurdo. Para qué quería verla si ya tenía un padre que no era él. Maldita Claire.

Pero tenía que hacerlo. Aunque solo fuera un momento. Así que la buscó. La buscó a orillas del canal del Marne, sin entender cómo Claire permitía a una niña tan pequeña andar sola por esos lugares. La buscó entre los árboles de la ribera, bajo el vuelo amarillo de las primeras oropéndolas de la primavera. La buscó entre las vides, las más cercanas a la casa y las más cercanas al camino del Clos.

Quizá Claire se había reído de él. No parecía haber ninguna niña en los alrededores. Aunque Claire se había referido también a las *caves*, el vientre subterráneo de Terre Sauve.

No podía. En un túnel, no. El dolor punzante del hombro regresó para burlarse de él otra vez. Verdún y el frío de su ciudadela subterránea, donde no cabían los cadáveres de los pobres soldados. Y aquello solo fue el principio, un pálido ejemplo del resto de la guerra, de lo que vino después.

No podía entrar ahí, bajo la tierra. No soportaba ese tipo de encierro. Éric se dirigió hacia la casa con la esperanza de que la niña hubiera regresado, prácticamente era mediodía. Pero en su lugar le salió al encuentro Gerard.

—Venga ya, señorito de París. ¿Otra vez aquí? ¿No ves que no eres bien recibido?

—No te preocupes, Gerard, que no te voy a robar a tu novia. Qué poco te debes fiar de ella, si no querías que me viera por si se volvía conmigo a París. Toda tuya. Feliz boda.

—Pues hala, ahí tienes el camino de vuelta.

—Quiero ver a mi hija. Enséñamela y me iré.

—¿Para qué? ¿Te la vas a llevar? —dijo con ironía Gerard.

—No me conoce, no sabe que existo gracias a tu futura mujer. Pero quiero verla un instante.

—Si te la enseño, ¿te marcharás de una puta vez?

—Me iré.

—Como gustes, señorito de París. Seguro que está en la bodega, donde no debe, como siempre. Ahora te la envío.

Gerard se dirigió a una pequeña construcción adosada al edificio principal. Abrió la puerta de madera y desapareció en su interior. Al poco, la puerta volvió a abrirse. Parecía que no había nadie tras ella, pero al momento una niña pequeña asomó su cabecita por el vano, entrecerrando los ojos por la claridad del sol. Salió despacio y se fue dando brincos hacia el montón de piedras que se extendía tras la casa, los restos de las antiguas construcciones que formaban parte de Terre Sauve, y comenzó a trepar por ellas. No llevaba zapatos ni medias, solo un vestido de manga larga que parecía haber sido alguna vez de color rosa. Poca ropa para jugar en las caves, que se mantenían a una temperatura fresca y constante durante todo el año.

Éric se acercó con las manos en los bolsillos para que su

temblor no la incomodara y se quedó allí de pie, mirándola. Era todo un contraste con la elegante pulcritud de su madre. Saltaba como una cabra sobre los bloques de piedra sin ningún titubeo. Sus pequeños pies estaban sucios del polvo de las colinas y tenía las rodillas negras de quién sabía qué. Se sentó sobre una de las piedras más grandes, jugueteando con un palito en su superficie. La piedra mostraba un fósil de lo que parecía un pequeño caracol y la niña recorrió su contorno cantando bajito una cancioncilla. De repente levantó su mirada hacia Éric, dejándola fija en él.

Éric se había olvidado de respirar. Tenían razón. Era idéntica a él, tenía sus mismos ojos, con aquella mirada oscura e intensa que le era tan familiar. Su madre, en aquella playa lejana, decía que poseían ojos de dragón, y que los dragones guardaban el fuego en el interior de la mirada y no en la garganta como todos creían. Como los volcanes.

Éric se acercó un poco para sentarse también en una de aquellas peñas que alguna vez formaron parte de algo grande. No podía seguir de pie. Erika volvió a jugar con el fósil, su pelo moreno y corto a lo *garçon*, como el de las chicas de París, se movía en torno a sus suaves mejillas. Tenía la mandíbula firme, como él, y en la barbilla algo que no llegaba a ser un hoyuelo, como el suyo. Era fascinante.

179

—¿Por qué me miras?

Éric se sobresaltó al oír por primera vez la voz de su hija y tuvo ganas de llorar. Se aclaró un poco la garganta antes de responder.

—Eres una niña muy guapa. ¿Cómo te llamas?

—Mamá dice que no hable con nadie.

—Pero yo no soy nadie, soy alguien.

La niña sonrió un momento, mirándolo de nuevo.

—Eso no vale.

—Me llamo Éric.

—¿Éric? Qué gracioso. Yo me llamo Erika. ¡Nos llamamos igual!

—Tenemos suerte. Es un nombre muy bonito, ¿verdad?

—Sí.

—Terre Sauve también es muy bonito. ¿Te gusta vivir aquí?

—Sí. Mira, hay un caracol en la piedra.

—Es un fósil. Pertenece al pasado. Se quedó ahí encerrado hace miles de años.

—Y ya no puede salir. Pero tiene amigos. Mira, ahí hay otro —la niña señaló otra piedra próxima a la anterior—. Y juegan entre ellos. Y yo también juego. ¿Quieres ser mi amigo?

Quería mucho más que eso. Quería llevársela consigo. Lavarle esa cara tan sucia y comprarle un vestido nuevo. Montarla en el Ford T, acelerar y no parar hasta llegar a la casa de la Île Saint-Louis, y allí abrazarla y no soltarla nunca. Pero no podía. Ya tenía padres. Y él no tenía sitio en su vida. Era como un dinosaurio, fuera de lugar entre los caracoles eocénicos.

Éric se sintió cansado, muy cansado. Aun así, respondió:

—Claro que quiero, Erika.

—Vamos, niña —ordenó Gerard, apareciendo tras ellos—. A comer.

Erika bajó de las rocas dando saltitos con sus largas y delgadas piernas de niña y se dirigió hacia la casa, corriendo sin mirar atrás.

180

—Espero no volver a verte, señorito de París —Gerard se despidió con voz fría.

Éric lo vio desaparecer tras los muros de la casa grande de Terre Sauve. Por un momento deseó matarlo para poder ocupar su lugar en el corazón de Erika, un lugar que debía ser suyo. Pero no lo haría. Se jodería, recogería toda su mierda y volvería a París. Aunque no para siempre. Pensaba aparecer de vez en cuando por Épernay, para asegurarse de que todo estaba bien. Eso haría.

Aunque en ese momento solo tenía ganas de correr, de desaparecer de Terre Sauve, de dejar de sentir de una puta vez. Maldita sea.

## 26

## El regreso

*Épernay, primavera de 1922*

Había corrido. Para dejar de pensar. Era media tarde y se había vuelto a dejar el coche al lado del Clos. Joder. El cuerpo, cubierto de sudor, se le estaba quedando frío. Nada raro, porque lo poco de su alma que se había salvado de la guerra se había quedado allí, al lado de los caracoles fósiles de las rocas. Parecía un fantasma, como los de los *poilus* sin piernas.

Estaba delante de La Cloche. ¿Ya? ¿Cómo había llegado tan deprisa? Un trago de whisky le vendría bien. Al entrar en el local, como siempre, los parroquianos se volvieron a mirarlo. Aunque ya no era novedad. Todos lo conocían. Tuvo ganas de mandarlos a la mierda, pero no tenían la culpa.

Alice estaba tras la barra lavando unas tazas de café. Levantó la vista y se lo quedó mirando, sorprendida, con cara de preocupación. Él pasó a su lado, cogió una botella de whisky y un vaso y se dirigió a su habitación sin decir nada, para qué.

Dejó la botella sobre la mesa y comenzó a quitarse la ropa. Tenía la camisa empapada de sudor. Agua, necesitaba agua sobre su piel. Tomó ropa interior limpia y otro pantalón y se fue al baño después de dar el primer trago. El whisky dejó un camino ardiente desde su boca hasta su estómago. Bien. Así no parecía estar tan vacío. Así parecía tener algo en su interior.

Abrió el grifo de la bañera y las cañerías gruñeron y protestaron, pero pronto la bañera comenzó a llenarse. Era sorprendente, en ese puto pueblo había agua corriente, la instalación de las tuberías pasaba cerca de la chimenea de la cocina, lo que hacía que estuviera templada. Apenas templada. Pero a Éric le daba igual, si hubiera estado helada tampoco le habría importado, Simplemente se sumergió en ella y cerró los ojos. Clavó los dedos en los bordes de la bañera y los nudillos se le pusieron blancos. La mano derecha le dolía del golpe que le había dado al catalán. Joder. Metió la cabeza bajo el agua. Como en aquel mar tan lejano que rompía en la arena negra de volcán. Sintió el abrazo del agua en los oídos, en la nariz. La escuchó hablarle, pero no la entendía. No entendía nada, ni sabía quién era ni en qué se había convertido. Si no salía del agua, moriría. Parecía que sus pulmones se iban a romper. ¿Quería morir? Solo debía respirar esa agua que lo abrazaba. Solo eso, y sus pulmones se romperían de una jodida vez.

Éric sacó la cabeza, despacio, y sus pulmones se llenaron del aire caliente del baño de La Cloche. No quería morir. Quería regresar allí cada año. Vería crecer a Beatrice y a Erika. Aunque fuera desde lejos. Notó cómo las lágrimas caían sobre el agua de la bañera. Ella cada vez más llena, y él cada vez más vacío.

—¿Qué haces aquí, Alice?

Éric regresaba del baño. Se acercó al armario, tomó una camisa limpia y se la puso frente al espejo, fijándose en el rostro triste de ese hombre sin nada y en esa cicatriz de su hombro, la más pequeña de las que le dejó la guerra. Alice estaba en la habitación, sentada en una de las butacas frente a la chimenea, con el fuego encendido.

—¿Pasa algo, Éric? —Estaba preocupada, se le notaba en la voz.

—Alice. No es buen momento —dijo él, señalando la puerta.

—¿Qué vas a hacer? ¿Emborracharte hasta que no te tengas en pie? Igual es el momento de que afrontes tus problemas. ¿Que la pava no te quiere? Que le den. Mujeres hay muchas.

¿Que tienes una hija? Bueno, joder. Haber metido la cola con más cuidado. Ahora te jodes y te aguantas, y miras para adelante. Hay cosas peores que esa.

—Eres una malhablada. Espero que eduques bien a tu hija y que no le enseñes ese vocabulario de mierda que tienes —Éric intentó sonreír, apoyado en la pared al lado de la puerta. Pero no pudo.

—Sé que no es fácil. Pero no hay otra. Vuelve a tu casa, Éric. Sigue con tu vida. Agárrala por los cojones y hazte médico otra vez.

—Estoy cansado, Alice. Vete a trabajar.

—No me extraña que estés cansado. No habrás comido nada…

—Eres muy pesada.

—Vamos, Éric —dijo ella, levantándose, yendo hacia él y apoyando la mano en su brazo—. Baja conmigo. Hay algo de carne guisada que sobró del mediodía. Puedes sentarte un poco al sol, en el huerto, y cómetelo allí. No te molestaremos.

—No tengo hambre. Pero puedes llevarte la botella. —Éric hizo un gesto señalando la mesa—. No beberé.

No estaba tan seguro de eso. Pero quizás así se fuera y lo dejara solo de una maldita vez.

—De acuerdo.

Alice tomó la botella y se dirigió a la puerta de la habitación. Cuando pasó delante de Éric, se detuvo frente a él.

—Eres un buen hombre, Éric. Tenlo en cuenta. Baja cuando quieras, te guardaré la comida.

Éric la vio alejarse por el pasillo. La trenza se movía sobre su espalda como la cola de un gorrión. Ella también era buena, y ágil, y paciente. Lástima que no le atrajera. Pero la sentía cercana, como si fuera de su familia.

Al día siguiente se iría. Ya no había nada que hacer allí. Su estancia en Épernay había concluido. Justo cuando las vides comenzaban a brotar.


París recibió a Éric con una sonrisa luminosa bajo el sol de aquel día de finales de abril. Pero él no se dio cuenta. Aparcó el coche en el garaje de la casa de la Île Saint-Louis y salió de

183

nuevo hacia el apartamento que aún tenía alquilado. No quería ver a nadie, ni dar explicaciones. Todavía no.

Al cabo de unos días de soledad, boxeo, encierro y paseos bajo el cielo nocturno de la ciudad, lo decidió: volvería a la facultad. Si se lo permitían, cursaría de nuevo el último año de medicina y haría prácticas en algún hospital de París. Quizás así sería capaz de volver a ejercer. Dejaría el apartamento y regresaría a la casa de su padre. Esa gran biblioteca estaba llena de libros de medicina. Pasaría el verano leyendo y preparándose para su vuelta. Intentando controlar el temblor de sus brazos. Si lo hacía poco a poco, quizá podría acostumbrarse de nuevo. Quizás aquellos cadáveres sin piernas fueran clementes con él. Cada vez había menos. Ya no fijaban en él su mirada sin ojos. Miraban a lo lejos, como queriendo por fin continuar su camino. Veríamos.

—No le entiendo, monsieur Aubriot. ¿Me está diciendo que quiere volver a la facultad? El decano observaba asombrado a Éric. No podía ser que el mejor alumno de su promoción, hacía ya varios años, quisiera repetir el último curso. Había sido un estudiante excelente, con un futuro brillante.

—Tras la guerra dejé de ejercer. Me afectó un tanto. Pero ahora me gustaría recuperar mi profesión.

—Esto es muy inusual. Pero aun así, me gustaría ayudarle. Podría acudir a las clases como oyente, y lo incluiríamos en el programa de prácticas. ¿Le parece bien?

—Claro. Esa era mi pretensión. Se lo agradezco mucho.

—Será un placer tenerlo de nuevo por aquí.

Éric se despidió del decano. Parecía que no había pasado la guerra. Que nunca había salido de aquel lugar, de sus anchos pasillos, de las aulas y del olor a viejo.

El primer paso ya lo había dado. Solo debía seguir.

184

## 27

## Su piel de jable

*Lanzarote, 1889*

Fabien paró de dibujar. Dejó el cuaderno y el lápiz roto a un lado, y miró con atención hacia el mar.

—Gara, ¿dónde estás? —susurró—. No te veo. Oh, *merde*. Sal del agua, pardela, por favor. No me hagas ir a buscarte.

Gara se agachó tras el muro. No podía mostrarse así, desnuda. Era demasiado.

Pero Fabien se levantó y se acercó a la orilla, donde estaba su ropa.

—Vamos, nena, ¿dónde estás?

Su voz sonaba cada vez más alterada, hasta que comenzó a gritar.

—¡Gara!

Y ella vio cómo se metía en el agua y comenzaba a nadar, buscándola y gritando su nombre.

Fue corriendo hasta el montón de ropa, se puso el pantalón y la camisa y volvió a entrar en el mar.

—¡Fabien! —gritó—. ¡Estoy aquí!

Él miró a su alrededor y por fin la vio. El agua le llegaba hasta los muslos mojándole la ropa de hombre. Le hacía gestos con los brazos. Nadó deprisa hacia ella y, al llegar a su lado, la abrazó y hundió la cara en su cuello.

—*Merde*, Gara, no me vuelvas a hacer esto —susurró—. Estás viva…

La tenía ahí, pegada a él. Sentía el calor de su cuerpo y su respiración agitada; su cuello sabía a mar. Y no pudo evitarlo. Sus manos comenzaron a perderse en ella, a recorrer la silueta que acababa de dibujar en su cuaderno, buscaron sus nalgas firmes y redondas y las líneas de sus pechos duros bajo la camisa. Ella gimió al encontrar su boca y él pudo por fin sentir esos labios junto a los suyos y saborear su lengua.

—Señora, ¿está bien? —La voz angustiada de Ana hizo que se separaran.

—¿Ana?

—Ay, dios mío, virgencita ayúdame que la están atacando como me temía, ay, dios mío —repetía Ana mientras alzaba la pistola y la amartillaba con dificultad, en la orilla, sin mojarse los pies—. No se preocupe señora que la voy a salvar.

—Pero ¿qué haces, Ana? ¡Para! ¡Para! ¡Es un amigo!

El sonido seco de la pistola debió oírse hasta en lo alto del Pico Teide.

Y Fabien sintió un dolor agudo y una especie de empujón que lo tiró al agua.

Por un instante creyó morir. La boca, la nariz, los oídos se le llenaron de mar. Pero unas manos tiraron de él hacia la superficie de nuevo, hacia el alisio que acariciaba la isla.

—Fabien, dime algo, ¿estás bien? —Gara lo sacó del agua, zarandeándolo preocupada.

—Tienes peligro, pardela, eso está claro —afirmó mientras se llevaba la mano al brazo. Había una zona, entre el hombro y el codo, que se le estaba quemando. Al separar los dedos, estaban manchados de sangre.

—Vaya, parece que la tal Ana tiene buena puntería.

—Ay, dios mío, Fabien. ¡Estás herido!

—Bueno, no te preocupes. No parece muy grave. —Fabien se tambaleó y se tuvo que apoyar en Gara para no caer—. Vamos hacia la orilla.

Notaba su cuerpo firme a su lado. La había besado y ella le había correspondido. No sabía si sus piernas temblaban por la herida o por tenerla tan cerca.

186

Al llegar a la orilla, Fabien se sentó en la arena y Gara se agachó a su lado intentando ver la gravedad de la herida.

—Ana, por favor, trae la vela de Fabien. Corre.

—Ay, virgencita perdóname. Lo he matado. ¡Ay, que voy a ir al infierno!

—¡Ana! Ya está bien. No lo has matado, pero me vas a matar a mí de un disgusto. ¡Vamos! Trae la vela.

—¿Qué hago con la pistola?

—Te la metes en el bolsillo del delantal. ¡Espabila!

—Estás muy guapa cuando te enfadas —Fabien miraba el fuego en los ojos de Gara.

Ella le acarició la nuca y acercó sus labios a su oído.

—Todavía no me has visto enfadada de verdad —susurró—. ¿Sabías que en Lanzarote existen los dragones? Habitan cerca de los volcanes. Cuando despiertan, se miran en los cráteres. Los volcanes los aman y al escucharlos se despiertan también y ambos hacen el amor durante días, hasta derramar su caliente interior en la tierra negra. Mi madre me llama ojos de dragón.

Fabien gimió. Su mano en la nuca y esa voz en su oído era más de lo que podía resistir. Le apartó el pelo negro de la cara, la tomó de la barbilla y hundió la lengua en su boca, lentamente.

—Aquí, aquí está la vela —dijo Ana, que corría con dificultad sobre la arena. Era una mujer redonda y blanda, con dos ojos saltones en una cara sudorosa y enrojecida. Parecía un pulpo moviendo sus brazos muy deprisa—. Huy, ¡se me ha apagado!

—No me extraña —dijo Gara, frunciendo el ceño—. Para un poco, por favor.

Fabien se pellizcó el brazo, pero despacio, porque si aquello era un sueño no estaba seguro de querer despertar.

—No creo que podamos encenderla de nuevo. —Fabien intentó sonreír—. Las cerillas están en mi bolsillo. Empapadas.

—Oh, qué desastre, qué desastre —gritaba Ana.

—Ana, por favor, ¡calla! —dijo Gara, enfadándose cada vez más—. Fabien, necesito saber cómo estás y si puedes andar.

—No creo que sea grave. Puedo andar, pardela, pero no sé si quiero. Preferiría quedarme aquí, contigo.

—Venga, dame la mano —Gara se levantó y tendió la

mano a Fabien—. Vayamos a mi casa y miremos esa herida antes de que se despierte todo el mundo.

Fabien asió su mano, que estaba fría. Tuvo deseos de tirar de ella para que cayera sobre él, acostarla en la arena y hacerle el amor muy despacio, lamiendo la sal de cada rincón de su cuerpo. Pero no dejaba de oír las lamentaciones de Ana.

—Uf. Espera, Gara. —Al intentar levantarse, el brazo le dolió—. Ya puedo yo.

Fabien se puso de pie. La frente de Gara le quedaba a la altura de los labios, y aprovechó para besarla. Ella se estremeció.

—¿Tienes frío?

—No, la noche está cálida —susurró ella—. Es otra cosa…

Él la abrazó, deseando que todo desapareciera y solo se quedaran ellos. Ella rodeó un instante su cintura con sus brazos y se apretó fuerte contra él, pero enseguida se separó de nuevo, señalándole con la cabeza a Ana.

—Vamos. Estamos lejos del pueblo —dijo, recogiendo la ropa que no se había puesto—. No te olvides el cuaderno de dibujo. Ana, vete delante.

—Sí, señora.

Fabien tomó el cuaderno de dibujo y los dos pedazos del lápiz y los guardó en la bolsa de tela que solía utilizar para ello, con cuidado de no mojarlos. Caminó en silencio tras Gara y su criada. No le importaba el dolor del brazo. Solo le importaba tenerla cerca.

Cuando llegaron al Puerto, el amanecer aún estaba lejos. Gara lo condujo a su casa, cerca de la colada volcánica que bordeaba el pueblo en dirección a Tahiche. Era una construcción de dos plantas rodeada de palmeras, con un extraño árbol que crecía al lado de la puerta. Fabien se acercó a él y acarició su tronco liso.

—Es un ombú. Lo trajo mi abuelo de Argentina —aclaró Gara—. También lo llaman Bellasombra. Pero yo no. Yo le digo Malasombra.

—¿Por qué?

—Nada. Vamos, Fabien. Hay que limpiarte la herida antes de que amanezca —dijo, entrando en la casa. No le podía contar que su abuelo vendía hombres en aquel país, y el árbol siempre se lo recordaba—. Ana, acuéstate.

Ana miró extrañada a su señora.

—Pero…

—Y ni una palabra a nadie de esto, Ana. Ya lo sabes.

—Sí, señora.

La criada salió de la estancia dejándolos solos. Gara se acercó a Fabien y le puso el dedo en los labios para indicarle que guardara silencio.

—Shhh. No hagamos ruido. Voy a llevarte a la habitación de invitados. Allí veremos qué hacemos con tu herida.

Estaban en un amplio recibidor. Gara se acercó al aparador que tenía de frente para encender un quinqué de belmontina.[23] La luz iluminó su rostro y el cabello oscuro que caía suelto en torno a él. La camisa húmeda se pegaba a sus senos y a su vientre liso. Tomó el quinqué en una mano y con la otra hizo un gesto a Fabien para que la siguiera. Él fue tras ella, sin decir nada, a través de un pasillo de paredes blancas que se iban iluminando a su paso hasta que entraron en una espaciosa habitación que olía a cerrado.

—Espérame aquí —dijo ella señalando una de las dos sillas situadas alrededor de una mesa y encendiendo la vela que había sobre ella.

189

Fabien tomó asiento frente a la luz tímida de la vela, que apenas conseguía alumbrar la cama y el armario. Sobre la cabecera de la cama alguien había colgado un cuadro de montañas nevadas, cielo nublado y una pequeña cascada de agua transparente.

Gara entró en la habitación de nuevo iluminándolo todo. Dejó el quinqué en la mesa junto a una palangana con agua y trapos limpios, y se colocó frente a Fabien.

—Tienes la ropa húmeda todavía —susurró.

—Tú también.

—Y algo de arena en el pelo.

Gara hundió sus manos, que temblaban un poco, en el cabello color madera de Fabien. Ya estaba largo de más y formaba rizos claros en torno a sus dedos. La fascinaba. Bajó las manos hacia los botones de su camisa y los fue desabrochando poco a

23. Petróleo lampante.

poco. Tiró de ella para sacarla del pantalón y la retiró despacio de su cuerpo fuerte y moreno. La manga izquierda estaba oscura por la sangre.

—Gara. Hueles a mar —dijo él con voz ronca.

—Shhh. Déjame ver tu brazo.

Gara acercó el quinqué al brazo de Fabien. El proyectil lo había rozado, provocándole una larga herida en la parte exterior. Pero había tenido suerte, no parecía profunda.

Mojó uno de los trapos en el agua de la palangana y con un trozo de jabón comenzó a lavarle la herida.

Dolía. Pero tenerla cerca dolía más. Porque nunca era suficiente.

Su cabello negro de vez en cuando rozaba su cara, y él levantó la mano para acariciarlo y de paso tocar la suave piel de su mejilla, que estaba ruborizada. Llevaba la blusa mal abrochada y dejaba entrever la silueta de uno de sus pechos, sus bordes curvos, su duro pezón. Fabien gimió.

—Perdona, ¿te hago daño? —dijo Gara acabando de vendar la herida.

—Sí. Te me clavas dentro, y no puedo evitarlo, pardela. Perdóname tú.

Fabien se levantó de la silla. Se sentía torpe frente a ella, con el torso desnudo. Solo deseaba tenerla pegada a su cuerpo, fundirse juntos y, como los volcanes y los dragones, derramarse en la tierra para volverse piedra y que ya nada los separara. Quiso acariciar su cara. Era hermosa, con la misma belleza de la isla. Podía tocarla, pero no podía ser suya. Y eso lo rompía por dentro.

Se separó de ella para tomar su camisa y salir de aquella habitación que lo ahogaba. Pero ella lo agarró del brazo y lo atrajo de nuevo a su lado.

—Fabien... —murmuró, mientras una lágrima dejaba un rastro salado en su rostro, como una gota de mar.

—Oh, *merde*, pardela, ¿por qué? —rugió él—, ¿qué vas a hacer conmigo? Me voy a ahogar en ti...

La abrazó. La apretó fuerte entre sus brazos, aunque no pudiera retenerla, aunque se le acabara escapando como la arena entre los dedos. Hundió la boca en su cuello y comenzó a besarle la piel salada, mientras ella le acariciaba la espalda. Buscó sus labios y ahogó un sollozo antes de comenzar a beberlos. Las manos de ella bajaron hasta meterse dentro del pantalón y acariciar sus glúteos duros. Él se lo desabrochó y el pantalón cayó al suelo.

—Gara... —le susurró al oído.

La tomó en brazos y la llevó hasta el lecho para acostarla en él y desabrocharle la blusa. Ella cerró los ojos al sentir su aliento sobre los senos. Todo su cuerpo quería abrirse para él, envolverlo, anclarlo como a un barco para que nunca se fuera de su lado. Notaba cómo el vientre se hacía agua mientras él lo recorría con la lengua y bajaba el pantalón para descubrir que debajo no había nada más que su piel blanca. Él jadeó al verla desnuda.

—*Mon Dieu*, Gara. Cómo puedes ser tan hermosa.

—Estás temblando.

—Shhh. Déjame sentirte.

Sus dedos recorrían una y otra vez el camino hacia su sexo húmedo. Ella gimió y le clavó las uñas en la espalda, porque lo quería dentro. Y él hundió la lengua en su boca y fondeó por fin en su interior, entrando y saliendo con fuerza hasta que sintió cómo culminaba ese volcán moreno y se derramó también en él, y lo abrazó fuerte por la cintura para hundir la cara en su vientre y no pensar, no pensar, solo vivir en su aroma a marea alta.

191

# 28

## Las cartas de Gara

*París, junio de 1923*

En la biblioteca de la gran casa de la Île Saint-Louis, Fabien tomó la carta de nuevo. Sí. Todavía olía a volcán, a arena negra, a las curvas del cuerpo de la pardela, después de tantos años. La recibió tras la gran guerra, uno de esos días en que París despertaba tranquila bajo esa lluvia que se empeñaba en lavarle los malos recuerdos sin lograrlo. Tráeme a mi hijo, rogaba, permíteme verlo ahora que ya no hay peligro. Todo lo demás me da igual.

Pero al final de la maldita guerra, Éric ya no era él. Era un desconocido de mirada perdida que renegaba de todo. Ni siquiera había regresado a su hogar, se había apartado en aquella habitación, lejos. Le habría sido del todo imposible hablar con él. Así que Fabien había contestado a la pardela. Espera, lindeza, espera. Quizá, de aquí a un tiempo, tu hijo pueda viajar y yo le acompañe, y te vea de nuevo para morirme a tu lado, porque si regreso a mi casa, será para quedarme.

Puso la carta que acababa de recibir al lado de aquella. La misma letra redonda, la misma mano firme. Intentó imaginarla con treinta años más, pero no pudo. Seguía viendo su cuerpo suave del color cobrizo de la arena, y esa melena oscura. Estaba seguro de que los alisios y los veranos transcurridos solo habrían aumentado su belleza.

La nueva carta era breve. Ocho palabras.

«O tú, o yo. Te doy seis meses».

Y dos pasajes de barco Le Havre-Lanzarote, con las fechas abiertas. Esta vez iba en serio. Esta vez, Gara no iba a aceptar excusas.

Fabien sacó un pañuelo del bolsillo del pantalón y se secó el sudor de la cara. Le temblaban las manos. No sabía en qué momento se había vuelto tan cobarde. Hubiera dado cualquier cosa por abrazarla de nuevo, pero, indeciso, temiendo hablar con Éric, había dejado que el tiempo pasara. Era tan fácil quedarse quieto, sin decidir nada… Incluso ahora que parecía que Éric había mejorado. Hacer de nuevo el último curso de medicina le había sentado bien. Había logrado trabajar por las mañanas en el hospital y soportarlo. Incluso de vez en cuando volvía a sonreír.

—Ah, Fabien, estás aquí. Vengo a por un par de libros. ¿Qué haces?

Le había dado tiempo a ocultar la vieja carta, pero no la nueva. Se le habían caído los pasajes debajo de la mesa y se puso de rodillas para buscarlos. ¿O quizá para esconderse?

—Espera, que te ayudo. —Éric se acercó a él, agachándose a su lado—. ¿Qué es esto?

Éric tomó los dos pasajes y la breve nota y, alzándose de nuevo, leyó en voz alta:

—O tú o yo. Te doy seis meses. Papá, ¿qué significa esto? —dijo, mostrando los pasajes—. ¿Quieres levantarte de ahí?

Fabien no había cambiado de postura, seguía a cuatro patas en el suelo. Lo que quería era, o bien meterse debajo de la mesa, o bien salir por la puerta y desaparecer. Pero supo que no iba a poder hacer ninguna de las dos cosas. Así que se levantó del suelo, se recolocó los pantalones y la camisa para ganar tiempo y se sentó en el sillón de cuero negro frente a la mesa y a Éric, su hijo, que lo miraba con la misma expresión volcánica y oscura de ella. Cómo se parecían.

—Siéntate, Éric. Pero no me pidas que te lo explique todo ahora, porque no puedo, hijo. Necesito tiempo.

—¿Más, papá? —dijo Éric con ironía, dejando con un golpe la carta y los pasajes sobre la mesa y comenzando a caminar por la biblioteca—. ¿Te parecen poco todos estos años? Me trajiste a París con siete y ahora tengo treinta y tres.

Éric respiró profundamente, intentando mantener la

193

calma. Apoyó los brazos en la parte superior de la chimenea, que con la llegada del verano Ariane había dejado tan limpia como la encimera de la cocina, y acabó sentándose en el borde mirando a su padre, que se limpiaba las manos sudorosas en el pantalón por enésima vez.

—Mira, hijo, el sobre.

Fabien se levantó y le acercó un sobre color crema con algunos sellos verdes y rojos que mostraban el retrato del rey Alfonso XIII casi cubierto por las líneas oscuras de los matasellos. Estaba escrito con una letra pulcra y redonda. Éric le dio la vuelta y leyó el remite.

—Gara Betancor. Arrecife. Lanzarote —dijo, mirando a su padre.

—¿Te acuerdas de su nombre?

—Solo era mamá. O señora.

—Se supone que no lo debías saber. No podías ir por ahí diciendo que eras el hijo de Gara Monteverde. Betancor es el apellido materno. Ella nunca se reconoció como una Monteverde, y cierto era que no se parecía a su padre. En nada. En realidad, yo debía haberte traído a París antes, poco después de nacer. Pero las cartas no llegaron. Cuando me enteré de que existías, ya tenías seis años. Gara se arriesgó mucho para avisarme.

—¿Cómo? ¿Que se arriesgó mucho? No me jodas, papá. ¿Tienes un hijo y lo apartas, lo escondes? ¿Se lo das a otra pareja para que lo críe? Eso no es arriesgarse.

—Tú no sabes nada. Lo hizo por ti.

Éric se levantó de la piedra fría, arrojó el sobre a la chimenea, como si el fuego imaginado pudiera quemarlo junto a sus recuerdos, y salió de la biblioteca. Ahora era él el que no quería escuchar más.

—Estoy jodido, español.

Hem estaba muy borracho. Se apoyaba en la barra de madera de aquel tugurio para no caer al suelo. Éric se tenía que acercar tanto a él para oírlo que podía oler su aliento a ron. Los rodeaba una multitud de cuerpos que bailaban y sudaban y bebían al ritmo del *jazz*. Fuera del *Night Club* se había quedado una noche blanca que ya esperaba al solsticio.

—Si dejo París, me voy a morir. Hadley dice que quiere tener el niño en Toronto ¿qué voy a hacer yo en Toronto otra vez? Tengo la mierda hasta el cuello. No sé cómo hemos llegado a esto —Hem se acercó de nuevo el vaso a los labios.

—Joder, deja de beber. No voy a poder sujetarte —afirmó Éric.

—Primero me pierde la maleta con todos mis escritos, ¿lo oyes? Todos. Y luego se preña.

—¿Qué te ha sentado peor? Te cambia tus hijos de papel por uno de verdad.

Hem se echó a reír.

—Esta sí que es buena. Hijos viejos, hijos nuevos, y yo en medio, solo. Brinda conmigo.

—Estoy harto de beber —contestó Éric mientas intentaba quitarse de encima a un tipo que se había tropezado al bailar. No llevaba camisa, como algunos más a su alrededor, e intentaba tocarle las tetas a una rubia con la nariz tan pequeña como la punta del lápiz de Hem.

—Ahora te va mejor la vida, español. ¿De qué te quejas?

—¿Quiénes fueron tus padres?

—Vale ya de padres e hijos —contestó Hem, vaciando el vaso—. La familia es una mierda, te atan, te dicen quién debes ser. Y a veces no se parece en nada a lo que eres. ¿En Canarias hay corridas de toros?

—Y yo qué sé.

—Averígualo para mí. Si yo me voy a Toronto, tú te vas a Canarias.

—Has bebido mucho. Con esa voz de borracho no te entiendo.

La rubia de nariz pequeña se acercó a ellos bailando. Levantó tanto la pierna que los dos pudieron ver el vello claro de su pubis.

—Joder, no lleva bragas —dijo Hem.

—Invitadme a algo, morenos —pidió, metiendo su delgado cuerpo entre ambos y dando un beso en los labios a cada uno.

—Éric, ¿te quedas con ella? A mí no se me levantaría ni el cuello de la camisa.

195

—Vámonos. Te acompaño a casa. No creo que pudieras ir solo.

—Vaya, qué aburridos —comentó ella, dando media vuelta para seguir bailando, con las manos extendidas hacia lo alto. Enseguida una mujer metió la nariz en su axila y una de sus manos bajo el corto vestido, y ella rio.

Cuando Éric llegó a la casa de la Île Saint-Louis, todavía había luz en la biblioteca. Éric abrió la puerta con suavidad, parecía que su padre no se hubiera movido de allí desde el mediodía. Seguía con los pasajes encima de la mesa, acompañados de un montón de cartas más.

No podía ser. Esas cartas no podían ser de su madre. Pero allí estaba, la misma letra redonda y elegante. Y una botella de whisky a medias junto a un vaso vacío, y la voz de su padre rota por el alcohol.

—Era maravillosa, Éric. Me enamoré de ella nada más verla. Con esa falda y el corpiño y la camisa. —Fabien agitó una carta en dirección a Éric—. Se quitó el sombrero y aquel pañuelo, y su cabello se extendió sobre los hombros. Parecía… parecía… una diosa.

—Papá, ¿has bebido? ¿Cómo es posible? —Éric se preocupó. No podía recordar a su padre bebiendo en ningún momento de su vida. Se quedó de pie a su lado sin saber qué decir. Miraba las cartas y miraba la cara descompuesta de su padre; no podía creer ninguna de las dos cosas.

—Pero estaba el sapo. Su marido, Éric. La diosa estaba casada con un sapo, ¿alguna vez has oído algo más absurdo? Pues sí. Y él se reía, con aquella mujer a su lado no me extraña, abría la boca como si fuera a cazar una mosca con su lengua rosada. Y su padre… Ah, su padre… Él es el culpable de todo, Éric. Tu maldito abuelo. Casi me mata.

—Papá, me estás preocupando, deliras. Voy a despertar a Ari y te vamos a llevar a la cama.

—Me acosté con ella, hijo, sí. Y no solo una vez, muchas, a lo largo de aquellos meses. Todas las que pude, y lo hubiera seguido haciendo, sí. Toda mi vida, si hubiera podido.

—¿Qué?

196

—El sapo estaba en Inglaterra, sí, en Inglaterra, creo que la humedad le sentaba bien, ojalá se hubiera quedado allí, qué hacía un sapo entre los volcanes de la diosa Timanfaya, nada, hijo, nada. Pero nos pilló don Juan. Ahhh síííí, el maldito dooon Juan de Monteverde, él y su dinero —Fabien agitaba las manos—, y su maldita escopeta, síí...

—Papá, ¿te encuentras bien?

—Ella me escondió, y Fidel, hasta que salió el barco. Si no, me mata. Maldita Gara, ojalá hubieras venido conmigo a París, hubiéramos sido muy felices, los tres, esto no es Lanzarote, aquí no hay don Juanes con escopeta, ni cuervos con sotana que te llamaran adúltera, y qué más da si lo hacen. Hubiéramos estado juntos, y felices, y aquí habrías nacido tú, mi precioso hijo, heredaste los ojos de tu madre. Tuviste que nacer allí, al lado de tu abuelo el esclavista. Nadie lo quería, ni tu abuela. Solo se casó con él para que dejara de traficar con personas, esa fue su condición. Ahhh, pero tú no deberías saber esto, porque ahora tu abuelo está muerto y ya puedes volver, sí, con tu madre —Fabien comenzó a llorar—, vete con tuuu madre, ella hace años que te reclama, en las cartas puedes verlo, síí. Tuviste que nacer en secreto para que tu abuelo no os matara, a ti y a tu madre, yo ya estaba en París, sin la pardela, y pasaron años hasta que me enteré. Maldito sapo, malditos Monteverde. Échame otro trago, hijo.

Éric estaba paralizado. Las letras redondas de aquellas cartas se le colgaban al cuello, y lo querían ahogar. Le pesaban tanto que no entendía nada. Se sentó al lado de su padre. Recordaba aquella casa con las paredes enjalbegadas de blanco al lado del mar, con la lumbre cerca de la puerta y un cántaro de barro donde su madrina traía aquella agua medio salada de los pozos. El padrino salía cada mañana en la barca a pescar. Él lo veía desde la arena y se quedaba solo.

A veces caminaba por la orilla entre las rocas, intentando pescar algún pulpito, que luego asaría en la lumbre.

A veces jugaba con los perros del pueblo, vagabundos como él entre el jable.

Y a veces venía aquella señora, siempre frotándose las manos con nerviosismo. Traía cosas ricas, carne, fruta, higos. Delante de ella se los comía él, pero lo que sobraba se lo co-

197

mían los padrinos. Ella les daba dinero y luego se iba. También les daba otra cosa. Cartas como aquéllas, con esa letra redonda. Y ellos las echaban a la lumbre y se calentaban con aquella poca llama.

Un golpe sordo sobresaltó a Éric.

Su padre se había caído al suelo y no se movía.

Un dolor conocido le atravesó el hombro, e hizo que su brazo comenzara a temblar. De nuevo. Hacía meses que no le pasaba.

Cerró los ojos, apretó los puños y se acercó a él.

Se arrodilló a su lado y le tomó del brazo.

Ah. Respiraba. Tenía pulso.

—Vamos, papá. No me asustes más. Despierta —dijo, tomándolo por los hombros y sacudiéndolo.

—Ayyy, monsieur, ¿qué es lo que pasa? —dijo Ari entrando en la biblioteca. Se solía despertar muy temprano, y aquella mañana la sacó del sueño el murmullo de las voces.

—Venga, papá. Ari, trae mantas. No sé si lo vamos a poder mover. Joder.

—Ahhh... Gara, ven aquí.

—¿Qué dice? ¿Ha bebido? No me lo puedo creer. ¿Está así por eso? —Ari abrió mucho los ojos, señalando con el dedo la botella.

—Yaaa voy, querida mía —Fabien pugnaba por levantarse, sin conseguirlo.

—Ari, ayúdame, a ver si entre los dos lo podemos llevar a su cama —Éric miró a Ari y se arrepintió de inmediato. Ese último año le había dejado el pelo blanco, las manos arrugadas y la espalda cada vez más encorvada—. No, déjalo. Mejor ábrenos la puerta. Parece que ya se quiere levantar. Vamos, arriba, papá.

Poco a poco, Fabien consiguió ponerse de pie. Todos salieron al pasillo en dirección a su habitación y entonces se dieron cuenta de que la campanilla de la puerta de la casa sonaba con insistencia.

—Miira, ya vienen los barcos a puerto —dijo Fabien, apoyándose en la pared.

—Ari, vete a abrir. Qué oportuno quien sea, ¿esperas a alguien?

—No, ya es de día pero es muy temprano aún, a estas horas no.

La campanilla seguía sonando. Tin, tin. Sin parar.

—Sea quien sea, tiene mucha prisa —comentó Ari yendo en dirección a la puerta.

—Vamos, papá. Ari se encarga de los barcos. A la cama.

—Aaaatención, morena —dijo Fabien mientras intentaba poner un pie delante del otro—. Aaatención, pardela.

Éric ayudó a su padre a meterse en la cama. Lo desvistió y lo cubrió con las sábanas y una manta que sacó del armario para evitar la hipotermia que produce el alcohol. Le diría a Ari que lo vigilara de vez en cuando durante la mañana, porque él en un rato debía irse al hospital. Se aseó un poco con el agua templada del baño y se puso ropa limpia.

La casa se había quedado en silencio después de todas esas palabras.

Hablaría con Fabien cuando estuviera sobrio. Todo aquello... el sapo, el abuelo... era una historia demasiado extraña.

Éric abrió la puerta de la cocina. Estaba Ari, apoyada en la mesa, con la cara pálida, frotándose las manos. Y a su lado, una figura pequeña dejaba manchas de humedad en las baldosas verdes del suelo, goteaba lluvia, la misma lluvia que debía caer fuera, una lluvia de verano tibia y luminosa, la lluvia que amaba París.

199

## 29

## Ese pequeño regalo

*París, junio de 1923*

Éric miró por la ventana de la cocina. Sí, llovía. París se refrescaba bajo un cielo cubierto de nubes naranjas, mientras él sentía en su espalda las miradas de Ari y de la pequeña como si fueran manos.

Se volvió hacia ellas. La niña sujetaba una carta arrugada y mojada, que quizá ya no se pudiera leer. Le parecía que llevaba el mismo vestido rosa con el que la conoció en las rocas muertas de Terre Sauve. No sabía si lloraba o eran las mismas gotas que dejaban surcos en los cristales, que también los dejaban en su cara. Esos ojos como los suyos lo miraban asustados. Y Ari había comenzado a sonreír.

—Dale la carta, cariño.

La niña se secó los ojos con el dorso de la mano y se acercó a él, tendiéndole el arrugado papel.

—Ari, báñala y dale algo de comer, por favor —dijo Éric mirando el vestido mojado y los corros de suciedad en las rodillas demasiado delgadas. Maldita Claire.

—Ven con Ari, preciosa. Veremos lo que podemos hacer.

Ari le dirigió a Éric una mirada enfadada. Era su hija, bien podía ser un poco más cariñoso. Pero Éric se había vuelto de nuevo hacia la ventana con el papel en las manos.

Otra carta. Otra maldita carta, de otra mujer que estaba

fuera de su vida. Tuvo ganas de dirigirse hacia el fuego de la cocina, ya encendido, y de ver cómo se quemaba en él. Pero no. Estaba la niña. Desplegó el papel y, a pesar de la humedad que había corrido algunas letras, comenzó a leer.

Hola, Éric:
Hace unos meses viniste a buscar a tu hija y Gerard y yo hemos pensado que ya que te empeñaste tanto es mejor que la tengas tú. Para eso eres su padre.
No nos busques. Estaremos una temporada en América.
Tienes los papeles en el bufete de abogados Robert, en el número 55 de la Rue de l'Université. Solo falta tu firma.
Claire.

Estaba claro. A Claire, la niña no le importaba en absoluto. Joder, cómo era posible. Éric dejó el arrugado papel sobre la mesa y se limpió el sudor de las manos en la camisa. Tenía que sentarse. Le dio la vuelta a la silla de madera de la cocina y la puso frente a la ventana, de forma que pudiera apoyar los brazos en el respaldo y mirar afuera, al Sena y a sus cuatro árboles.

201

Había dejado de llover y el cielo de París se despejaba poco a poco, se vestía de verano. El sol comenzaba a secar la humedad de las calles y los parisinos las reclamaban para sí, yendo y viniendo, dejando sus huellas sobre el empedrado.

La tenía con él. Estaría en la habitación del fondo, tomando un baño caliente. Ari la lavaría, le pondría una camisa limpia y la llevaría a desayunar, allí, a aquella cocina que hasta entonces solo había tenido el calor de la vieja criada. Y qué iba a hacer él con una niña. No tenía ni idea de cómo tratarla, de qué necesitaba una criatura como ella. Era un error. En qué estaría pensando Claire para hacer algo así. Cómo podía una madre abandonar a su hija de esa manera. Igual que la suya. Igual.

Él no haría eso. Se quedaría con ella, la cuidaría. Aunque hubiera olvidado cómo querer.

—Vamos, cariño. Se te están arrugando los dedos de tanto estar en el agua. Hala, a la toalla.
Ari observó cómo la pequeña salía del agua. Era tan poca

cosa… Siete años flaquitos y dos ojos asustados. Incluso tuvo miedo de que se le perdiera entre algún pliegue de la toalla.

—¿Tienes hambre, Erika?

—Un poco. ¿Dónde está mi mamá, en América?

Esos ojos llenos de interrogantes. Como los de su niño cuando llegó de las islas. Pero no, no podía llorar. La pequeña se asustaría.

—Eso pone en la nota que me dejaste. ¿Sabes leer? —dijo, tragándose las lágrimas.

—Un poco. Yo creía que mi papá era Gerard. ¿Tengo otro papá?

—Gerard hizo de tu papá porque… Porque… Pero ahora tu papá es Éric —no sabía qué decirle—. ¿Te gustan los *croissants*?

—Éric, se llama como yo.

—Hala, vamos, hija. Busquemos algo de ropa en los baúles.

Ari tomó de la mano a la niña, envuelta con la toalla, y se dirigieron a la habitación de Éric. Allí, en un baúl de teca, aún quedaría algo de su ropa infantil.

—Ropa de niño —dijo al verla—. ¿Me la puedo poner? Me gustan los pantalones, sirven bien para subir a las piedras. Con el vestido me raspo las rodillas.

—Hija, no sé si aquí hay muchas piedras —Ari eligió para ella unos pantalones de color marrón y una camisa blanca.

—¿No? En Terre Sauve había muchas —comentó la niña mientras se vestía—. Con caracoles dentro. Me gustan las piedras. Y los caracoles. Ojalá hubiera tenido estos pantalones allí. Mamá no quería que llevara pantalones. ¿Por qué aquí sí puedo?

—Porque no tienes otra ropa. No has traído maleta. Más tarde saldré a comprarte algunas prendas. Y ahora, a desayunar.

En qué clase de madre se había convertido Claire. Antes, no parecía mala chica. Pero ahora… Ser capaz de dejar a su hija así, en la puerta de Éric, sin nada…

—Oh, la la —exclamó Ari contemplando a la pequeña. Era idéntica a Éric cuando llegó a París, salvo por el cabello un poco largo que tiraba a cobrizo sin llegar a serlo. No se podía dudar de que era hija suya— Vamos, vamos a la cocina. Con tu padre.

—¿Por qué tengo otro padre?

—Porque tu madre así lo decidió. Es una suerte tener dos padres, ¿no?

—¿Cuándo vamos a ir a mi casa? Yo vivo en Terre Sauve. Allí está mi gato, *Champagne*.

—¿Tienes un gato que se llama *Champagne*?

—Sí, y me echará de menos.

Ari sentía esa mano tan pequeña entre la suya. ¿Cómo podrían con eso? ¿Qué harían con Erika? ¿Qué diría monsieur?

—Espera, cariño. Vamos a ver qué tal está monsieur.

Ari entreabrió con cuidado la puerta de la habitación de Fabien. Lo oyó murmurar en sueños.

—Pardela, ven aquí y desnúdate.

—¿Qué es una pardela? ¿Somos nosotras? ¿Nos tenemos que desnudar otra vez? —dijo la pequeña.

—Anda, vamos a desayunar. Que tu padre tendrá que ir al hospital, si es que no lo ha hecho ya.

—¿Está enfermo?

—Es médico, cariño. Por fin es médico —contestó Ari suspirando y caminando deprisa hacia la cocina—. Por fin.

203

En la cocina olía a café. Éric, que seguía de pie junto a la ventana, tenía una taza caliente entre sus manos y de vez en cuando se la llevaba a los labios.

—Ah, Éric, qué bien. Has hecho café. Sacaré galletas y pondré un vaso de leche para Erika. Siéntate, sentaos los dos, Éric, qué manía de desayunar de pie.

—¿Le has puesto pantalones? —dijo Éric, sorprendido—. De los míos. Oh, joder.

Se parecía a él. Mucho.

—Ha dicho una palabrota —dijo la niña—. ¿Aquí puedo decir palabrotas?

—Ni se te ocurra —contestó Ari— ¿Y qué querías? No tiene nada. Y no hables así delante de ella.

—¿Cómo? ¿No ha traído equipaje? ¿Nada? —preguntó Éric.

Ari se acercó a Éric, sonriendo, y le habló en bajito.

—¿Te has dado cuenta, verdad? Es igualita a ti. Parece mentira.

Ambos miraron a la pequeña, que mojaba las galletas en la

leche hasta que estaban deshechas y luego se las comía con la cuchara.

—¿Qué voy a hacer con ella, Ari? —dijo, negando con la cabeza—. No tengo ni idea. Hasta hace nada no me soportaba ni a mí mismo. ¿Cómo voy a poder criar a una niña?

—No hace falta mucho. Pero debes perder el miedo a escuchar lo que llevas en el corazón. Ahí está todo lo que necesitas.

Ojalá eso fuera cierto. Pero Éric no sabía en qué rincón de Verdún se había dejado el corazón. Su pecho estaba vacío desde hacía tiempo. No, eso no era un recurso. Todavía no.

—Bueno, Ari —dijo, apretando la taza de porcelana con tanta fuerza que casi se le agrieta en las manos—. Cuida de ella. Seguro que lo haces bastante mejor que yo. Me voy a trabajar.

Éric aclaró su taza en la pila y la dejó en un paño sobre la encimera. Luego salió de la cocina, pasó un momento a ver a su padre y se encaminó al hospital.

—Este papá Éric no me habla casi. ¿Por qué?

—Para él también es nuevo tener una hija. Se tiene que acostumbrar.

—Dios mío, Ariane, ¡venga! —gritó Fabien desde la puerta de la habitación de Éric—. ¡A Éric le ha pasado algo!

—Monsieur, ¿ya está levantado? —dijo Ari apresurándose desde la cocina.

Era casi mediodía. Fabien miraba al interior de la habitación con cara de espanto y señalaba con el dedo la persona que dormía en la cama.

—Mírelo usted misma. Éric se ha vuelto pequeño.

Ariane se echó a reír.

—¿Aún no se le ha pasado, monsieur? Haga el favor de no volver a beber. Eso ha estado muy mal. Nos preocupó a Éric y a mí.

Fabien se frotó los ojos, se pasó las manos por el cabello, aún revuelto, y volvió a mirar al interior de la habitación.

—Muy bien, Ariane. Dígame quién está en la cama de Éric.

—Venga a la cocina. Le prepararé una infusión y se lo contaré todo.

Υ

—¿Su hija? ¿Erika, la que fue a buscar a Épernay?

Fabien no lo podía creer. Daba vueltas con la cucharilla al té que le había preparado Ariane, e intentaba asimilar la nueva noticia. Y entre los posos de café que quedaban en el fondo blanco de la taza, se le dibujaban unos pasajes de barco a Lanzarote y algo que no lograba recordar del todo. Una conversación a trazos, y Éric mirándolo perplejo.

—Sí, señor, es esa niña, su nieta, ¿lo entiende? ¿Me está escuchando?

—Pare un poco, por favor, Ariane. Me duele la cabeza.

—Lo siento, monsieur.

Lo de la niña era una novedad, pero no era un problema, sino una alegría.

—¿Ha venido para mucho tiempo?

—Monsieur, le acabo de decir que Éric tiene la posibilidad de reconocerla como hija y que Claire ha renunciado a ella. Se puede quedar para siempre.

—Ah, pero eso es maravilloso —afirmó, intentando concentrarse en el tema de la niña y dejar lo otro, lo que dolía, lo de aquella isla—. ¿Qué dice él?

—No mucho, ya sabe que nunca dice mucho. Hay que adivinar. Con lo parlanchín que era antes de la guerra...

Ambos se quedaron en silencio, pensativos. Hasta que una figurita de cabello oscuro y pantalones marrones apareció en la puerta.

—Buenos días. ¿Ya es por la mañana? —dijo tras un enorme bostezo que intentó ocultar con la mano—. Este señor, ¿quién es? ¿Otro papá?

—Ya ve que ella habla por todos, monsieur. Creo que el silencio se ha acabado en esta casa. No sabe cuánto me alegro.

—Hola, lagartija —a Fabien se le llenaron los ojos de lágrimas. Era tan parecida a Éric de pequeño... Había salido a la pardela—. Ven conmigo. ¿Sabes lo que es un abuelo?

—Síí. Un señor viejito. Mis amigos del pueblo tienen. Yo no.

—En esta casa hay muchas sorpresas para ti. ¿Te gustaría que yo fuera tu abuelo? —dijo mientras ella se acercaba a él, se

205

sentaba a su lado y lo miraba, desde el pelo aún alborotado hasta las zapatillas de casa, muy seria.

—Creo que sí. Eres bastante viejo para ser un abuelo.

Todos oyeron el ruido de la puerta de la calle. Éric regresaba del trabajo. No tardó mucho en entrar en la cocina.

—Mira, ya estamos todos —dijo Fabien.

—Ya veo que os conocéis —contestó Éric con gesto adusto—. Espero, Fabien, que no vuelvas a hacer lo de ayer. Tú y yo tenemos una conversación pendiente, muy seria. Ari, voy a mi habitación. Estoy cansado, no me esperéis para comer.

Éric se acercó a la alacena, puso en un plato dos piezas de fruta y salió de la cocina.

—Nena, ¿tú has visto algo? —dijo Fabien—. Ha entrado un búho, pero ya se fue.

—Era el papá nuevo, abuelo. Pero venía triste. ¿Por qué?

—No sé, pero en cuanto te conozca, ya verás cómo se pone contento.

—¿Cuándo podemos ir a mi casa?

—Nena, ahora es hora de comer. Ariane, por favor, sirve la comida.

—Al momento.

Éric dejó la fruta sobre la mesa de su habitación y se dirigió a la biblioteca. Sí, allí estaban aún. Todas esas cartas. Las tomó una a una hasta formar un pequeño montón. No eran muchas, quizá diez o doce, poca cosa para tantos años de ausencia. ¿Y si volvía a la cocina, las echaba una a una en su boca de hierro y veía cómo aquellas letras desaparecían poco a poco en el fuego? Pero allí estaban su padre, Ari y esa niña pequeña que lo miraba con sus mismos ojos. No tenía ni idea de qué hacer con ella. Y las cartas al fin y al cabo no eran para él. Eran para Fabien. Las llevó a su habitación y las dejó sobre la colcha. La cama estaba deshecha y se preguntó por qué, si él no había dormido esa noche. Uno de los baúles de la ropa estaba abierto. Se acercó para cerrarlo, pero antes echó un vistazo a su interior. No sabía por qué Ari o su padre o él mismo guardaban esa ropa todavía. Olía a lavanda, seguro que Ari se ocupaba de poner un saquito en su interior cada verano.

En una de las esquinas asomaba algo de hojalata. Un camión de bomberos, el que le regaló su padre poco después de llegar a París. Con siete años, los mismos que tenía Erika. Y bajo él, la camisola de hilo con la que salió de Lanzarote. Cómo era posible que eso estuviera ahí todavía. Que no hubiera olvidado el momento en que vio aparecer en casa de los padrinos aquel hombre alto y con los ojos claros, hablando con un extraño acento y señalando constantemente los papeles que tenía en la mano. «Es mi hijo y me lo voy a *llevag*, decía. Me lo llevo a *Fgansia*, aquí lo pone, *pogque* así lo *quiege* su *madge*». Ellos se tuvieron que callar, Éric vio cómo, enfadados, entraban en la casa, cerraban la puerta y ni siquiera le decían adiós. El desconocido se acercó a él y sus ojos se llenaron de agua, y pensó que por eso eran tan azules, porque pertenecían al mar. Su mano le pareció cálida y por un momento creyó que era un gigante acuático y que con él nunca podría pasarle nada malo. Ambos caminaron por el jable hasta el final del pueblo, donde un coche de caballos los esperaba para llevarlos a aquel barco que tenía prisa por partir, por enfilar su proa al norte y dejar por fin atrás esas islas de perfiles cortantes. Y una vez en él, apoyado en la barandilla húmeda por la protesta del agua salada, vio cómo el pedazo de tierra negra que hasta entonces había sido su casa se diluía en el mar, mientras las gaviotas chillaban y reían, ajenas a todo.

207

## 30

El pasado que regresa, que vive entre nosotros

*París, junio de 1923*

—*A* ver, papá. Simplemente, habla. Si no pasa nada. Soy hijo de una mujer casada y un tipo que apareció un día en su casa, ¿no es así?

Finales de junio, y el calor se empeñaba en extenderse sobre París como un abrigo de lana demasiado largo. Fabien se sentía sofocado, casi no podía respirar. Su hijo había entrado en la habitación de madrugada y lo había despertado con todas esas cartas en la mano, y él aún sentía ese doloroso latido en la cabeza que le causó el alcohol de la noche anterior. Hubiera necesitado toda la noche y parte de esa mañana para dejarlo bajo la almohada, pero ya no podía ser.

—No es tan sencillo, hijo, no juzgues. Vamos —dijo, levantándose y señalando el escritorio y sus dos sillas—, siéntate.

—No sé si quiero. —Éric parecía muy cansado—. Ya estoy harto, papá.

—Tienes ojeras. ¿Es la segunda noche que no duermes?

—No puedo. Estas cartas me ahogan.

—¿Las has leído?

No había podido. Se había quedado contemplando los pasajes de barco, intentando imaginarse regresando a la isla. Solo recordaba la casa blanca, la arena y el mar. Las piedras cortantes, los charquillos y los pulpos.

—No.

Fabien tomó asiento en una de aquellas sillas de cuero y Éric se sentó en el borde de la cama.

—Me enamoré de ella nada más verla. Tu madre era hermosa como la isla, pertenecía al mar y a los volcanes. Has salido a ella, y la niña también.

Éric, sin dejar de mirarlo, negaba con la cabeza.

—Ya, ya lo sé. Estaba casada. Aquí en Francia eso podía ser un impedimento, pero allí era una condena de por vida. Su padre la casó con el inglés por conveniencia, y casada debía seguir. Y más en una familia como aquella. Éric, mi primer impulso fue huir de ella para no enamorarme más, lo recuerdo como si fuera hoy. Pero no lo hice. Y jamás he dejado de pagarlo.

—Y ¿qué pinto yo en todo esto? Podías haber tenido más cuidado.

—Yo no supe de tu existencia hasta pasados varios años. Su marido no estaba y nos veíamos a escondidas en su casa del Puerto, a veces en la de Haría, a veces en la playa. Pero alguien debió avisar a don Juan, su padre. Sospecho que una de las criadas, Ana. Apareció de repente con la escopeta en la mano. Todavía me pregunto cómo consiguió Gara que no me matara.

No, no la había olvidado. Aún le costaba pronunciar su nombre. Gara. Olía a mar y al aroma dulce de las higueras verdes que se escondían en los hoyos del picón. Una vez hicieron el amor bajo una de esas higueras, al anochecer, arropados por la humedad constante del alisio.

—Ella y Fidel me buscaron un refugio a las afueras de Arrieta, el pueblo donde luego te criaste tú.

¿Arrieta? Pensó Éric. Ni siquiera le sonaba el nombre.

—Y embarqué para París dejándola allí, sola, sin saber que estaba embarazada. Quería por encima de todo que me acompañara, pero no pude convencerla. Decía que su padre no lo consentiría. Que nos buscaría donde fuera y nos mataría. Nunca he vuelto a amar a ninguna mujer, nunca —a Fabien las lágrimas le impedían ver el montoncito de cartas sobre la cama, la luz que comenzaba a entrar por las rendijas de la ventana como una invitada no deseada, la expresión de soledad de su hijo—. Vete, Éric. Ya te has dado cuenta de que esto me duele. Y haz el favor de leer la primera carta, solo eso.

Fabien se quedó solo en la habitación. No solía permitirse recordar, porque siempre le pasaba lo mismo. Soñaba con la pardela, la volvía a recorrer con sus dedos, imaginaba cada rincón de su cuerpo. Y acababa llorando durante largo rato, solo, sin ella. La echaba tanto de menos…

Aquella noche era como otras, cálida y luminosa. La isla se adormecía sin miedo bajo la Vía Láctea, que la protegía de cualquier oscuridad. No había luna, y las noches sin luna él y Gara se sentían más seguros. Llegó a la casa del ombú a medianoche, entró por la puerta trasera, la que daba a la cocina, atravesó el patio sintiendo el frescor del agua del aljibe y subió sin hacer ruido a la habitación del fondo, donde la primera vez. No necesitaba luz, conocía cada imperfección de la casa, cada recodo. Y allí estaba ella, tendida sobre la cama bajo el cuadro de montañas nevadas. Tres o cuatro velas encendidas en la mesilla proyectaban una suave luz sobre su cuerpo cubierto con una camisola blanca. Él se sentó en el borde de la cama para apartarle el pelo negro de la cara y acariciarle la mejilla, tan suave como la arena. Fue desabrochando los botones de nácar de la camisola, uno tras otro, dejando su piel al descubierto a la vez que exponía su alma. Él lo sabía, siempre fue consciente. Después de ella, no habría nada. Y sabía que tarde o temprano se tendría que ir. Por eso la amaba tan fuerte, por eso no se cansaba de beberla, de amasarla, por eso casi cada vez las lágrimas terminaban cayendo, porque sentía que se le acabaría escapando de su vida como el jable entre los dedos.

No hubo nada distinto, nada que les indicara que esa noche sería la última. Nada. Llevaban horas conversando después de amarse, como siempre hacían. Hablaban de todo, de la vida en las islas, de la lejana París o de la diferencia para el pueblo entre la monarquía o la república, y esa noche, igual. Sí. Tocaba el tema del intercambio comercial entre Lanzarote y las demás islas, especialmente Tenerife. No lo podía olvidar, ni eso, ni lo que pasó después. Los ojos espantados de Gara. Un frío repentino en la nuca, como si la muerte y su tenaza de hierro estuvieran ahí atrás, queriéndolo horadar. El golpe en la cara de los cañones de la escopeta, que se posaron en la mejilla de repente. Y la mirada desquiciada de don Juan.

Luego Gara asió la escopeta y se la puso en el pecho, de rodillas sobre la cama, para enfrentarse a su padre tan solo con sus volcánicos ojos y su desnuda piel del color solar de la arena. Un forcejeo, golpes, ruegos. Gara lloraba, Fabien luchaba por volver a respirar mientras la mano de don Juan lo sostenía del cuello contra la pared y le susurraba con voz ronca: «Desaparece, desaparece, u os haré desaparecer yo, a los dos. Os mataré a los dos, lo juro. Que no te encuentre, que no te vuelva a ver, cabrón francés».


Éric salió de la habitación de su padre con una carta en la mano, tan solo una, la primera. En el redondo matasellos de color negro apenas se podía leer la fecha, 16 Nov 96. De 1890, su año de nacimiento, a 1896, ella no había escrito a Fabien. ¿O sí? Recordó todas aquellas cartas que sus padrinos echaban al fuego.

Bien, la leería. Pero antes daría un paseo por la cálida noche de París, una de esas noches blancas de solsticio en las que el sol se niega a desaparecer tras el horizonte, no quiere dejar sola a la ciudad que ama, aunque apenas la siga tocando con la punta de los dedos.

Tras caminar un rato por la ribera del Sena, Éric se sentó en uno de los bancos de hierro del Quai de Béthune, mientras las polillas se enredaban en la luz blanca de las farolas que iluminaban la ciudad.

La carta le quemaba en el bolsillo del pantalón. La sacó despacio y se la quedó mirando un rato, a ver si el temblor de sus manos comenzaba a ceder de una vez y de alguna parte, quizá del río, aparecía el valor que necesitaba para abrirla y enterarse de lo que su madre había guardado dentro de aquel sobre, ya amarillo por el paso del tiempo.

La primera. Solo la primera. La primera de doce o trece cartas en algo más de veinticinco años, eso era todo lo que había de su madre, y ni siquiera era para él. Joder. La tiraría al Sena, eso haría.

Pero no lo hizo. Abrió el sobre y sacó el viejo papel que custodiaba dentro. Parecía que alguien lo había arrugado y luego lo había vuelto a alisar. La tinta formaba corros en algunos lugares, como si se hubiera mojado por la lluvia o por la tristeza, borrando algunas palabras escritas con pluma y tinta negra en aquella isla que él no era capaz de recordar con claridad.

Fabien. Amado Fabien.

Ojalá esta carta llegue por fin a tus manos. Te … escrito muchas desde que te fuiste, pero gracias a Fidel he sabido que todas acababan en la hoguera de … en las tenía que enviar. Error mío por confiar en ellos.

Mi …ación es muy complicada. Mi padre me vigila casi de continuo, en raras ocasiones puedo burlar esa vigilancia.

Querido, debo decirte algo. Si supieras cuántas veces te … …crito ya esta historia… No lo supe hasta algún mes después de tu partida. Cuando quedó confirmado, me asusté terriblemente. Aún no había regresado Arthur, mi marido, y mi vientre ya había comenzado a crecer. Si se enteraba mi padre me mataría, y por supuesto también a mi criatura, a nuestra criatura. Pero de nada valía lamentarse. Así que ideé un plan. Me fui al sanatorio de La Orotava, en la isla de Tenerife, fingiendo una enfermedad. Allí tuve al pequeño en secreto, allí nos quedamos hasta que pasaron los primeros meses y nuestro … niño estuvo fuerte y sano, preparado para viajar y vivir lejos de su madre. Lo llamé Éric, con la esperanza de que pronto vinieras a recogerlo y te lo llevaras a Francia lejos del p…gro de su abuelo, y le dieras el cariño que todo niño debe tener y que a mí me impedían darle. Y ya ves, han pasado más de seis años, tiempo perdido entre cartas que no p…n y meses esperando respuesta. Pero nunca he dudado de ti.

Te lo confieso, Fabien, algunas veces pensé en matar a mi padre. Me lo imaginaba despeñado por los acantilados de Famara, o con un cuchillo clavado en la espalda mientras yo, con mi niño en brazos, embarcaba camino a Francia. Pero no he sido capaz. Me ha faltado el valor. Y todos he… pagado por ello.

El niño está a las afueras de Arrieta, en una casa de pescadores. Lo están criando el primo de Fidel y su mujer, pero ellos no me han sido fieles, no. Toman el dinero que …s doy para la manutención de Éric y las cartas en las que te expongo la situación, pero nunca las envían. Y yo entre tanto cuento los días que faltan para el próximo barco y cruzo los dedos, esperando que el padre de mi hijo aparezca para darle la vida que se merece. Semana tras semana, mes tras mes.

Cuando puedo escaparme, visito a mi hijo. Voy nerviosa porque sé que si mi padre sospecha de su mera existencia no tendría piedad. No toleraría un escándalo así en su casa. Por eso lo hago muy de vez en cuando y tomando mu... precauciones. Esta isla es muy pequeña y cada vez me cuesta más mantener el secreto. El miedo por Éric me agarra el vientre, mi útero maldito que no quiere otro hijo más que él, y me lo retuerce hasta dejarme sin respiración. Veo cómo crece mi hijo lejos de mí, lejos de ti, lejos de todo lo que le corresponde, con la única compañía del mar y de la roca volcánica de Arrieta, el maldito basalto que tanto te gustaba. Perdona, no quiero ofenderte. Solo quiero que saques a mi hijo de esta isla que lo aprisiona antes de que mi padre lo encuentre. Hasta ahora ha habido suerte, pero ¿cuánto más puede durar?

Y no me busques, por favor. Yo sabré de tu llegada y de vuestra partida. Solo ponlo a salvo.

De quien te quiere,

213

GARA BETANCOR

El hierro del respaldo del banco se le clavaba en la espalda gritándole: «Déjalo ya. Perdónate. Perdónalos. Toma esos pasajes y date una oportunidad para dejar atrás todo ese dolor, vamos, el tiempo es un don y nunca sabes cuándo llega el último instante, despierta, aprovecha tu maldita vida, vete».

Pero los pies se le habían convertido en adoquines y formaban parte de la calzada que aprisionaba el Sena, que lo llevaba directo hacia su muerte al mar.

Tuvo que hacer un enorme esfuerzo para levantarse del banco, caminar hasta su casa por una calle de la que hasta el verano había huido asustado por el gesto de su rostro, abrir la puerta y meterse en su cama con aquella carta bajo la almohada, mientras algunas palabras se habían borrado de nuevo, otra vez lloviendo sobre el pasado.

# 31

## ¿Y si perdemos lo poco que hay?

*París, julio de 1923*

$E$l despacho del abogado olía a legajos antiguos y a tabaco. Éric levantó la vista hacia él antes de firmar aquellos papeles que le permitirían ser el único padre de la pequeña. El abogado tenía la piel amarillenta como un pergamino viejo, y unas lentes con forma de monedas sobre su prominente nariz.

—Según el acuerdo al que llegamos con doña Claire Sauveterre, usted solo debe firmar y se queda con la custodia legal de la niña. Nosotros nos encargaremos de todos los trámites necesarios y de notificar su decisión a la señora.


La quería. De eso estaba seguro. La quiso nada más conocerla bajo el cielo de Épernay, la quiso incluso antes. Lo que no sabía era cómo llegar a ella. Cómo abrirse de nuevo. La veía en casa y no sabía qué decirle, se le anclaban las palabras en la garganta y se quedaba en silencio observando esos ojos tan parecidos a los suyos. Fabien no hacía otra cosa que contemplarla, leerle cuentos, inventarse historias fantásticas de dragones y volcanes que le relataba junto a la ventana de la cocina, con su leve peso en las rodillas. Ari se había convertido en una abuela chocha, todo el día peinándola y cocinando pasteles para ella. Y *macarons*. Ambas se metían en la cocina para

picar almendras, formar montoncitos y hornear esos pequeños bocados. Y aun así, la niña no parecía feliz. Echaba de menos la libertad de las colinas de creta blanca y los pájaros que
sobrevolaban la ribera del Marne. Y él no podía hacer nada por
ella. Cada mañana se levantaba más pronto para ir al hospital,
cada vez regresaba más tarde.

Pero la quería, sí. Por eso firmó aquel papel con el mem-
brete azul del notario, por eso salió del despacho que olía a tabaco sonriendo, camino del hospital. A veces se encontraba con
Pauline por los largos pasillos de paredes blancas. Ahora trabajaba de limpiadora. En invierno, una de las chicas dejó su
puesto sin avisar y él la fue a buscar, deprisa, para sustituirla. Y
ya se quedó por allí, y de vez en cuando le dedicaba una mirada
rápida y alegre envuelta en olor a desinfectante.

El calor de julio teñía de un gris borroso el cielo de París.
Sobre la ciudad se había posado una ligera cubierta de nubes
que aumentaba aún más la sensación de bochorno. Éric agradeció el frescor al abrir la puerta de la casa de la Île Saint-
Louis. El día había sido duro, por fin comenzaba a entrar de
nuevo en el quirófano; de momento solo para observar. Sí,
esos fantasmas sin piernas seguían con él. Quizá no se fueran
nunca, pero cada vez eran menos. Otro avance era que ya no
le temblaban los brazos, no desde que tenían a quien abrazar,
ahora estaba Erika.

Antes de nada necesitaba un baño. El olor de la sangre se le
había pegado al cuerpo, sí, solo era otro recuerdo de Verdún,
pero estaría mucho mejor después de frotarse con el jabón casero de romero que hacía Ari. Luego iría a ver a la niña, cena-
rían todos juntos y, esa noche sí, le leería un cuento. Tal vez alguno del tomo de Perrault, el de esos preciosos grabados, los
Cuentos de Mamá Oca. Aprendería a tomarla de la mano, a mirar esa preciosa cara. Seguro.

Tras el relajante baño, Éric se vistió para cenar y se dirigió
a la habitación de Erika. Ari había limpiado el cuarto del fondo
del pasillo para ella, le había puesto cortinas de color rosa en las

ventanas y había llenado el gran armario de ropa de niña, aunque ella seguía prefiriendo los pantalones.

Pero no estaba en su habitación.

—Ari, ¿dónde está Erika? —dijo en voz alta, yendo hacia la cocina. La imaginaba junto a ella, ambas con las mangas del vestido remangadas hasta los codos y el mismo delantal de color blanco, uno grande, otro pequeño, lavando las verduras para la cena. Pero Ari estaba sola.

—No lo sé, estará en su habitación, hace un rato que no la veo.

—No, en su habitación no está.

—Pues más vale que aparezca ya y se lave las manos. La cena casi está lista —se secó las manos en un paño naranja, se acercó a la puerta y asomó la cabeza por el pasillo—. Eriiika, Eriiika, ¡vamos a cenar!

Pero el único que apareció fue Fabien. Desde que estaba la niña parecía haber rejuvenecido, y a veces las perneras de sus pantalones se manchaban del juego de los dos, de rodillas en el suelo del salón.

—Tengo hambre —afirmó, lavándose las manos en la pila—. ¿Dónde está la lagartija? Siempre llega la primera para comer.

—Eriika —volvió a llamar Ari—, solo faltas tú, ¡date priiisa!

—Voy a buscarla —dijo Éric.

—En la biblioteca no está, yo vengo de allí —advirtió Fabien.

En el salón tampoco, a pesar de que el brillante piano de cola ofrecía un magnífico escondite. Ni en el baño, ni debajo de la cama de la habitación de Fabien, ni dentro del armario de Éric, ni en la salita pequeña, ni bajo la mesa donde Ari solía coser, iluminada por los últimos rayos del sol del atardecer. Ni en la habitación del abuelo Aubriot, ni en las dos restantes que Éric nunca había visto habitadas.

—Erika, por favor —dijo Éric, presintiendo que algo no iba bien—. Sal de donde estés.

Volvió a dar un repaso por toda la casa cada vez más nervioso. Dentro de los baúles no, en ningún armario, ni en el interior de las chimeneas. No estaba. Llegó a la cocina casi sin aliento.

—No la encuentro.

—¿Cómo que no la encuentras? Eriiiika, ¡vamos! —volvió a llamar Ari.

—La he buscado por todas partes —dijo con voz trémula—. No está.

—Ya voy yo —dijo Ari—. Seguro que está jugando. ¡Eriiika!

Los tres salieron de la cocina y comenzaron de nuevo el recorrido, estancia tras estancia. Pero la niña no aparecía.

Cuando ya no imaginaban sitio donde buscar, los tres salieron al pasillo, mudos por el asombro. Fabien estaba pálido, Ari se frotaba las manos, nerviosa. Y Éric pensaba que quizá todo había sido un sueño. Su hija no existía, solo era un espejismo, de esos que cuando te acercas se deshacen como el humo.

Ari comenzó a llorar.

—¿Qué le ha pasado a mi niña? Éric, llama a la policía. Ha desaparecido, ¡hay que buscarla! Estará perdida por las calles de París, echaba de menos su casa, qué se le ha podido ocurrir…

Éric apoyó la espalda contra la pared. Se frotó los ojos, intentando despertar de esa pesadilla.

—Yo, yo llamo —afirmó Fabien—. A ver si me aclaro con el maldito teléfono. Éric, sal fuera. Por favor… búscala. El río está muy cerca.

El Sena. Cada año se llevaba consigo alguna vida camino del mar. Éric lo vio todo borroso por un momento. Vio a su pequeña hija con los ojos abiertos, vidriosos, la cara cianótica por el ahogamiento y su pelo sucio y enredado por la broza del río. No, eso no era posible. No.

Corrió a la calle todo lo deprisa que pudo, pero le parecía que sus piernas se negaban a moverse. Quería recorrer todo París en un segundo, encontrarla, evitar la tragedia.

En la calle imperaba la normalidad; las personas continuaban su camino. No había corros de gente señalando el agua, murmurando «mírala, pobrecita, se cayó por ahí, por qué estaría sola».

Quizás era eso. La niña estaba sola. Él no la cuidaba como debía. No, no lo hacía. Y ahora no estaba. Si le pasaba algo, no se lo perdonaría nunca.

No la veía.

Tampoco estaba en el puente de Sully, en ninguno de sus dos lados. Éric recordó el otro puente, el que derruyeron cuando aún no había acabado la guerra para hacer otro nuevo. Corrió por el boulevard hacia lo que quedaba de él, rodeó toda la isla hasta que creyó que el pecho se le iba a partir en dos, pero no la encontró.

Cerca del antiguo puente, unas escaleritas de hierro permitían el acceso a los barcos que amarraban en ese lugar, la mayoría eran viviendas. Éric bajó deprisa. La barandilla estaba húmeda y dejaba en su mano una huella color naranja. No había nadie fregando las cubiertas o regando la multitud de macetas con flores que colgaban hacia el Sena. Ya era tarde, pero aun así gritó hasta que se abrieron las puertas de dos de los barcos y dos hombres acudieron a su llamada.

—¿Qué le sucede, necesita ayuda?

—Mi hija ha desaparecido. ¿Han oído algo, algún chapoteo? ¿Han visto una niña morena sola?

—Chapoteos hay siempre en el Sena, hombre. ¿A qué hora fue?

No tenía ni idea. Estaba muy ocupado con su propia vida para darse cuenta de nada más.

—No lo sé. Estaba trabajando…

—De todas formas, no hemos visto nada raro. Mire, ahí está la guardia —dijo, señalando arriba, hacia las casas.

—Gracias —contestó, volviendo a subir deprisa por aquellas escaleritas rojas como la sangre.

Fabien se acercaba acompañado por dos gendarmes.

—¿Se sabe algo?

—No, nada —contestó Fabien—. Ya veo que no la has encontrado. ¿Tenemos alguna fotografía de Erika?

—Sabes que no.

—La buscarán. No será tan difícil encontrar una niña vestida con unos pantalones marrones y una camisa blanca.

—Bueno, nosotros nos vamos —dijo uno de los gendarmes—. En cuanto sepamos algo, les avisaremos.

—Gracias —se despidieron.

—Papá, ¿va vestida de chico? ¿Cómo lo sabes?

—Lo sabe Ariane. Lo controla todo, dice que no falta ningún vestido, y buscó en tu baúl. Lleva eso puesto, y una de tus gorras, la gris de cuando tenías diez años.

—Voy a seguir buscando, papá.

—Lo sé. La encontrarás, estoy seguro.

—Cuida de Ari.

—Lo haré.


El aire suave de la noche acompañaba a Éric por las calles de la ciudad. Como siempre, París solo fingía dormir. Pero seguía despierta, y tras cada esquina ofrecía una sorpresa, un sobresalto. Borrachos que trataban de llegar a alguna parte como si caminaran sobre el Sena. Un mendigo acurrucado en el escaso abrigo de un portal. Grupos de personas que, ajenas a todo, buscaban fiesta. Una pareja que creía estar sola en el universo y hacía el amor apoyada en la madera que cerraba el escaparate de una *boulangerie*.[24]

Pero Erika, no.

El tiempo pasaba y las calles cada vez le parecían más iguales. Ya no distinguía en qué parte de la ciudad estaba, y de vez en cuando tenía que pararse y volver a la fría arteria de agua del Sena para ubicarse. ¿Cuántas horas llevaba andando, tres, cuatro? ¿Una niña de siete años podía andar tanto?

Y cómo dolía su ausencia. No sentía tanto dolor desde la guerra. Pensaba que ya no tenía con qué sentir, que el alma se le había muerto, pero Erika le estaba demostrando que no. Parecía que le habían amputado el pecho, que ahora solo tenía un enorme agujero y que ya no podía respirar.

No podía, realmente no podía respirar.

Debía dejar de correr. Solo un momento.

Había regresado al Sena, frente a la hermosa mole de Nôtre Dáme, cuya silueta oscura se reía de la noche en la otra orilla, iluminada por las farolas.

Buscó unas escaleras para bajar al paseo de la ribera, al lado de los numerosos barcos que formaban hileras como hormigas acuáticas, y se sentó en el último escalón, mirando cómo el río cautivo se iba escapando poco a poco camino del mar.

24. Panadería.

Qué habría pasado. A dónde podría haber ido una niña como ella, una niña que apenas levantaba un metro del suelo, entre aquellos imponentes edificios. Echaba de menos su casa, eso estaba claro. Y las piedras, y la libertad de las colinas de Épernay. Y además llevaba pantalones.

Sí, seguro. La niña buscaba campo. Había muchos parques en París, ¿estaría en alguno?

Éric se levantó de nuevo. Le pesaban las piernas, pero el negro agujero de su pecho no le permitía sentir el cansancio. Allí, bajo los álamos que murmuraban movidos por la brisa, miró a su alrededor.

—¿Dónde estás, nena? —susurró—. Dímelo. ¿Dónde pudiste ir? ¿Qué buscabas?

Éric comenzó a caminar bajo los árboles, siguiendo la ribera del Sena en dirección al Pont des Arts. Los álamos cedían el turno a los castaños de indias, para luego regresar de nuevo. Pasó bajo los huesos oxidados del puente y siguió adelante, pero un ruido extraño le hizo volver la mirada.

Oh, joder.

La niña.

Viva. Estaba viva.

## 32

## La isla de los caracoles

*París, julio de 1923*

Éric se tuvo que apoyar en un árbol para no caer al suelo.

¿Cómo había llegado Erika hasta el segundo pilar del puente, tan lejos de la orilla?

Sentada a horcajadas sobre un extremo del pilar, agarrada a su esqueleto húmedo de hierro, la niña gemía bajito. Parecía a punto de soltarse y caer al río. Éric no estaba seguro de que supiera nadar, y aun si sabía, el Sena tragaba cada año presas más grandes.

—Erika, tranquila. Soy yo —intentó que su voz sonara firme, que la niña no notara su temblor—. Voy a tratar de llegar hasta ti. No te muevas, ¿vale?

La niña comenzó a llorar más fuerte.

—¿Papá?

—No te preocupes. Iré donde estás y te sacaré de ahí.

Quizá desde un barco sería más fácil, pero a esas horas debería despertar a quienquiera que lo manejara y ponerlo en marcha para luego dirigirlo bajo el puente. Demasiado tiempo. Tendría que descolgarse desde arriba, bajar hasta ella y colocársela en la espalda para luego volver a subir.

—Erika. Voy a subir al puente y luego bajaré por los hierros hacia ti. Sujétate bien.

—No te vayas. Me caeré.

—No me voy. Te iré diciendo dónde estoy, y tú lo imaginas. ¿Vale? —Éric no esperó su respuesta, debía ir, y deprisa—. Paso bajo el puente. Subo los escalones, uno, dos, tres, ya estoy arriba. Mira, Erika, la cúpula del Instituto, ya la veo, parece la mitad de un huevo. Estoy andando por el puente, ¿me oyes? Paso una pierna por la barandilla, ya estoy bajando.

No era tan fácil. Tras la barandilla una pequeña plataforma sobresalía de los hierros que formaban la estructura del puente y no alcanzaba a poner el pie en ninguno de ellos para poder descender. Decidió moverse un poco hacia la parte más alta del arco y luego apoyarse en él para bajar hasta la niña. Tuvo que sacar medio cuerpo fuera del puente para poder tocarlo. Estaba resbaladizo, pero no demasiado. Su cuerpo formaba una especie de v, y no tenía ni idea de cómo deslizarse hasta estar completamente fuera de la plataforma. Pero lo tenía que hacer.

—Ya voy. ¿Estás bien?

La niña tardó unos instantes en responder, y a Éric se le encogió el corazón.

—Tengo frío.

—No tardo.

Tuvo que descolgar todo su cuerpo fuera y sujetarse solo con una mano a la plataforma para poder bajar. Y tras hacerlo quedó colgado de la estructura metálica como un murciélago sin alas. Las telarañas se le pegaban a los brazos y a la cara, y el sudor le recorría la espalda. No sería fácil llevar a la pequeña a un lugar seguro.

—Ya te veo. ¿Me ves, Erika? Levanta la cabeza.

—Sí.

No olía bien. Los hierros tenían manchas blancas causadas por las heces de los pájaros, palomas o lo que fuera. Cómo era posible que Erika, ella sola, hubiera llegado hasta el segundo pilar. Tenía que haber ido escalando y trepando desde la ribera hasta recorrer la estructura metálica de los dos arcos. Con lo que a él le estaba costando avanzar.

La niña temblaba cada vez más.

—Ya llego. No te sueltes.

Éric se deslizó hacia donde estaba Erika. Por fin a su lado, se quedó de pie sobre el borde empinado del pilar, sujeto a los hierros; si se soltaba, se caería.

222

—Vamos a ver, hija, cómo lo hacemos para que te subas a mi espalda. Yo te sacaré de aquí.

—¿No estás enfadado?

—Un poco. Pero ahora solo quiero que los dos lleguemos a un lugar seguro. Me voy a agachar a tu lado. ¿Podrás subirte en mi espalda? A ver qué bien sabes escalar.

La niña se abrazaba tan fuerte a uno de los hierros que tenía los nudillos blancos, y la cara se le había manchado por el óxido y las lágrimas.

—Venga, nena. Yo te sujeto —Éric soltó una mano para ayudarla. Se puso a su lado y notó su cuerpecito temblando como las ramas de los álamos. La rodeó con su brazo y la oprimió contra él. La niña se soltó por fin y se le enredó en torno al cuello con un apretado abrazo, pero no en la espalda, sino de frente, respirándole cerca del oído, ocupando todo ese espacio vacío de su pecho.

—Hija, hija… —susurró—. Ya te tengo. Nunca más te voy a soltar.

Poco a poco, su cuerpo delgadito comenzó a respirar más despacio.

223

El rumor del agua bajo ellos le recordaba que aún no la había puesto a salvo, y el único brazo que los mantenía aferrados al puente comenzaba a doler.

—Nena, tienes que pasar a mi espalda. Tenemos que llegar arriba. Tengo una hija muy valiente, capaz de llegar hasta aquí ella sola, solo un poco más, tú puedes.

La niña poco a poco fue deslizándose por el costado de Éric hasta acabar en su espalda.

—Erika, sujétate un poco más abajo, así no me dejas respirar. Pon las piernas en torno a mi cintura, imagina que soy un caballo. Así. Voy a comenzar a subir.

Era duro. La humedad del puente y la joroba de veinticinco quilos que le había salido en la espalda no facilitaban las cosas. Agradeció las largas tardes de boxeo, que además de unas cuantas cicatrices le habían proporcionado unos brazos fuertes y un cuerpo atlético.

—Venga, nena, vamos allá.

Poco a poco fue subiendo por el armazón de hierro hasta llegar al saliente. Se separó todo lo que pudo de la estructura para volver a subir a él, impulsándose con los brazos. Por un instante tuvo miedo de quedarse colgando con medio cuerpo fuera y de que sus piernas no consiguieran subir al saliente, pero por fin se impulsó y llegaron a la segura plataforma del puente.

A salvo.

Con la niña a su lado.

La dejó con cuidado en el suelo. El miedo se fue, pero las piernas le flojeaban. Se tuvo que sentar junto a la pequeña para no caerse. La abrazó, sintió en sus dedos el aroma a romero de su pelo, tocó esos bracitos que le volvían a rodear el cuerpo como una persistente enredadera; no permitiría que nunca le pasara nada, su niña.

—No llores, hija. Ya estás a salvo —afirmó, a ver si sus propios ojos también hacían caso.

—Solo quería trepar por las piedras, como en mi casa. Pero no encontraba dónde, y pensé que podía subir por ahí.

La niña sollozaba, y Éric hacía esfuerzos para entender sus palabras.

—Ahora ya pasó.

—Quiero volver a casa, a Épernay.

—Lo sé. Sé cómo te sientes. ¿Sabes? Yo llegué a París a tu edad. Tampoco conocía a mi papá, y venía de un sitio muy lejano, más lejos que Épernay. Ni siquiera sabía hablar francés.

—¿Y qué hablabas? ¿De dónde venías?

—Venía de una isla muy lejana donde se habla español —Éric siguió hablando, percatándose de que la charla relajaba a la niña, aunque le dolía recordar—. Se llama Lanzarote.

—¿Había piedras para escalar en tu isla?

—Muchas. En la isla había piedras de todos los colores, negras, rojas, con muchas formas distintas.

—¿Con caracolitos? —Erika se limpió las lágrimas con una mano sucia.

—Erika, las piedras de mi isla tienen caracolitos, pero no en su interior. Los caracoles viven entre ellas, al lado del mar. Y el mar sube, y baja, pero nunca se va del todo, se queda junto a ellos.

—Yo nunca he visto el mar. Me gustaría verlo.

Éric suspiró.

—Vámonos, nena. Estás muy cansada. Te llevaré en brazos —dijo, intentando levantarse.

—¿Me llevarás a la isla de los caracoles?

La isla de los caracoles. Los pies descalzos sintiendo el agradable calor de la arena. Un niño sin madre cuya única compañía son los tres o cuatro perros que vagan por las calles del pueblo.

Éric la dejó a un lado, se levantó y la volvió a tomar en brazos. Ella apoyó la cabeza en uno de sus hombros.

—Duérmete, Erika. Nos vamos a casa.

Éric no notaba el peso de la niña en sus brazos. La tenía con él, y eso era lo que importaba. La abrazó fuerte y juntos regresaron a casa.

Ari y Fabien habían colocado dos sillas al lado de la ventana de la cocina. Fabien no había dejado ni un instante de mirar afuera, y Ari no había podido porque las lágrimas no se lo permitían.

—Mujer, deje de llorar. Se va a secar.

225

Pero ella movía la cabeza y seguía limpiándose los ojos con el pañuelo, y luego con el paño de cocina, y luego con el delantal.

—Venga, venga. Haremos una manzanilla. —Fabien se preocupó por ella, parecía muy afectada. Pero no sabía dónde guardaba la tetera, ni el bote de cerámica con las pequeñas flores de corazón amarillo. Comenzó a abrir armario tras armario, sin atinar con nada de lo que necesitaba. Así que regresó a la silla de nuevo y puso una mano temblorosa en su brazo, intentando consolarla.

—La encontrará. Seguro.

Pero la noche iba pasando. La luna desapareció, asustada por un brillante y naranja Marte. Ari de vez en cuando seguía llorando, otras se entretenía viendo cómo Fabien pugnaba por no quedarse dormido. Su cabeza se inclinaba a veces sobre su pecho, a veces hacia atrás, buscando un apoyo que no tenía, y de vez en cuando se sobresaltaba con un inesperado ronquido.

Decidió abrir la ventana un momento, un poco de aire le

vendría bien, a pesar de los mosquitos que formaban nubes grises en torno al Sena, volviéndose inoportunos visitantes en las casas.

El aire era cálido y ya solo se veía la larga estela que deja la noche tras su paso, los últimos momentos antes del temprano amanecer de julio. París se desperezaba esperando al sol.

Y entonces, aparecieron.

Su niño, Éric, lo había conseguido. Se le escapó un sollozo que despertó a Fabien y ambos vieron cómo se aproximaban a la casa. Erika parecía dormida, abrigada por el abrazo de Éric. Y él… Hacía mucho tiempo que Ari no veía esa expresión de calma en su rostro.

—Oh, mis preciosos niños —dijo, sonriendo—. Ya están en casa. Y Éric está regresando, gracias a ella.

Cuando entraron, la niña abrió un poco los ojos. Se los frotó con el dorso de la mano y, antes de volver a dormirse, anunció:

—Papá me va a llevar a la isla de los caracoles. A ver el mar.

Fabien se quedó pálido.

—Es una gran idea —susurró—. Gara estaría encantada.

—Yo no he dicho que vaya a hacer eso —replicó Éric meciendo a la pequeña para que no volviera a despertar—. Tú y ella. La llevarás tú.

—No, yo no —respondió, demudado.

—Vamos, a descansar todos —Ari empujó con suavidad a Éric hacia los dormitorios—. No es hora de decidir nada. Éric, debes estar agotado. ¿Dónde la encontraste?

—No te lo vas a creer —ambos avanzaron por el pasillo, mientras Fabien se quedó atrás—. Estaba en el Pont des Arts, en uno de los pilares, sobre el río. No sé ni cómo la he podido sacar de allí.

—Oh, *Mon Dieu*. Por eso está llena de… de… ¿qué es? ¿Óxido? Y tú también, mi niño. Lávate un poco antes de dormir. A ella la bañaré mañana.

Ari apartó las sábanas de la cama y Éric dejó a la niña sobre ellas. Cada uno le quitó un zapato, y luego Éric la besó suavemente en la mejilla y la tapó con las sábanas, mientras Ari volvía a sacar su pañuelo aún húmedo y se secaba de nuevo las lágrimas con él.

—No llores, Ari. Todo está bien.

—Por eso, por eso lloro —dijo ella—. Os veo, y estoy tan contenta…

Se abrazó a él, su niño que volvía, y él la rodeó con sus brazos y la dejó allí.

—Debes, Éric —afirmó con voz temblorosa—. Debes ir con ella a Lanzarote. Regresa y acaba de buscarte allí. Ella te guiará. Los niños siempre nos guían.

227

# 33

## Siguiendo el camino de los caracoles

*París, septiembre de 1923*

—*E*ntonces, hecho. Oh, joder, cuánto me alegro, llevo años rogando por esto. No me lo puedo creer. Brindemos por ello.

Jean se levantó del sofá para sacar una botella del exquisito Merlot que siempre guardaba en el mueble del salón, y le tendió una copa a Éric.

Hélène entró en la estancia. El vestido claro que tanto le gustaba comenzaba a quedarle demasiado ajustado en torno a su vientre. Por fin, después de varios años deseándolo, estaba embarazada.

—Hola, cielo —Jean se acercó a ella y la besó en la mejilla—. Siéntate. Tenemos algo que decirte.

—¿Qué tal estas, Éric? Me alegro de verte. Tienes muy buen aspecto.

—Está tan bien que por fin se ha decidido. Vamos a ampliar la consulta, ya sabes que el piso contiguo estaba en venta.

—Éric, ¿vas a trabajar con mi marido? ¡Eso es estupendo!

—Parece que sí —respondió Éric, sonriendo.

—Éric acaba de formalizar la compra —aclaró Jean—. Seremos socios.

—Me alegro mucho. Jean lo estaba deseando, ya lo sabes. ¿Cómo está Erika? —dijo ella.

—Solo piensa en el viaje. Todavía nos queda una semana y ya no duerme por las noches.

—Y tú, ¿cómo lo llevas?

—Organizando.

Organizando. Así no pensaba en lo que se podría encontrar en la isla de los caracoles, como la llamaba Erika. Lo hacía por ella. Para que no echara tanto de menos su casa, para que se acostumbrara a él y a la ausencia de su madre.

Había decidido dejar el trabajo en el hospital y a su vuelta iniciar la colaboración que hacía tiempo que le pedía su amigo. Y se llevaba a Pauline. Viajaría con ellos para que le ayudara con la niña, y cuando volvieran a París les echaría una mano en la consulta. Un plan perfecto. Salvo por el miedo. Y por su padre. Se arrastraba por la casa como una lombriz fuera de la tierra, o se encerraba en la biblioteca y perdía la mirada a lo lejos. De vez en cuando se le oía murmurar, Gara, Gara. Podían haber sacado otro pasaje para él, pero cuando Éric se lo proponía, se ponía pálido, negaba con la cabeza y huía a esconderse donde fuera.

—¿Tú cómo te encuentras? Ya estás de... mmm... ¿casi veinte semanas?

—Diecinueve semanas y dos días, según Jean, que dice saberlo todo sobre este bebé. Va a ser niño, rubio, y médico. ¿Qué te parece?

Éric rio antes de acabarse el líquido bermejo de su copa.

—Estupendo. Lo de niño y rubio lo veremos pronto, para lo otro, habrá que esperar un poco más. Os dejo —anunció, levantándose y dirigiéndose a la puerta—. La niña me espera, está con Pauline en el Jardín de Luxemburgo. Iremos a pasear por las riberas del Sena. La fascina el agua. Va a ser increíble cuando vea el mar.

—Nos vemos a tu vuelta, Éric. Tómate el tiempo que necesites —dijo Jean, acompañándolo a la puerta—. El local ya lo tenemos.

Los dos se abrazaron.

—Adiós, Hélène. Cuida a tu mujer, Jean. Es tan buena que no te la mereces.

—Lo hago. Disfruta del viaje.

Éric bajó la escalera. Ahí estaba. Su futuro. A un lado, la

consulta de Jean, y al otro, la recién adquirida vivienda, que a su vuelta reformarían. Aún, de vez en cuando, le costaba. Todavía esos soldados sin piernas lo acompañaban donde quiera que iba. Pero había recuperado la confianza. Podía hacerlo y, como antes, era bueno haciéndolo.

Pauline se había trasladado a una de las habitaciones vacías de la casa de la Île Saint-Louis. Desde entonces parecía que el tiempo para ella transcurría al revés. Volvía a ser una niña de nuevo. Se sentaba en el suelo con Erika y ambas jugaban con las muñecas, o corrían por la casa la una tras la otra, o escuchaban las historias del abuelo Fabien sin quitarle ojo, con la boca abierta. En esos momentos él también parecía joven, un pirata de pelo plateado y ojos azules que hablaba de islas que nacían del vientre del mar, formando cuevas oscuras y calientes donde habitaban los dragones.

230 Pero cuando las páginas de su boca se cerraban, Fabien volvía a su habitación, se sentaba delante de la ventana y pensaba en Gara. En ella y en su cobardía a lo largo de todos esos años. Ojalá hubiera podido traerla a París. Ojalá se hubiera atrevido a contárselo todo a Éric. Ojalá tuviera la suficiente determinación como para comprar otro pasaje, llegar a la isla, tomarla de la cintura y unir esos preciosos labios con los suyos de nuevo. Qué importaba la edad.

En lugar de eso se quedaba en su habitación mirando París a través de la ventana, soportando a los escorpiones del miedo, que le hundían sus aguijones negros en el vientre una y otra vez. Y no encontraba la manera de librarse de ellos.

El Jardín de Luxemburgo era una isla en medio de París, una isla donde siempre era verano, un refugio para todos los colores menos para el gris de los edificios. Aunque ya comenzaba septiembre, en el estanque se reflejaban los tonos de un cielo cambiante. Azul, blanco, azul. Como Éric. Alternaba la esperanza con el rechazo. Sí, quería ir, lo haría por la niña. Pero no. No quería conocer a aquella madre ausente, no quería regresar a ¿Arrieta? Le costaba recordar el nombre, para ver las calles de arena donde intentaba dibujar su nombre con un palito, o a aquel mar donde huía para que nadie lo viera llorar, porque los hombres no lloran. Debía haber ido su padre con la niña. A ver si así dejaba de murmurar el nombre de aquella mujer por todas las esquinas de la casa, después de tantos años callándolo.

Ahí estaban. Erika, riendo, tiraba las pocas piedras que podía encontrar al estanque, y Pauline, a su lado, miraba cómo las ondas se extendían por la superficie del agua, se multiplicaban y llegaban a todas partes. Ari estaba sentada en el banco de enfrente, bajo la sombra de una enorme palmera, sonriendo. Él también sonrió. No podía hacer otra cosa.

La niña llevaba pantalones. Desde su escapada, pocas veces podían convencerla para que se pusiera un vestido cuando salía a la calle. Al menos, ya no pensaba en regresar a Épernay. Ahora solo miraba adelante, al barco que los cargaría en su vientre para llevarlos a aquella isla de piedra, agua y caracoles.

—¡Papá! —La niña, al verlo, corrió hacia él y se le abrazó a la cintura.

—Erika, hola. ¿Qué estás haciendo? —preguntó, acariciándole el cabello.

—Dibujo caracoles en el estanque. Las piedras los dibujan. ¿Por qué las piedras y los caracoles se quieren tanto?

Éric miró a las cuatro nubes que trazaban sombras sobre la plaza y el estanque y el parque y la ciudad. Blanco, azul, blanco. Luz, oscuridad.

—No lo sé. Quizás es que son lo mismo.

—A veces sí. A veces los caracoles son piedras —dijo la niña.

—A veces son piedras y están en nuestro pasado, como un lastre de fósiles del que no nos podemos librar —murmuró Éric—. Los vivos están delante, en el futuro. Y no nos atrevemos a seguir su camino, a pesar de lo lentos que van. Vamos, Erika. Hagamos el equipaje. Sigamos adelante, tras el camino de los caracoles.

# 34

## Algo pendiente

*Épernay, septiembre de 1923*

Aquellos tres baúles de color cuero con sus bruñidos cierres metálicos ya estaban preparados para embarcar. Pero Éric no. Antes de viajar, le quedaba algo pendiente. Una promesa de regresar cada año que aún no había cumplido.

Iría solo. Tras un desayuno temprano se despidió de su padre, Ari, Erika y Pauline, tomó aquella pequeña maleta de cuero negro y arrancó el Ford T. Solo eran tres o cuatro horas de viaje. Algo de tiempo, no mucho, para regresar por unos días a aquel pueblo de creta blanca con el corazón lleno de secretos.

En Épernay todo seguía igual. La iglesia de la plaza miraba aquel cielo tan azul rodeada por los mismos árboles. Nada había cambiado en ese año y medio, los días se habían sucedido con la misma calma con la que caen las hojas de las vides en otoño, poco a poco, sin que nadie se diera cuenta.

Solo él era diferente.

No se veía a nadie en el pueblo. Ni tan siquiera al abuelo André. Pero un olor dulce se había posado sobre cada piedra, sobre cada segundo. Era época de vendimia, que ese año venía temprana.

Éric tomó su maleta y dirigió sus pasos, igual que entonces, hacia La Cloche. Volvería a ver a Alice, Adrien y la pequeña

Beatrice. Se aseguraría de que todo iba bien antes de emprender su viaje, el largo, el de verdad. El que lo llevaría hacia lo que él era, hacia su origen. Tenía miedo, sí. Pero ya era inevitable.

El toldo que daba sombra a la puerta de La Cloche ya no era gris. Lo había sustituido un alegre color verde. Apoyó la mano en el pomo de la puerta y empujó.

No había cambiado nada. Aunque las mesas estaban vacías. Y tras la barra, no estaba Alice, ni Adrien. Una muchacha joven pasaba con rapidez una bayeta por la barra, que ya de por sí brillaba. Tenía los ojos pequeños y oscuros, como los de un ratoncillo.

—Buenos días, caballero, ¿desea algo? —dijo el ratoncillo con su voz aguda.

—¿Quién eres tú? —preguntó Éric sin poderlo evitar, preocupado—. Ejem, sí. Un café crème, por favor.

Todo estaba igual. La pequeña cafetera. La puerta que daba a la cocina, el fuego, la silla de madera, las flores de tilo sobre la chimenea. Solo faltaban ellos. Y aquel año y medio, que había desaparecido, y algunas heridas, que habían ido cambiando y ahora ya incluso a veces le dejaban respirar. No como entonces.

—¿Dónde están? —preguntó—. ¿Dónde está madame Vien?

—Ah, sí, madame Vien.

El ratoncito tomó de nuevo la bayeta y comenzó a secar unas cuantas cucharitas de café.

—Madame Vien se ha ido —respondió con seriedad.

—¿Cómo ido? —A Éric se le encogió el corazón—. ¿A dónde?

—A vendimiar, a dónde va a ser. Todos están en las vides. Hacen falta mil manos para tantas uvas. Cuando atardezca bajarán todos a la vez y habrá que darles de cenar. Estoy muy ocupada.

Éric no sabía si mirarla con enfado o con alivio. Por un momento había pensado que aquel año y medio se había llevado algo más, algo que no se podía sustituir.

Un sonido salió de detrás de la puerta de la cocina.

—¡Mamá! ¡Lili!

—Ya está Beatrice despierta —dijo el ratoncillo, posando la bayeta y dirigiéndose a la cocina—. Holaaa Bibii, estoy aquí.

233

Éric escuchó una risa de niña y sin saber cómo notó un tirón en sus pantalones.

—Ehhh —dijo Beatrice, sonriendo y volviendo a tirar de sus pantalones.

—Vaya, mira lo que tengo aquí. —Éric se agachó y tomó en brazos a la pequeña.

—No la encuentro —dijo el ratoncillo desde la cocina—. Bibi, ¿dónde estás?

No pesaba nada. Esa niña de ojos alegres se reía en sus brazos e intentaba cogerle el sombrero con sus manos pequeñas y un poco sucias. Éric sonrió.

—No se preocupe —dijo, en voz alta—. Está aquí conmigo. Vaya, Beatrice. Has crecido mucho. Estás muy guapa.

—Ehhh —repitió ella—. Lili.

Parecía que el ratoncillo se llamaba Lili. Y estaba algo apurada, viniendo hacia ellos deprisa desde la cocina. Se había puesto colorada.

—Perdone, señor, perdone. No volverá a pasar.

Tomó a la niña de los brazos de Éric. Ella enseguida quiso volver al suelo y comenzó a corretear con su bamboleante andar entre las mesas vacías.

—No para, no para. Perdone.

—No se preocupe, ¿Lili? Dígame, ¿hay alguna habitación libre?

—No, señor, lo siento, es época de vendimia. Acaba de empezar, ¿sabe?

Vaya. Eso sí que era un contratiempo. Igual tenía que dormir en el Ford T.

Ninguno de ellos se había dado cuenta. Alice había abierto la puerta de La Cloche y al ver a la niña en brazos de aquel hombre, se había quedado parada. Hasta que escuchó su voz. Era él. Éric había vuelto. Sonrió y le observó en silencio. Parecía más relajado, más… ¿feliz?

—¡Mamááá!

La niña la había descubierto. Solía bajar del viñedo a media mañana para amamantarla.

—Para este hombre siempre habrá alojamiento en La Cloche. —Alice tomó a la niña, se acercó a Éric y le abrazó—. No hemos vuelto a alquilar tu habitación. Está ahí para ti.

El calor de finales del verano, ese calor aromático y dulce, entró en La Cloche y se coló en el corazón de Éric, haciéndolo sonreír de nuevo. Abrazó a la mujer y a la niña. Alice olía a tierra y a uva madura.

—Gracias.

—Adrien también se alegrará mucho cuando te vea.


Había caído la noche. Tras atender a los clientes, habían cenado en el patio trasero de la casa, al lado del huerto. Beatrice dormía en el regazo de su madre. Adrien se había convertido en un muchacho alto de voz cambiante y algo ronca.

—Me alegra mucho lo de tu hija, Éric. Y gracias por venir. Ya pensaba que te habías olvidado de nosotros.

—Mamá, ya te decía yo que eso no era verdad. Lo sabía, yo lo sabía —repetía Adrien sin parar—. Yo lo sabía.

—Hay cosas que no se pueden olvidar. Que son importantes —matizó Éric—. No podía partir a Lanzarote sin saber nada de vosotros.

—Pues ya ves. Por aquí todo sigue igual. —Alice acariciaba la mano de Beatrice—. Parece que la cosa se anima, tenemos más clientes y aprovechamos la vendimia para trabajar y ahorrar algo de dinero. Incluso me sale a cuenta que Lili venga unas horas y me ayude con la niña.

—¿Te vas a Lanza… Lanza…? —preguntó Adrien.

—Lanzarote, sí.

—¿Y eso dónde está? —preguntó Alice.

—Al sur. Frente a la costa de África. Se tarda casi una semana en llegar, en barco.

—¿Y qué se te ha perdido a ti en África?

Eso mismo pensaba él. No se le había perdido nada allí. ¿O sí?

Solo siete años.

Miró a Beatrice, dormida feliz en el regazo de Alice. No recordaba ni un solo momento con su madre como aquel.

Sus únicos abrazos eran los que recibía del mar.

¿Qué iba a buscar?

La tibia noche de Épernay los envolvía, silenciosa como un sudario. Algunas nubes cubrían una luna creciente que se acer-

235

caba a morir al horizonte. Pronto cambiaría aquel cielo por un cielo casi tropical cuyos límites se desdibujarían en el agua del océano. No quería.

—Joder, Éric, ya estás otra vez con esa cara de vinagre —exclamó Alice—. Con lo bien que te veía. Ojalá pudiera yo ir a Lanzarote. Seguro que es un sitio precioso.

Éric volvió a sonreír. Esa mujer tenía el don de ver lo bueno de las cosas, fueran las que fueran.

—No lo sé. No me acuerdo.

No quería acordarse.

—Decidme… ¿Cómo sigue el abuelo André?

Alice y su hijo se miraron.

—No empieces, Adrien —dijo ella, seria—. Pues… Sería en junio, creo. Cerca del solsticio. Dicen que fue caminando hacia el Marne. Que quizá tropezó. La cosa es que no se sabe.

—No le hagas caso, Éric —Adrien asentía con la cabeza—. Yo lo sé. Se transformó en árbol. Me lo contó antes de irse. Me dijo: me voy a ir, a mi sitio, al lado de los fresnos de la ribera del Marne. Y entonces apareció ese árbol, y el otro pequeño pegado a él, con forma de perrito. Antes no estaban, mamá.

A Éric se le humedecieron los ojos. Sí, estaba claro. André había vuelto a la tierra, al lado del eterno murmullo del Marne. Esos ojos grises que veían más que los de cualquiera ahora eran de madera, inmóviles bajo el abrazo del cielo. Mirarían al horizonte y a sus colinas amadas, y el tiempo ya no contaría para ellos. El abuelo André sería eterno, su historia se narraría en cada poda y en cada vendimia. Él había echado sus raíces donde pertenecía. En el *terroir*.

A Adrien se le cerraban los ojos. Terminó por apoyar los brazos en la mesa, reclinar la cabeza sobre ellos y quedarse dormido.

—Estáis cansados. La vendimia debe ser dura.

—Acabamos de empezar. Te lo contaré de aquí a dos semanas.

—Alice…

—Dime.

—Ojalá no estuvieras sola. Te mereces a alguien que cuide de ti.

—¿Te parece que estoy sola? —ella rio—. Nunca estoy sola. No me vendría mal un poco de soledad a veces.

—Ya sabes a qué me refiero.

—No necesito nada, Éric. Tengo a Adrien, a Beatrice. Me gano bien la vida. En estos tiempos, no puedo pedir más. Los hombres os apañáis peor sin compañía de una mujer. ¿Ya has encontrado tú a alguien que te aguante?

Aún no se aguantaba ni él. Como para encontrar a alguien.

—Eso quedó atrás para mí.

—Eso nunca queda atrás. Cualquier día nos das una sorpresa.

Imposible.

La luna acabó por morir tras el muro oeste de La Cloche. Alice se levantó con un bostezo y dejó a Éric bajo aquellas escasas nubes de vendimia, con la compañía del aroma lejano de las colinas de creta y del vuelo silencioso de los murciélagos.

Ya estaba todo. Ya no tenía excusas para no embarcar. Solo le faltaba agarrar esa angustia que tenía en el estómago y ahogarla en las aguas del Marne, bajo las raíces de André y *Campanero*. Seguro que se reirían de él.

237

# 35

## Ojos de ámbar

*Lanzarote, septiembre de 1923*

Pauline apoyaba una mano en la barandilla de metal y con la otra asía la de Erika. La niña estaba fascinada, no podía apartar los ojos de aquel enorme mundo de agua. Éric, tras ellas, miraba cómo las figuras de su padre y de Ari desaparecían poco a poco al rolar el barco. No habían salido del puerto y ya notaba el balanceo como si el suelo se hubiera convertido en madera líquida, sin ningún apoyo seguro. Volvía atrás, a un pasado que en realidad no conocía, que no sentía como suyo. Se secó el sudor de las manos en el pantalón y se recolocó el sombrero, que quería volar en la suave brisa marina.

—Vamos —ordenó—. Visitemos nuestros camarotes.

El interior del vapor olía a madera, a vinagre y a un millar de fugaces estelas de perfumes. Había reservado un camarote para él y otro al lado para ellas. Éric las acompañó al suyo.

—Mira, papá, ¡se puede ver el mar, y el cielo, y las gaviotas! —dijo Erika asomándose por la ventana del camarote, separando un poco las cortinas azules para dejar que el sol se posara sobre la cama.

—Aquí dormiré yo, y tú si quieres duerme bajo la ventana, Erika. Así verás las estrellas —Pauline se sentó a los pies de la cama contigua—. Está blandita. Y la colcha es muy suave. No sabía que las habitaciones de los barcos fueran tan amplias.

—Bueno, no es tan amplia. Caben las dos camas, las sillas, las mesitas y poco más —contestó Éric.

—Papá, mira, ¿esto es para nosotras?

—Claro. Es la sala —dijo Éric avanzando entre las dos camas y dirigiéndose a la estancia contigua—. Si no os apetece bajar al comedor, podemos pedir que nos sirvan aquí la comida.

—Yo quiero ir al comedor —dijo la niña.

—Muy bien. Comeremos en el comedor, cuando sea la hora. Descansad un rato. Voy a mi camarote.

Éric dejó a las chicas acomodándose y abrió la puerta de su camarote. Ahí estaba su equipaje, al lado de una de las estrechas literas. Una para él, la otra para nadie.

Pero no.

Esos baúles forrados de azul no eran suyos.

Éric miró de nuevo el número de su camarote. Sí, era correcto. Volvió a entrar, dejó el sombrero sobre una de las literas y se acercó para ver si había algún nombre en aquel equipaje.

—Oiga —lo sorprendió una voz enfadada—. ¿Qué hace usted en mi camarote, con mis baúles?

—No, perdone —dijo, girándose hacia la voz—, pero es usted la que…

No supo qué fue lo que le dejó sin palabras.

No era pelirroja, pero su cabello recogido en un moño tenía reflejos rojizos, como sus indignados ojos de ámbar.

Tampoco era especialmente hermosa, pero la línea de su rostro le recordaba la suavidad de las colinas de Épernay.

No era tan alta como él, pero podía mirarlo a los ojos y dejarlo allí, parado, sin saber qué decir.

—Vamos. Váyase o avisaré al sobrecargo —dijo la dama, señalando al pasillo y haciendo un gesto con la cabeza.

El vestido verde dejaba asomar parte de su brazo, y deseó pasar los dedos por su piel, caminarla entera, conocer a qué podía oler aquel cuello apenas tostado por el sol. Suspiró para quitarse esos pensamientos de la cabeza, qué absurdo, después de tanto tiempo sentirse atraído por una desconocida. Joder, eso era nuevo para él. Cruzó los brazos sobre su pecho y respondió:

—Vamos. Avíselo. ¿No ha pensado que quizás es usted la que está confundida? Mire el número del camarote.

—Oiga, esos son mis baúles. He visto cómo los metían aquí.

—En eso estamos de acuerdo. Los míos no son. Quizás es el camarero el equivocado. De todas formas, si quiere puede pasar, tengo una cama libre —dijo con ironía, señalando la cama de hierro forjado—. Es usted bienvenida.

—Vaya, veo que no tiene vergüenza —dijo ella a la vez que salía de nuevo al pasillo y cerraba la puerta de color crema para comprobar el número del camarote.

La puerta tardó un poco en volverse a abrir para mostrar de nuevo el vestido verde que se ceñía en torno a unas caderas, unos pechos y una cara levemente ruborizada.

—Bien, sí, debo disculparme. Es cierto que este no es mi camarote —dijo de forma resuelta—. Pero a usted eso no le da derecho a ser tan grosero.

—Disculpe, pero usted es la grosera —Éric no sabía qué le empujaba a comportarse así—. Ocupa mi camarote y viene quejándose. Llame al sobrecargo y saque sus baúles de aquí.

Ella lo recorrió con la fría cólera de sus ojos. Se fijó en su oscuro cabello, en la cicatriz sobre la ceja, en la expresión seria de su rostro. En su bien cortado traje de color gris. En el sombrero que descansaba sobre la litera. Cómo un hombre tan guapo podía ser tan imbécil.

—Muy bien —dijo ella—. Quédese en su precioso camarote con su preciosa soledad. Enseguida vendrán a por mi equipaje, no se preocupe. Espero no verlo demasiado a menudo en la semanita de viaje que nos queda.

El hueco de la puerta dejó de enmarcar aquella silueta y se quedó desolado, echándola de menos.

Al cabo de un rato, un mozo cargó los baúles azules, cambiándolos por las dos maletas de cuero de Éric.

—Aquí tiene su equipaje, y perdone, señor.

—No se preocupe.

—Es que confundí el 12 de mademoiselle Marvingt con el 21 suyo. Lo siento.

—¿Cómo dice que se llama la señorita?

—Eve Marvingt.

240

—Ah. Gracias.

Éric conocía a una Marvingt. Se llamaba Marie,[25] y la apodaban la novia del peligro. Pilotaba aviones en el cielo negro de la guerra. Tenía los ojos rasgados y siempre quería sonreír, pero solo lo lograba cuando se acomodaba en su asiento de piloto, se colocaba las gafas y encendía el contacto. Entonces sí sonreía.

El número 12. Tendría que pasar por delante de su camarote para desayunar, comer, tomar el aire en cubierta, cualquier cosa.

Pero daba igual. No pensaría en ella. Ni en la expresión irónica de sus labios, ni en esa voz que, a pesar de su enfado, acariciaba.

Se asearía un poco y luego iría a comer, con Pauline y su hija.


—Creo que es por el movimiento del barco, Éric. Ahora se nota mucho. Yo también estoy algo mareada —dijo Pauline, pálida, sentándose en su cama.

—Sí. Es normal. Hasta que nos acostumbremos. Si no te encuentras bien, acuéstate un rato. Pediré unas infusiones.

La niña vomitaba en una palangana de porcelana blanca. Éric la había examinado y todo parecía deberse al balanceo del barco, que a cada minuto se notaba más. Suerte que a él no le afectaba.

—Si quieres vomitar, debes tener una bacinilla por aquí. —Éric miró bajo la cama y una arañita se escondió deprisa tras una de sus patas de metal—. Aquí está.

—Uf. No, aún no, pero déjamela a mano —rogó Pauline.

—Papá… Yo quería ir al comedor, quería verlo.

—No llores, cielo. Vamos a pasar una semana en este barco. Tendremos tiempo de ir al comedor muchas veces.


25. Marie Marvingt (1875-1963), deportista y aviadora, fue la primera mujer piloto de combate durante la Gran Guerra e impulsó la construcción de ambulancias aéreas. Continuó pilotando hasta su muerte, con 88 años.

—¿Una semana?

—Casi. Pero te pondrás bien y podremos dar paseos por cubierta, y comer pasteles, y ver cómo la luna nace del mar.

Erika no pudo responder. Volvió a vomitar. Éric le puso la mano en la frente y le retiró el cabello para que no se le manchara, mientras Pauline cogía la bacinilla con rapidez y hundía la cara en ella.

La primera noche se perdió por la ventana abierta del camarote de las chicas, entre mareos, sábanas de color crema y el suave olor a menta de las infusiones.

La segunda noche, ellas dormían. Parecía que se iban acostumbrando al runrún constante del motor del barco, al calor húmedo, al suelo de agua. Al menos, habían podido cenar.

Éric decidió que esa noche sí dormiría en su camarote. Quizás en sueños podría huir del barco, de aquella maldita isla y de esa sombra que decía ser su madre. Pero antes necesitaba tomar el aire. Así que pasó por delante del camarote número 21. Al llegar al 12 se detuvo un instante. No se oía ningún sonido procedente del interior. La imaginó acostada, sin ese vestido verde, con el cabello suelto sobre la almohada y los labios entreabiertos, soñando con quién sabe qué.

—Vamos, Éric —murmuró, negando con la cabeza—. No seas absurdo.

El mar estaba tranquilo, el barco apenas subía y bajaba sobre su negrura. Aún la luna no trazaba ningún camino en el océano, solo el extraño esqueleto de la Vía Láctea sujetaba la noche y mantenía al barco rumbo al sur.

Éric apoyó los brazos en la fría barandilla de cubierta. Cómo olía el aire. Aspiró profundamente intentando no recordar aquella barca de color verde que se perdía en el mar de Arrieta cada mañana. En algunas ocasiones, él también partía acurrucado en el fondo húmedo que apestaba a pescado. En pocas, porque sus padrinos tenían miedo de que le pasara algo y se quedaran sin el dinero que la señora les pagaba por guardarlo. No pensaba viajar a Arrieta. Si por él fuera, no saldría del hotel. Pero Fabien había concienciado bien a la pequeña. «Vas a conocer a tu abuela», le decía. «Ya verás cómo se parece a ti». Y le hablaba de una gran casa con las paredes construidas en roca de volcán y de un raro árbol con pequeñas flores blancas que daba sombra a la puerta. Y de los estilizados molinos que volvían gofio la cebada. Y de una isla que nació del fuego, una isla hecha de piedra negra, de sangre, de los frutos de la higuera y de los finos esqueletos de los peces, y de las blancas osamentas de las camellas. Y de una gente que sonríe cuando el cielo llora, y ama esas piedras negras y yermas, y es capaz de vivir y soñar entre sus escasos resquicios. «Así de valientes son, lagartija —le decía—. Como tú».

La fría brisa nocturna trajo a Éric de nuevo a la realidad. Se metió las manos en los bolsillos del pantalón y se giró para dirigirse por la cubierta de proa de regreso a su camarote. Pero se sobresaltó al ver una figura que, como él, se apoyaba en la barandilla y miraba la negrura de la noche.

Al principio no supo ubicarla, pero a medida que se acercaba, se dio cuenta. Era ella, Eve Marvingt. Quién sabía cuánto tiempo llevaría ahí, quizá lo había estado observando. Quizá no, seguro. Con el pelo suelto sobre los hombros. Abrigada con un jersey color vainilla. Y pantalones.

243

Unos pantalones claros se ceñían a las caderas de Eve Marvingt. Acariciaban esas piernas que parecían no acabarse nunca. Cómo podía sentarle tan bien una prenda masculina como aquella. Porque las mujeres no solían llevar pantalones, solo en algunos trabajos, y durante la guerra. La otra Marvingt, María, sí los llevaba. Pero no se parecían a esos. Éric imaginó cómo sería desabrochar ese botón, rozar apenas con los dedos la piel de la cintura y mirar cómo los pantalones se iban deslizando poco a poco hasta el suelo, dejando que la brisa del mar acariciara primero los muslos, luego toda la longitud de las piernas.

Pero por qué con esa mujer delante no era capaz de controlar sus pensamientos. Éric apretó los puños y se clavó las uñas en las palmas de las manos, a ver si así dejaba de imaginar barbaridades. Joder, era increíble. Ya la tenía delante y aún no había conseguido borrar de su cara esa boba expresión de sorpresa.

—Oiga, no diga nada —dijo ella malinterpretando su gesto—. Si no le gusta se calla y se va.

—Me gusta, me gusta.

¿Realmente lo había dicho en voz alta? Carraspeó para aclararse la voz e intentar pensar un poco con claridad.

—Digo… Sí. Me voy. Creo que pronto saldrá la luna y no quiero estar aquí para verlo.

Éric, maldiciendo, caminó deprisa hasta su camarote.

Ella quedó atrás, apoyada en la barandilla, mirando cómo se alejaba aquel hombre de mirada triste. A su pesar, había algo de él que la atraía. Pero no quería nada con nadie, no todavía. No después de lo de Pierre.

Éric, tumbado sobre la colcha de hilo de la litera, notaba cómo se le clavaba en el brazo derecho el panel lateral que todas las camas de barco tenían por si la mar se ponía brava. Esa mujer, Eve. Se ponía pantalones y salía a deambular por la cubierta de noche, cuando la nave casi parecía perdida en el vacío. Y aun así no tenía miedo.

244

Ya salía la luna, una luna menguante y empapada que temía no ser capaz de elevarse del agua. Éric la veía luchar contra las olas desde la ventana del camarote, peleaba con ellas, cuando parecía que emergía, la volvían a atrapar de nuevo.

Al fin y al cabo, solo era una luna pálida y pequeña frente al enorme océano, y aun así, consiguió ganar.

## 36

## Eve

*Océano Atlántico, septiembre de 1923*

Éric logró conciliar el sueño cuando las pocas nubes que velaban el cielo por el este se tiñeron de naranja. Al cabo de un rato, dos figuras se detuvieron delante de su puerta.

—No sé si llamar —dijo Pauline—. Me da la sensación de que tu padre está durmiendo.

—Pues se va a perder el desayuno. Qué dormilón. Llama despacito a ver.

—Ayer casi no durmió. Nos estaba cuidando. Así que hoy estará cansado. Vamos tú y yo a desayunar, si se despierta y ve que no estamos seguro que irá al comedor.

—Vale.

Pauline tomó a la niña de la mano y ambas caminaron por el largo pasillo que conducía al comedor de proa, el de primera clase.

—Es muy bonito, Pau —dijo Erika al entrar, mirando asombrada la estancia—. Hay cuadros. Y flores sobre la mesa.

—Son de tela. Qué preciosidad.

La niña soltó la mano de Pauline y se dirigió a una de las mesas cercanas a las ventanas de babor. Una que estaba ocupada por una mujer que vestía de modo extraño.

—Ohhh… —dijo, parada frente a ella, mirándola con admiración.

Ella dejó de pelar una manzana de color amarillo y la depositó con cuidado en un platillo de borde dorado. La observó, incapaz de discernir si esa criatura era un niño con pelo largo o una niña con pantalones. Optó por preguntar.

—Hola. ¿Cómo se llama usted?

—Erika, me llamo Erika.

¿Una niña con pantalones? La otra opción le hubiera extrañado mucho menos. Era extraordinario, y seguro que merecía la pena conocerla y conocer a los padres que permitían tal cosa fuera de lo común.

—¿Quiere usted sentarse a desayunar conmigo? —preguntó indicando una de las sillas vacías con las que compartía mesa.

La niña corrió hacia Pauline, la tomó de la mano y le susurró:

—Mira, Pau, lleva pantalones, como yo. Vamos a desayunar con ella.

—No podemos, es una desconocida.

—Me lo ha dicho. Me ha dicho: ¿Quiere sentarse? Sí que quiero, Pau, por favor.

Erika arrastró a Pauline hacia la mesa de Eve Marvingt.

—Buenos días —dijo Pauline, de pie frente a ella—. Perdone si la niña la ha molestado.

—No puede molestarme. ¿No ve que es de mi bando? Viste como yo. Siéntense, por favor. Seremos las dos únicas mujeres en el barco vestidas con pantalones. Observe cómo nos miran. Como si no hubiera cosas peores en el mundo.

Pauline miró alrededor, ruborizándose. Era cierto. Todas esas miradas, algunas furtivas, otras descaradas, de mujeres con sus collares de perlas y sus sombreros, o de hombres con sus elegantes trajes. Miraban y luego cuchicheaban entre ellos. Y sí, ella sabía que había cosas peores. Vaya si lo sabía.

—Pau, son muy cómodos. Deberías probar. Corres más y para escalar es mejor.

—Deja lo de escalar, Erika, no me lo recuerdes. —Pau puso los ojos en blanco.

—Pues claro que es mejor —afirmó Eve—. Y lo mejor de todo es poder elegir. Ya veo que usted lo hace, y hay que ser valiente para ello. Me llamo Eve —dijo extendiendo la mano hacia la niña, que se la estrechó de forma solemne—. Estoy encantada de conocerla.

—El placer es mío, señorita Eve.

—Le enseña usted buenos modales. —Eve rio, mirando a Pau—. Es fantástico que le permita vestir así. No es habitual hoy en día.

—Yo…

—¿A dónde va usted, Eve? — Erika la miraba con curiosidad—. Nosotros vamos a la isla de mi abuela.

Eve volvió a reír.

—Yo voy en busca de aventuras. Puede ser que nuestro destino sea el mismo: Lanzarote.

Erika miró a Pauline, interrogativa.

—Sí —afirmó Pau—. Vamos a Lanzarote.

—¡Qué bien! Quizá pueda usted venir conmigo a buscar caracoles. Mi papá dice que hay muchos entre las rocas del mar. Como lleva pantalones, no le costará. Podemos ir los tres.

—¿Le gustan los caracoles? Pero allí no se llaman caracoles. Si son de tierra los llaman chuchangos. A los de mar, burgaos.

—¿Ya ha estado usted allí? —preguntó Pauline.

—Sí, tras la guerra.

—Mi papá también estuvo en la guerra.

—Todos estuvimos —matizó Pauline.

Ninguna se percató de que Éric entraba en el comedor. Se quedó parado al lado de la puerta, con la mano aún en el pomo de metal, mirando a las dos damas con pantalón y a la tercera del vestido rosa que las acompañaba, y al camarero que les estaba sirviendo el desayuno.

—De dónde habrán salido —comentaba el señor de la mesa más cercana a la entrada, que parecía haberse limpiado la boca en la corbata, de tan llena de grasa como estaba.

—Serán extranjeras. De América —le respondió la que parecía su mujer—. Si no, no se entiende.

—En América las mujeres saben cuál es su sitio también. Deben ser de más lejos. De Australia por lo menos.

—Este mundo está desquiciado. Qué no veremos.

—¿Quiere tomar asiento, señor? —Un camarero señalaba la mesa frente a Éric.

—Sí, claro. En aquella mesa —dijo, dirigiéndose hacia ellas.

Eve. Eve y ese pelo que formaba ondas en torno a su rostro. Eve y su blusa blanca y sus pantalones color vainilla, y sus zapatos de tacón. ¿Por qué le resultaba tan erótico? Estuvo a punto de darse la vuelta y regresar a su camarote. Pedir que le sirvieran allí el desayuno y dejar de mirar esa nuca y esas manos que sostenían una servilleta blanca apenas manchada de carmín. Eve.

—¡Papá! Ya te has despertado, ¡qué bien!

—Mmm. Sí —carraspeó Éric, sin saber qué decir.

Eve se levantó y se quedó frente a él, sonriendo de forma irónica.

—No sé por qué pero creo que no podía ser de otra manera —afirmó.

—Mi papá se llama Éric.

—Ya nos conocemos, Erika —dijo él—. Por favor, siéntese. Aún no ha terminado.

A Eve se le había pasado el hambre. Era él, y permitía que su hija vistiera como quisiera, como un muchacho, un muchacho libre para correr donde le diera la gana, no tenía que comportarse como una damita, tomar la taza de chocolate con dos dedos y quedarse quieta y callada para no molestar. Él, ese hombre. Ahora lo tenía frente a ella y solo pensaba en cómo sería sentir en su mejilla el tacto de sus labios. Posó su mirada en Erika, y luego en la otra, esa pelirroja con cara de niña, su mujer. Estaba casado y tenía una hija. Qué desilusión.

—No, gracias. No quiero molestarles. Tengo algo de prisa.

—Siéntese, por favor —susurró él.

—Eve, no se vaya todavía —pidió Erika—. Cuénteme cosas de los caracoles.

Eve sonrió y movió la cabeza, rindiéndose. Aquella niña le gustaba.

—¿Caracoles? —preguntó Éric, sorprendido, mientras ambos tomaban asiento—. Veo que ya han estado hablando.

—Eve sabe cosas de los caracoles —dijo Erika.

—Ah, ¿sí?

—No es la primera vez que visito Lanzarote.

—¿Va usted a Lanzarote? —Éric la miró fijamente, sin poder evitarlo. Esos ojos rasgados, su expresión felina. Ese me-

248

chón de cabello que se había salido del recogido, rebelde, y que ella se empeñaba en colocar tras su oreja. Lo fascinaba.

—Sí.

Eve se sentía incómoda. Era como si los ojos de Éric la pudieran tocar. ¿Estaba cortejándola con su esposa delante? Pau, como la llamaba la niña. ¿Por qué a él parecía no importarle su presencia y seguía mirándola de esa manera? ¿Qué clase de hombre era? ¿Del estilo de Pierre, que no había dudado en pegarla cuando le dijo que no?

—Bien. Oiga… debo disculparme por lo del primer día. Quizá no me comporté como debía —comentó Éric.

—No se preocupe. Puede que yo también fuera un poco impertinente.

Porque ahí estaba la sombra de Pierre, la veía en cualquier hombre que se le pusiera delante. Y no quería volver a caer. Y lo estaba haciendo, y con uno que ya tenía esposa. ¿Cómo podía ser tan idiota?

—Sí, los caracoles —carraspeó, mirando a Erika. Se estaba poniendo nerviosa, y no quería—. Los hay de muchos tipos. Hay unos, los perritos. Esos tienen un tesoro en su interior. Una gota de tinte púrpura como algunos atardeceres sobre la isla. Lanzarote es maravillosa, se lo aseguro. Cura todos los males.

—Mi papá es médico. También cura los males. Mi mamá es bodeguera, y Ari es cocinera. ¿Y usted?

—Erika, no seamos curiosos —advirtió Éric—. Podemos molestar.

¿Bodeguera? Eve no entendió qué sentido tenía esa palabra. ¿La pelirroja que parecía una niña se encargaba de una bodega o algo así?

—Yo, en fin —no sabía cómo explicarlo—. Trabajo para el cine.

Éric alzó las cejas. No se lo esperaba.

—¿Es usted actriz?

—No, monsieur, no. ¿Sabe? me gusta mover los hilos. Soy guionista. Fui periodista, pero tras la guerra cambié de tercio.

—¿Qué es guionista? —preguntó Erika.

—Escribo las historias que las películas cuentan.

—Parece muy interesante. —Éric nunca había conocido

249

una mujer así. Ahora, qué curioso, sí le apetecía visitar Lanzarote. Mientras estuviera ella—. ¿Se va a quedar mucho tiempo en Arrecife?

—No lo sé.

Hasta que el mapa de color gris que Pierre había dibujado en su cuerpo se borrara. Hasta que olvidara sus insultos: «Zorra, cierra la boca y abre las piernas». Hasta que dejara de tener miedo de caminar por las calles de París, doblar una esquina y encontrarse con su cara, su atractiva cara. Cómo se dejó engañar así, ella, que se suponía tan lista.

Eso sí, solo fue una vez. Solo una.

No le volvería a pasar.

—Bien, les dejo. Que tengan un buen día. Adiós, Erika.

—¿La veré luego, Eve? —preguntó la niña.

—Puede ser. Estamos en el mismo barco —dijo, señalando alrededor.

Éric observó de reojo cómo se alejaba. Inalcanzable. Volátil. Si extendía la mano hacia ella desaparecería para no volver. Y lo peor era que quería hacerlo. Quería tomarla por la cintura y amarrarla a él. Como nunca antes había deseado nada. Se sentía raro, con esa extraña marea en su estómago. Y sorprendido. Tremendamente sorprendido. Creía que ya no era capaz de sentir aquello. No. Eso era absurdo. Un absurdo más en su maldita vida.

—No me lo puedo creer —comentó Pauline en voz baja, sentándose junto a él—. Te atrae. La estás mirando.

—No la conozco.

—Ya, ya, pero te atrae. Bueno, guapa guapa no es, aunque a su manera sí, y también es muy elegante, y tiene esa mirada tan… Éric, ni siquiera me escuchas.

No la escuchaba. No podía evitar pensar en sus ojos. Parecían ámbar. Un profundo océano de ámbar. Y habían reflejado de todo. Hasta miedo.

—Papá, ¿qué hacemos ahora?

La niña se había aproximado a él y le tiraba de la manga de la camisa.

—Bien, sí. Salgamos. Tomar el aire nos vendrá bien.

Y

El tercer día del viaje se perdió entre la estela blanca de espuma que el barco sembraba tras él en su camino al sur. El calor comenzaba a dejar al aire los brazos de los pasajeros, que paseaban por cubierta con el ánimo tibio por el sol. Todos menos ella.

Eve no quería salir de su camarote. Los recuerdos la mantenían aferrada a la cama y apartada de aquel hombre.

Pierre también parecía afectuoso y amable cuando lo conoció. Buscaba financiación para una película con la famosa guionista Alice Guy,[26] que acababa de regresar de Hollywood de nuevo a París. Había aprendido mucho de ella. Pero tras la guerra, las cosas estaban difíciles. Hollywood se afianzaba frente a la decadencia europea. Llamaron a múltiples puertas pero no conseguían nada. Algunos les dijeron que las mujeres ya no podían estar tras las cámaras, solo delante de ellas. Hasta que en una de aquellas puertas estaba él. Alto, fuerte y rubio como un guerrero. Con esa sonrisa que nunca se iba de su cara. Tampoco se borró cuando le dio la primera bofetada. «Quítate eso —dijo, refiriéndose a los pantalones—. Eres mía, y harás lo que yo diga». Llevaban saliendo unas semanas y era la primera vez que la veía con pantalón. Estaban en su despacho lleno de libros. Hasta entonces, Eve pensaba que un hombre que leía no podía ser malvado, pero se equivocó. La agarró del cuello, la puso contra la pared y esa sonrisa comenzó a susurrar en su oído: «Ábrete de piernas, zorra, a mí no se me dice que no».

Una mano en el cuello y la otra arrancándole la ropa, mientras ella se quedaba sin aire. Los pulmones se le rompían al mismo tiempo que él la rompía a golpes. Pero la asfixia no fue clemente. No la privó de sentir aquella mano de cuero, de piedra, de brasas, en todo su cuerpo. Las nalgas. Parecía que podía atravesar la barrera de la piel y llegar hasta el hueso. Y luego la tocó dentro. Y ella cerró los ojos para dejar de ver esa sonrisa y esa mirada azul velada por el placer que su dolor le causaba.

«Eres mía, zorra. Y harás lo que yo te diga».

—Basta, Eve —dijo en voz alta, levantándose de la cama—.

26. Alice Guy (1873-1968) fue pionera en la ficción cinematográfica y fundadora de lo que con posterioridad se consideró la producción en el cine. En su época fue muy admirada, aunque después la historia del cine escrita por manos de hombre la dejó en el olvido.

No permitas que te domine. No permitas que te venza, tú puedes. Él no es todos, él no es todos.

En realidad, ese no era un viaje, era una huida. Y sin querer se había topado con algo. Un hombre que la miraba distinto. Pero era otro cabrón. Estaba casado.

—Oh, dios. Me ahogo aquí.

Debía salir a tomar el aire. Ya era tarde, solo esperaba no cruzarse con él, Éric, lo llamó su hija.

Pero el barco era un territorio demasiado escaso.

Fue la niña la que le salió al paso.

—¡Hola! Mire, Pau y yo estamos viendo las primeras estrellas.

Hubiera querido pasear sola. Pero la imagen de la pequeña con aquellos pantalones de color marrón le hacía gracia.

—Todavía hay demasiada claridad, Erika, y además ya tenemos que ir a dormir —dijo Pauline—. Buenas noches, Eve. ¿Dando un paseo? Hay poco que hacer en este barco. Los días pasan despacio. Cuando ponga los pies en tierra firme no lo voy a creer.

Eve miró alrededor, pero él no estaba. Eso la tranquilizó.

—Ya queda menos y el mar está calmo. Mire qué belleza —Eve señaló al océano, a la pálida claridad que aún quedaba del día por el oeste.

—No había salido nunca de París.

No pegaba con él. Parecía mucho más joven. Con esa pequeña nariz salpicada de pecas y esa mirada sencilla. Él sería como de su edad y la chica apenas pasaría de los veinte.

No lo vio llegar.

—Hola, hija. ¿Todavía por aquí? —dijo Éric, acariciando el cabello de la pequeña.

Tenía que aparecer. Eve, aprovechando que Éric abrazaba a la niña, se escabulló, dirigiéndose a la popa del enorme vapor, tras recorrer toda la galería de estribor, ventana tras ventana de la línea de camarotes de primera clase. Deprisa, sin mirar atrás.

—¿Esa que se va es Eve? —preguntó—. ¿Tiene prisa?

—Aprovecha y ve tras ella —dijo Pau—. Dile algo.

—Yo no… Vamos. Es muy tarde. Os acompaño al camarote.

Qué iba a decirle. Si cuando la tenía delante no era capaz de hilvanar más de dos palabras seguidas con coherencia. Y a pesar de todo, cuando cerró la puerta del camarote 22, sus pasos lo llevaron al exterior de nuevo. Deambuló por cubierta con la esperanza de descubrir su hermoso perfil apoyado en la barandilla, su mandíbula firme, ese pelo rebelde que jugaba con el viento de poniente.

Daría la vuelta al barco entero. Hasta volver al punto de partida. Quizás así la encontraría, si seguía fuera todavía. La noche era cálida y oscura; la luna aún no había salido. Solo se oía el constante runrún del motor del barco, como un enorme corazón.

Casi pasó a su lado sin verla.

Estaba apoyada cerca de la entrada al comedor de segunda clase.

Miraba cómo la estrella del norte, la polar, se mantenía pálida en la cola de la osa.

Cuando lo vio acercarse, se sobresaltó. Por un momento, una sombra de miedo apareció en su cara. Pero la sustituyó rápido una expresión de indiferencia.

—Buenas noches —dijo él.

—Aléjese de mí, desgraciado.

Éric sintió un dolor penetrante en el hombro, como si le hubieran pegado un tiro de nuevo. ¿Eso despertaba en ella, rechazo? Se llevó la mano a la cicatriz ovalada y dio un paso atrás.

—No se preocupe —dijo, mirándola una última vez—. No la molestaré.

Siguió su camino por cubierta, apretando los puños. Maldita sea. Esa mujer que después de tanto tiempo le había puesto de nuevo el corazón en el pecho se molestaba con su sola presencia. Joder. No pensaba que fuera tan desagradable. Sí, creía que su interior estaba muerto, que ya no podía sentir, pero últimamente se estaban encargando de demostrarle que eso era de todo menos verdad. Respiró hondo el aire húmedo y salado, el suelo estaba resbaladizo, o era él que no atinaba a encontrar por dónde andar. Siempre deambulando, siempre perdiéndose, siempre entre las sombras de aquellos soldados. Y para una vez que veía la luz, era una luz fugaz que huía de su lado.

253

Eve se quedó en aquel rincón durante horas. Se fue deslizando hasta sentarse en el suelo. No le importó el viento que venía ya fresco, ni la humedad marina de la noche. Recordaba a Pierre. Podía huir de París, pero los recuerdos iban con ella, se negaban a quedarse atrás.

El brazo izquierdo estaba aprisionado tras su espalda, contra la pared. Mientras que el derecho lo sujetaba con fuerza el cuerpo musculoso de Pierre. Pero podía moverse. Arriba y abajo y más abajo hasta dar con el escritorio de madera. Él no se daba cuenta, ahondaba con los dedos en su interior, rugía cada vez más excitado, sonriendo sin dejar de repetir, como un eco ronco, «eres mía, zorra».

Y su mano buscaba y buscaba sobre la superficie lisa del escritorio algo que sirviera para aflojar esa presión de su cuello, algo que permitiera que el aire volviera a entrar por su garganta y alejara de ella el aliento caliente, las gotas de sudor de su cara de ojos azules.

Los dedos se extendían y se abrían queriendo alargarse, y se alargaron, y tocaron algo metálico y frío. En la mente de Eve surgió una palabra. Abrecartas. Tómalo, Eve, clávalo, húndelo hasta lo más profundo de su alma, donde alcances con el brazo estará bien, parece mentira, es el costado y está duro, mira cómo brota la sangre, no mires su odio, no escuches sus insultos, sus amenazas, solo corre, solo vete.

Él no murió. Tres días más tarde apareció tras las cortinas color amatista de su apartamento llamándola. Pidiéndole perdón. Rogando que saliera, que la necesitaba, que no era nada sin ella. Pero ella se quedó allí, encerrada en la cocina, sentada en una silla con las manos en los oídos hasta que se fue. Aquella misma noche hizo la maleta y se marchó a Le Havre, y esperó lo que hizo falta en la fonda hasta que pudo subirse al barco y partir.

Nunca antes había hecho daño a nadie. No olvidaba la sangre brotando. Ni su olor a sudor. Incluso bajo esa noche estrellada y húmeda en medio del océano, lo seguía teniendo encima. No podía librarse de él.

## 37

# El Puerto siempre mira al mar

*Lanzarote, septiembre de 1923*

Siempre.

Siempre mirando al mar, siempre esperando. Cada día, desde que Fabien se llevó a su hijo más allá de los volcanes. Más de una vez la tentaron esas aguas calmas del puerto, más de una vez se hubiera tirado a ellas y hubiera nadado poco a poco, una y otra y otra brazada, hasta llegar a él.

Siempre olía a cebolla en el puerto, aunque fuera septiembre.

Siempre que iba a llegar el vapor que venía de Francia, Gara iba caminando hasta el puerto, con paso firme y manos nerviosas, y paseaba bajo el quiosco de la música, entre los barriles de vino de la Geria y otras mercancías que aguardaban el embarque mecidas por los alisios, al lado de las hileras de camellos que parecían estatuas de rodillas dobladas.

Siempre lo soñaba regresando en una de esas chalupas un rato después de que el vapor anunciara su llegada con su oscura voz, un hombre de traje europeo, con sus ojos volcánicos y su cabello de basalto. Quedarían frente a frente y se mirarían durante años hasta aprenderse de nuevo.

Nunca.

Él nunca llegaba.

Hacía tiempo que ya no podía imaginar su rostro. Habría

cambiado tanto… Fabien le envió un retrato cuando cumplió los 21, pero ella lo quemó, no podía permitir que lo encontrara quien no debía. Y ese pasado agosto, aquel niño flaquito y moreno había cumplido ya los treinta y tres.

Y ella seguía acudiendo a su cita las dos veces al mes que el gran barco amarraba su alma a los oscuros basaltos del puerto.

Para nada.

Pero aquella vez era distinta. No iba solo a esperar esa parte que tuvo que dejarse arrancar. Tenía visita. Eve Marvingt, la prima de Arthur, regresaba a Lanzarote. La conoció después de aquella guerra lejana y terrible. Ella entonces era periodista y en su trabajo como corresponsal de guerra le partieron el alma y fue a curarse con ellos, bajo el abrazo del cielo color cobalto de la isla. Eve y ella congeniaron enseguida, ambas eran, a su manera, dragones. Con ese fuego dentro, con esa necesidad de volar libres. A ella le habían amputado las alas muy pronto, pero Eve miraba a todos desde las alturas, incluso tras la guerra. Y eso a ella le parecía extraordinario, y le daba esperanzas de que todo podría ir mejor.

256

Gara sonrió al reconocer a Eve desembarcando junto con otros dos o tres pasajeros. El isleño que los traía a puerto la miraba extrañado. Sería la primera vez que veía una mujer vestida con pantalones.

Eve se bajó de la barca con agilidad, hizo un gesto de despedida y miró alrededor. Se alegró al reconocer a Gara. Los años no parecían pasar por ella, continuaba con el mismo porte majestuoso de ave marina.

—Oh dios mío, Gara, ¡no has cambiado nada!

Ambas se abrazaron. Gara la notó delgada y algo pálida.

—Eve, me alegro de verte. ¿Cómo estás? ¿Cansada por el viaje?

—Un poco, sí. Ya te contaré.

—Espero que no sea muy grave.

—¿Por qué dices eso?

—Para venir a estas islas, hay que estar, o buscando algo que te falta, o huyendo de algo que te sobra.

—O sea, que siempre en la vida.

Ambas rieron, mirándose, contentas de verse de nuevo.

—Vamos. Tengo el coche de caballos esperando. He ordenado que lleven allí tu equipaje, no hace falta que esperemos.

Eve se apoyó en el brazo de Gara y ambas caminaron por las baldosas irregulares del puerto.

Por una vez, Gara no miró atrás. No esperó hasta que todos los pasajeros hubieran desembarcado. No vio cómo llegaba una chalupa con una niña, una mujer de cabellos rojos y un hombre con el gesto hosco que miraba a su alrededor tratando de reconocer algo de aquella tierra extraña que se suponía que formaba parte de él, aunque solo era capaz de ver unas cuantas casas que extendían sus dedos hacia el mar, un campanario que se creía alto y algunos molinos a lo lejos, camino de los volcanes que parecían dominar toda esa tierra desnuda, como a él le dominaba el mal humor desde aquella noche en que la mujer del barco se creyó con el derecho de llamarlo desgraciado.

Y sí, lo era. Era un maldito desgraciado que lo único que deseaba era tomar otro barco de regreso a Francia y que lo dejaran en paz. Lo cual no parecía ser posible, estaba claro.

—Papá. ¿Dónde está la abuela, dónde están los caracoles? —dijo Erika, tirándole de la manga de la camisa. La chaqueta del traje la llevaba doblada en el otro brazo. Hacía calor. A pesar de la brisa que movía los cabellos de la niña.

—Hija, acabamos de llegar. Primero nos instalaremos. Luego veremos qué hacemos.

—Éric, esto es… bonito —dijo Pau mirando a su alrededor con la boca abierta—. Parece otro mundo, nunca había visto nada igual. Mira, los camellos. ¿Por qué huele más a mar aquí que en medio del Atlántico?

—Vamos —dijo Éric por toda respuesta—, iremos al hotel.

Éric habló con uno de los hombres que aguardaban al lado de los camellos, el primero de la hilera, y acordó con él el porteo del equipaje hasta el Hotel Oriental. No le costó hablar español. Siempre discutía en ese idioma con su padre. Al menos, eso no lo había olvidado.

—Sí, señor. Calle Real, 35. Móntense ustedes en el de delante, yo acomodaré los bultos en el otro.

Erika y Pau subieron a uno de los asientos de madera que colgaban sobre los flancos del animal; Éric, al otro.

—Venga, sonríe. Aquí naciste, ¿no? —dijo Pauline.

—No.

257

—¿Ah no?

—No concretamente. Nací en otra isla. Pero se supone que aquí me crié. En un pueblo que se llama Arrieta.

—Éric, no te preocupes —dijo ella—. Todo irá bien.

Pero Éric tenía el estómago revuelto, le dolía el hombro y los fantasmas sin piernas parecían nerviosos. Solo tenía ganas de encerrarse en la habitación del Hotel Oriental con una botella de whisky y ahogar en ella la angustia que había aparecido de nuevo. Toda la vida queriendo estar donde estaba ahora. Toda la vida pensando en Canarias y en su madre. Toda la vida queriendo saber quién era, de dónde venía. Y ahora que lo tenía delante, se le clavaba el miedo en el pecho y no podía respirar.


Gara estaba sentada sobre la cama mirando cómo Eve deshacía su equipaje.

—Vaya, no solo tienes pantalones y camisas —comentó al ver cómo Eve colgaba un vestido verde de una percha de madera y lo guardaba en el armario. Ella también había usado pantalones. Cuando era joven. Cuando no quería que la reconocieran.

—No solo. Aunque si te digo la verdad, cada vez los uso más. Últimamente casi no me pongo otra cosa.

—¿En Europa las mujeres los utilizan?

—No para salir. Solo las que hacen algún trabajo duro, en las minas por ejemplo.

—Te mirarán raro.

—Me da igual. ¿Sabes?, en el barco conocí a una niña que también los llevaba. Me sorprendió mucho.

—Ah, vaya. ¿De dónde era?

—No lo sé, creo que de París. Pero venía aquí, a buscar a su abuela. Se llamaba Erika.

A Gara se le paró el corazón por un instante. Pero no. No era posible. Sería demasiado bueno.

—¿Con quién venía?

—Con su padre y su madre. La madre se llamaba Pauline, creo. Él se llamaba como la niña, Éric. Cosa increíble, conozco los nombres, pero no los apellidos.

Gara se agarró a la colcha de la cama para no caerse. Comenzó a temblarle todo el cuerpo. Tragó saliva varias veces e intentó que su respiración se normalizara. Inspirar. Espirar. Podía no ser él. Podía no ser él. Y no ayudaba llorar, no ayudaba.

—Gara, ¿qué te sucede?

Eve se sentó en la cama junto a ella y la abrazó.

—¿Qué pasa? ¿Por qué lloras? ¿Algo va mal?

Poco después, Gara se separó de Eve y le señaló con el dedo la jarra de loza y el vaso que había sobre la mesita. Eve le sirvió agua. Su frescor la ayudó a respirar de nuevo, aunque no logró que dejara de temblar.

—Dime —dijo con una voz que no quería salir de su garganta, que se le atascaba en el corazón. Le había enviado los pasajes. Podía ser él—, dime cómo era él.

Eve la miró extrañada.

—Pues… pelo negro, ojos negros también, como los tuyos, era guapo, a decir verdad y ahora que te miro… —sí, se parecían. La expresión de Gara se descompuso aún más—. Pero no me asustes…

Gara se cubrió la cara con las manos.

—Cálmate y dime qué te pasa.

—No me lo puedo creer. No puede ser cierto —dijo ella levantando la cara y perdiendo la mirada en la superficie blanca de la pared. Era perfecta, sin una sola mancha—. Tengo un hijo, Eve.

Eve se sobresaltó.

—¿Un hijo? Pero…

—Calla, no digas nada. Claro que no es de Arthur. Una vez, cuando era joven, tuve un amor. No un amante, sino un amor. El único de mi vida. Un francés que se perdió por esta isla. Me lo encontré en Yaiza, en la casa de mis padres. Lo miraba todo como si fuera único, como si cada cosa estuviera repleta de belleza, hasta la piedra más pequeña. También me miraba a mí así.

—Te vio como eras.

—Arthur se fue de viaje. Y yo no me esperaba ese amor. Fue una sorpresa, un regalo que te da la vida para luego quitártelo. Yo sabía que era imposible, que tarde o temprano íbamos a tener que separarnos. Fue más temprano que tarde. Mi padre se enteró.

—Dios mío…

—Casi lo mata. Aún me pregunto cómo conseguí dominarlo. Creo que gané tiempo para que pensara en el escándalo que se formaría si lo mataba y todo salía a la luz. Pudimos sacarlo de la isla con vida, pero se llevó la mía. Y me dejó algo, un niño en mi vientre. Tuve que esconderlo, a mi padre no le hubiera costado nada tirarlo al mar o dejarlo abandonado en Timanfaya para que se lo comieran los guirres.[27] Hasta que logré contactar con Fabien. Vino y se lo llevó con él a Francia.

—Menos mal que se hizo cargo. Es otro y no vuelve.

—Él sí. Ya te dije que lo nuestro era amor. Llevo tiempo intentando que regresen, desde que murió mi padre y luego Arthur. Hace unos meses envié unos pasajes.

—Puede que no sea.

—Puede que no.

Ambas se miraron.

—Puede que sea —dijo Eve.

260 Podía. El único día que no estaba pendiente de cada uno de los pocos viajeros que desembarcaban en El Puerto, podía haber llegado su hijo. Y no lo había visto.

—Te buscará —afirmó Eve. No dijo nada de lo que pensaba de él. Un hombre casado que miraba a otras mujeres delante de la suya, que las buscaba de noche. Para qué se lo iba a contar, bastante tenía ya—. Si es, tienes una nieta morena y rebelde que se pone pantalones.

—Yo lo buscaré. Necesito verlo. Rápido, tengo que saber dónde se aloja.

De repente había recuperado toda su energía. Se levantó deprisa de la cama y salió de la estancia.

—Espérame —dijo Eve—. Voy contigo.

27. Buitres.

## 38

# El mar, que une y acaricia

*Lanzarote, septiembre de 1923*

—*P*apá, me gusta este sitio. Sí que hay caracoles. Y muchos peces, y mira qué bichos.

Erika señalaba la multitud de animalillos que nadaban en los charcos que la marea baja dejaba entre los basaltos. Saltaba de uno a otro con los pies descalzos y los pantalones remangados hasta las rodillas.

—Erika, te vas a empapar —dijo Pauline—. Sal de ahí.

La tarde ya mediaba. Habían paseado por el Muelle de las Cebollas hacia el oeste. Bajo el malecón que separaba el mar del pueblo, donde permanecían sentados Éric y Pau, se extendía la roca oscura que alguna vez vomitaron los volcanes, unida con el agua salada del Atlántico, que nunca quería dejarla sola del todo, que se demoraba entre su superficie porosa. Y la niña saltaba de aquí para allá con cara de felicidad, como un pequeño paíño de pecho blanco buscando crustáceos.

—Éric, vamos —propuso Pau—. Parece que estás de entierro, y no es así. Esta tierra es preciosa, y mira tu hija, está contentísima.

—Esto es raro para mí. Se supone que aquí está mi infancia, al menos hasta los siete años, pero no me encuentro.

—Eras muy pequeño. Yo casi no tengo recuerdos de esa edad. En realidad perteneces a París.

—No me siento de París. Ni de ninguna parte.

—¿Y por qué te deberías sentir de alguna parte? Haz tu casa donde elijas. No hay nada mejor. Tienes un padre. Una hija. Ya no digo nada de tu madre. Deberías estar contento, posees más que muchos.

—Tienes razón. —Éric asintió con la cabeza, pero su gesto seguía siendo serio.

Cuatro o cinco hombres los miraban apoyados en el muro del malecón, unos metros más allá, cerca de una vieja barca que se pudría sobre el risco. Hablaban entre ellos, de vez en cuando reían. El sol de la tarde iluminaba sus rostros bronceados. Dos mujeres caminaban despacio en dirección a ellos. Una ya era mayor, estaría cerca de los sesenta. La otra era Eve. A Éric se le encogió el corazón. Saltó del muro hacia los rugosos basaltos y se apoyó en él, observando el vaivén suave del mar. No quería mirarla.

No quería mirarlas.

Era ella. No tuvo ninguna duda. La señora que le traía cosas ricas para comer, la que luego se iba dejándolo con una soledad inabarcable para un niño. Era ella, y aún no estaba preparado.

Erika estaba agachada muy cerca de la cambiante orilla.

—Éric, sube, sube.

Pau le daba golpecitos con la mano en el brazo, hasta que lo agarró por la manga de la camisa y tiró de él sin ningún resultado. Se inclinó hacia su oído para susurrarle:

—Sube, por favor. Viene Eve con tu madre. Oh la la. Tiene que serlo, se parece mucho a ti.

Pero Éric caminó despacio por las rocas hasta donde estaba la niña, que ya tenía los pantalones empapados. Debería ponerse unos cortos. Total, qué más daba. Se agachó a su lado y ambos observaron juntos cómo las olas iban y venían sobre las piedras.

—Papá, gracias por ser mi papá. Y por traerme aquí.

A Éric se le humedecieron los ojos.

—Hija, mira. Parece que ha venido tu abuela.

La niña se levantó y miró hacia las casas. Pau hablaba con dos mujeres.

—¿Eve está con la abuela? ¿Esa es mi abuela?

—Ve a verla.

—Pero aquí no hablan francés. La abuela tampoco lo hablará.

—No tengas miedo. Seguro que encuentras la manera de entenderte con ella.

—Ven conmigo, papá. Seguro que tú también encontrarás la manera.

Éric movía una pequeña piedra de color ocre entre las manos, la pasaba de una a otra, parecía que se iba a deshacer, pero era dura y húmeda, y templada como el viento que venía del mar. Estaba cansado, solo quería sentarse y mirar cómo las gaviotas rozaban el agua con las alas.

—Yo esperaré un rato. Luego iré —mintió—. Ábreme el camino, hija.

La niña fue dando saltitos de roca en roca hasta llegar al malecón y, apoyándose en un montón de rocas apiladas contra él, subió al estrecho paseo. Se dio cuenta de que Eve, además de francés, podía hablar también español y traducía los diálogos de las otras.

—No, yo no soy su esposa, no está casado —decía Pau—. Solo me encargo de la niña.

Eve palideció al escucharla. Oh, señor, ¿no estaba casado? Y ella le había insultado en el barco. Siempre tan impulsiva, ¿no podía pensar un poco antes de hablar?

—Y su madre, ¿dónde está? —preguntó Gara.

—Creen que en América.

Pauline les relató cómo Éric se había enterado por casualidad de la existencia de Erika a través de ella y cómo la había buscado en Épernay.

—Papá me quiere —dijo Erika, señalando a Éric. Ellas se sorprendieron, no la habían visto llegar—. Siempre es bueno conmigo, aunque esté triste. Y me ha traído aquí, a buscar caracoles.

—Claro que sí, Erika, te quiere mucho, y yo también —dijo Pauline—. Mira, esta es tu abuela. Se llama Gara.

—¿Por qué llora?

—Llora de felicidad.

No le cabía la emoción en el pecho. Se le desbordaba como la marea alta que lo inunda todo. Los tenía allí, delante, a su hijo y a aquella niña que era como un calco de Éric a la edad en que tuvo que decirle adiós. Aún recordaba la última vez. Cuando los vio partir, a ese niño pequeño y a Fabien, vestida de hombre desde una barca amarrada al puerto. No lloró ni una sola lágrima hasta que el vapor se hubo diluido en el horizonte, no quiso perderse ni un segundo, quería recordarlos, quería tener algo de ellos, pero tuvo que conformarse con su imagen, un hombre alto, de madera y agua, y un niño pequeño que no parecía pertenecerle aferrado a su mano como si lo fuera a salvar de alguna soledad. Luego ya no estaban. Y ella había muerto sobre la barca, la habían mutilado, ya no sentía nada, ni las redes que se le engancharon a la pierna y acabaron dibujando allí su huella, ni el frío de la poca agua sobre la que quedó tumbada toda la noche, hasta que alguien, no supo quién, la despertó por la mañana y la llevó al barrio de los pescadores, a orillas del charco de San Ginés sin saber quién era, pensando que solo se trataba de un muchacho que había tomado demasiado ron.

Había pasado toda una vida hasta ese momento. Ahora ya era vieja y el peligro yacía sepultado bajo la tierra entre los muros albos del cementerio de Arrecife; ojalá le doliera la muerte como a ella le había dolido la vida.

Y aquel chiquillo era un hombre sentado a orillas del Atlántico, mirando a lo lejos, tirando pequeñas piedras al mar. Evitando cruzar su mirada con ella.

Tan distante.

—Baja con cuidado, Gara —avisó Eve.

Había bajado mil veces por aquellas escaleras, y por muchas otras peores. Se quitó los zapatos y las medias. Sintió el frescor del agua salada en los pies y la rugosidad de los basaltos. Se aproximó a Éric despacio. Había soñado tanto con ese momento que le parecía imposible que fuera real. La marea subiría, ya estaba subiendo, y se llevaría con ella esa figura engañosa que no era su hijo, tan solo era jable.

No. Era innegable, Éric estaba delante de ella. Sí, faltaba Fabien. Su querido Fabien. Pero Éric había regresado. Por fin.

Tuvo que detenerse un instante para limpiarse los ojos, porque no podía ver dónde ponía los pies.

El sol se acercaba al horizonte y las escasas nubes comenzaron a teñirse de un suave color salmón. Éric se puso de pie, la marea subía. Lo sabía. No había vuelto la cabeza, pero sabía que ella se aproximaba. Se quedó quieto observando cómo la luz del atardecer iluminaba la cambiante superficie del mar. Las manos le temblaban, las guardó en los bolsillos de los pantalones.

Ella llegó y se colocó en silencio a su lado. Sus siluetas unidas se reflejaron en el océano junto a las de las nubes naranjas.

Quiso reconocerlo de nuevo. Intentó descubrir en su rostro aquellos trazos de su cara de niño y esos otros que le había dejado la vida. El pelo oscuro que se quería rizar. El recuerdo de alguna cicatriz. La mandíbula firme que él mantenía tensa. La mirada de tierra yerma, desolada y negra de volcán.

Él no quería mirarla, pero la sentía como si lo estuviera tocando.

Juntos, sin decir nada, se quedaron en la orilla mientras el mar llegaba hasta ellos y poco a poco los sobrepasaba, acercándose cada vez más a aquellas casas que vivían de él, amándolo y temiéndolo, y un pequeño creciente lunar, apenas una grieta en la negrura, se quería aproximar a los perfiles volcánicos del oeste de la isla.

Pau hacía tiempo que se había llevado a Erika al hotel, pero Eve se había sentado en uno de los bancos de madera que adornaban la fachada del Pósito de Pescadores, frente a la escalera por la que Gara había descendido. No quería dejarla. Y era bonito verlos bajo las primeras estrellas de ese cielo que lo envolvía todo, lo protegía todo. No parecían necesitar nada salvo estar juntos. Ni tan siquiera hablar.

Al cabo de un rato, cuando el agua les llegaba casi hasta las rodillas, Gara se acercó a su hijo y con una mano se apoyó en su brazo. En el izquierdo, bajo aquella cicatriz ovalada, la más pequeña de las que le dejó la guerra. Las otras eran peores, porque estaban dentro. Él se dio la vuelta y con ella del brazo comenzó a caminar despacio de vuelta al malecón, a las casas blancas, a Eve.

Ayudó a Gara a subir por aquellas escaleras estrechas que rompían el malecón y la condujo al banco de madera. Eve guardaba sus zapatos y las medias al lado de la pared desconchada por la humedad. Cuando llegaron, ella se levantó y se dirigió hacia él.

—Yo… —comenzó a decir.

—No —cortó la ronca voz de Éric—. Necesita descansar. Las acompañaré a su casa.

—Vamos, Eve, regresemos. Todo lo que hemos dejado atrás, atrás se quedó —dijo Gara mientras se calzaba—. Ojalá el perdón alcance alguna vez a suavizar el daño.

No estaba cansada. Hubiera permanecido a su lado, así, sin decir nada, lo que le quedara de vida si hubiera hecho falta. Pero su hijo necesitaba tiempo, y calma, y días de septiembre bajo el tibio sol de la isla.

Gara se cogió del brazo de Éric, y Eve le ofreció también el suyo. Caminaron en silencio por la Marina acompañados por el océano y las gaviotas, que no parecían notar que la noche había caído sobre Lanzarote. Algo más allá, el castillo de San Gabriel vigilaba la entrada al Puerto, en medio de esa nada tan oscura, solo con la ayuda de su pequeño campanario.

Tomaron la Calle Real y pasaron por delante del hotel donde las chicas estarían durmiendo, camino de las oscuras vértebras volcánicas de la isla. Dejaron atrás las últimas casas que crecían juntas y las calles mal empedradas, alejándose por un camino de picón entre las coladas de lava, hasta llegar a una casa con un extraño árbol al lado de la puerta. Gara se acercó a él para acariciar su corteza lisa de color claro.

—A tu padre le encantaba este árbol, el ombú. Muchas veces, antes de entrar a la casa, pasaba sus dedos por este borde que sobresale aquí, bajo la rama. Le parecía una arteria vegetal, llena de vida. Tu padre veía la belleza del mundo y me la mostraba a mí. Me cambió la vida.

Éric la miró con atención por primera vez después de tantos años. Era hermosa, las leves arrugas de su cara solo eran una muestra de que había vivido, y sus ojos podían reflejarlo todo, hasta la luz más sutil. Atraía como un imán. Entendió que su padre se enamorara de ella.

De repente se sintió muy cansado.

Le pesaba demasiado el tiempo que había estado sin ella, con todas aquellas dudas, el odio, el silencio de su padre, los recuerdos a medias. Deseó que ese viento cargado de humedad pudiera arrastrarlo todo cumbre arriba de los volcanes y dejarlo ligero para poder seguir adelante sin esa carga.

—Quizá mañana Erika quiera regresar al mismo sitio, cerca del Pósito, por la tarde, como hoy —dijo Gara.

Éric se aclaró la voz para contestar. No sabía cuánto tiempo más iba a aguantar sin llorar como cuando era un niño y ella se iba.

—Quizá.

—Bien.

Gara no quería entrar en la casa. Pero debía hacerlo. Debía darle tiempo.

—Gara, ve entrando tú, yo voy ahora —le dijo Eve mientras abría la puerta, sin dejar de mirar hacia atrás.

—¿Por qué?

—Luego te lo explico.

Eve se dio la vuelta para hablar con Éric. Pero ya era demasiado tarde. Se perdía ya entre las escasas luces que iluminaban el Puerto, andando con rapidez.

## 39

## Poco a poco, todo se coloca

*Arrecife, septiembre de 1923*

*E*ve no se resignó a ver partir a Éric de aquella manera. Necesitaba hablar con él.

—Éric, por favor, espere —dijo, corriendo tras sus pasos.

Él se detuvo un momento, pero no se giró. Antes debía dejar de llorar. Siguió caminando despacio, mientras se secaba las lágrimas con el dorso de la mano.

—Lo siento mucho, quería disculparme por lo del otro día —dijo ella poniéndose a su altura y caminando a su lado—. Fui muy impertinente llamándolo desgraciado.

—No tiene que disculparse. Ya me dijo lo que pensaba de mí.

—No, no lo pienso.

Ella lo miró. Tenía los ojos enrojecidos. Y eso le gustó, era sensible, podía emocionarse. Nunca antes había visto a un hombre llorar. Ojalá pudiera abrazarlo, sentir en la mejilla el tacto áspero de la suya para luego unir sus labios y beberse juntos el aire de esa maravillosa isla.

En vez de todo eso, sus ojos también se anegaron.

—Lo siento —le tembló la voz al decirlo—. Pensé que estaba casado.

—¿Cómo? —dijo Éric, sorprendido, deteniéndose y girándose hacia ella—. ¿Casado?

—Sí, con Pauline, ya sabe, y con una hija.

Hacía tiempo que el alisio había deshecho el peinado de su cabello, que ahora se extendía por su espalda y se rizaba y volaba en torno a su rostro, y Éric pensó que no había conocido mirada más hermosa que la de aquellos ojos ambarinos. La besaría, seguro. La desnudaría despacio y le haría el amor allí mismo, en aquella llanura volcánica donde crecían las aulagas de flores amarillas.

Pero solo se acercó a ella un momento para limpiar con sus dedos una lágrima que caía despacio por su mejilla.

—No se preocupe —acertó a decir—. Vaya a la casa y descanse. Mañana amanecerá de nuevo.

Amanecerá. Un nuevo presente, bajo el mismo sol.


Éric no se acostó, no podía. Solo la había rozado un instante y ya llevaba el tacto de la piel de su rostro pegado a los dedos. Y su madre… Necesitaba pensar.

Los caminos de rofe lo condujeron a una pequeña cala de jable dorado, ese jable que amanecía en las extensas playas de Famara y que las manos transparentes del alisio dejaban caer sobre la isla como una lluvia fina que lo mojaba todo, hasta el interior de las casas.

Delante del mar.

Delante del mar que lo mecía cuando era un niño y aquella señora se iba.

El mar nunca lo había abandonado, siempre lo abrazaba, y él hundía la cabeza bajo su superficie móvil porque en el fondo todo estaba tranquilo, todo era silencio, y los peces no huían, se quedaban mirándolo con esos ojos transparentes que parecían olivina.

Tenía que hacerlo. Debía sumergirse de nuevo y verse a sí mismo en ese fondo negro de basalto y arena.

Dejó la ropa sobre un montón de lavas frías que sobresalían del jable, mientras las gaviotas, que no sabían que era de noche, chillaban a su alrededor, peleándose por un pececillo que alguna de ellas habría sacado de entre las olas.

No, el agua no estaba tan fría. La sintió cálida como un abrazo esperado desde hacía tiempo. Se sumergió poco a poco

269

en aquel murmullo oscuro que apenas podía reflejar algunas estrellas. Parecía todo igual, la noche, el agua, como si no existieran fronteras.

Cerró los ojos y se vio de nuevo cuando era un niño que corría por el jable hacia la orilla y se sumergía deprisa en el agua, soñando con subirse en la barca del padrino y partir libre rumbo al mar, a las ricas costas de África plagadas de peces, solo estaban un poco más allá, solo tenía que extender la mano, asirse fuerte a la barca y con un impulso caer dentro y desatarla del norai,[28] ella se movería y lo llevaría lejos, con el viento en la cara y el vaivén del mar, arriba y abajo sobre las olas, él solo y poderoso en medio de ese océano que era como un dios.

Los recuerdos venían a él con cada ola, uno tras otro, sin pausa. Aquella mujer, su madre, una vez vino a visitarlo vestida de hombre, bajo un enorme sombrero de hojas de palma. Cuando se lo quitó, le cayó la melena sobre los hombros, a él lo cogió en brazos y le susurró al oído lo mucho que lo quería. Su madre olía a mar y a las hojas verdes de las esparcillas. Cuando se iba, siempre lloraban. Primero ella, al decirle adiós. Luego él. El padrino lo reñía, los hombres no lloran, y tenía que irse al mar para esconder sus lágrimas bajo la superficie salada.

Como entonces.

Éric lloró, igual que en Arrieta, envuelto en la soledad de esa agua profunda y quieta. Por aquel abandono. Por la guerra y esos soldados sin piernas que parecían querer desaparecer en el agua. Por todo el tiempo perdido.

Lloró hasta que su alma se sintió ligera y dejó de hundirse y salió a la superficie, sobre aquel cielo cobalto que el agua volvía móvil.

Salió y se sentó en la orilla, en medio de aquellos charquillos llenos de caracoles. Y por primera vez en mucho tiempo supo que todo iría mejor. Que todo se iba a ir colocando, poco a poco. Incluso él. Que solo tenía que cerrar los ojos y dejarse llevar por aquel mar, daba igual a dónde, ese mar solo podría llevarlo a buen puerto.

---

28. Elemento de amarre en tierra que permite fijar la embarcación.

Que por fin comenzaba a perdonar.

La tarde siguiente regresaron a la costa rocosa frente al Pósito de Pescadores. Erika llevaba el bañador para poder mojarse en el agua que quedaba entre los basaltos.

Gara y Eve los estaban esperando, sentadas en el muro del malecón. Eve también estaba en bañador, tomando el sol. Cuando los reconocieron, Gara suavizó su gesto de preocupación y susurró a Eve:

—Han venido.

—Sí, mira qué guapo está.

—Ay, que te gusta mi hijo.

Le gustaba. Mucho. Y no debía. Pero su imagen borraba la de Pierre y la de esa sangre brotando, la hacía lejana, igual que la isla difuminaba París.

—Lo llamé desgraciado en el barco. Creía que estaba casado con Pau.

Gara rio.

—Ya entiendo la cara que pusiste ayer.

—¿Se me notó?

—Yo sí.

La niña llegó corriendo hasta donde estaban.

—Hola, abuela, hola, Eve —dijo quitándose la ropa deprisa, dejándola en un montoncito y bajando al risco húmedo.

—Eve, ¡hay caracoles! ¡Ven! —gritó.

Ella rio de nuevo y fue tras la niña. Pauline no tardó en unirse a ellas, y Gara y Éric quedaron a solas en el malecón.

—Éric, mi niño. Siempre soñé con verte de nuevo, pero nunca lo creí posible. Y ahora te tengo delante, hecho un hombre, con una hija.

Los ojos de Gara se tornaron borrosos, y también los de Éric, que se sentó a su lado.

—Deberíais haberme contado la historia —dijo, mirando al mar. Algunos muchachos, bajo sus sombreros, se agachaban y rebuscaban en el agua algo para llenar sus platos. La marea en septiembre, con esa luna de solsticio, subía mucho, bajaba mucho.

—Perdóname. Fue culpa mía. Me daba miedo que se te ocu-

271

rriera buscarme y mi padre se enterara. No tenía compasión. No era bueno, ¿sabes?

—Aun así. Era yo, era mi vida.

—Lo siento mucho. No debería haber sido como fue.

—¿No debí nacer?

—No digas eso. Tu padre y tú sois los dos regalos que me dio la vida. Aunque no haya podido disfrutaros. Debería haber sido distinto, deberíamos haber podido estar juntos.

—Dependía de ti.

—Si me hubiera ido, don Juan, tu abuelo, nos hubiera buscado. Habría dado con nosotros, seguro, y nos hubiera matado a los tres. Preferí que siguierais con vida. Y además estaba mi madre. También amenazó con matarla a ella si me iba con Fabien. Una puta que ha criado a otra puta, dijo. Ninguna merece vivir.

—Joder.

—Y a ella la quería, Éric. A su manera, claro, pero la quería. Creo que a mí nunca me quiso.

Cuando Fabien se llevó a Éric, Gara pensó en morir. Más de una vez. Así acabaría con toda esa miseria. Se imaginaba en el mar, nadando en dirección a Francia hasta no poder más, para terminar hundiéndose en la profundidad calmada donde habían acabado tantos de la isla que también quisieron huir. Pero nunca lo hizo. Porque ellos no estaban a su lado, pero seguían vivos en alguna parte de los altos edificios de París y la esperanza la mantenía atada al Puerto de Arrecife, semana tras semana, esperando su regreso.

Hasta entonces.

—Ahora te veo, y no me lo puedo creer… —susurró Gara.

—¿Qué fue de él?

—¿Don Juan, tu abuelo? Ya era viejo, y aun así se empeñaba en seguir subiendo a la Geria de vez en cuando. Allí tenemos vides. Tengo mucho que contarte que no sabes… Subía a caballo, y un buen día se cayó. Murió en una semana. Tras él murió mi madre. Era maravillosa. Se apagó poco a poco.

—Lo siento.

—Es la vida, Éric. Nos hacemos viejos y la tierra quiere que le retornemos lo que nos ha dado.

—Ojalá Fabien se hubiera atrevido a venir. Últimamente susurraba tu nombre a todas horas.

—¿No me ha olvidado? Eso no es bueno para él. —Gara comenzó a llorar otra vez.

—Creo que no te ha olvidado. —Éric pasó el brazo por su espalda y ambos se abrazaron de nuevo después de tantos años—, creo que no.

Los días fueron pasando sosegados bajo el sol casi tropical. En una ocasión llegaron noticias de la península y los periódicos se llenaron de titulares anunciando un golpe de estado de un general un tanto orondo con aire satisfecho que contaba con el beneplácito del rey. La gente de la isla no se preocupó demasiado, eso era lejos, y además el mar estaba calmo y favorable para partir a la costa de África a faenar. El tema dio para horas de charla en las tabernas del Puerto y poco más.

Tras la primera semana de su estancia, Éric y las chicas se mudaron a la enorme casa del ombú. Erika se despidió de los camellos que traían el agua al hotel en barriles de madera y que solían sentarse formando hileras al lado de las ventanas de la planta baja, como viejos al sol.

—Estoy muy contenta porque me voy a casa de la abuela —les explicó—. Así nos conoceremos mejor, y también estará Eve.

Éric tenía miedo. Eve le atraía cada vez más. Cuando la tenía delante casi no acertaba a decir nada a derechas, solo perdía los ojos en ella, mirando su cabello, la curva de sus senos o el largo sendero de sus piernas. Y ahora vivía bajo el mismo techo, solo unos metros más allá de la puerta de su habitación. Aún recordaba la última conversación que habían tenido, caminando juntos por las mal empedradas calles del pueblo de camino a la casa.

—Dime una cosa —comentó ella—. ¿Por qué dejas que tu hija vista como un chico?

—Ella es feliz así. ¿Qué importancia tiene?

—Para mí es importante saberlo.

—Erika lo estaba pasando mal en París y eso la hacía sentirse mejor. Bastante difícil se nos hace a veces la vida para complicarla más con cosas triviales.

—Para mí no es trivial. Es un símbolo.

—¿De qué, Eve?

—De la libertad que se nos niega a las mujeres. En la guerra aprendimos a valernos por nosotras mismas, tuvimos que salir adelante. Yo quiero conservar mi libertad. Para elegir vivir mi vida.

—Cada cual debería poder elegir su vida, sea hombre o mujer. Mucha gente no puede. Te digo una cosa. La libertad de elección la da el dinero.

—Sí, si eres un hombre. Para las mujeres no es así. Estamos sometidas a nuestros padres o maridos. Yo no quiero eso. Quiero dedicarme a mi profesión.

Éric la observó de reojo.

—¿No quieres un marido?

—No quiero que me obliguen a ser lo que no soy, o a hacer lo que no quiero.

Éric se sintió como uno de esos insectos que hacía millones de años quedaron atrapados en el ámbar. Prisionero de ella. Quiso poder acariciar el brazo que tenía tan cerca de su cuerpo, descubierto hasta el codo.

—No me gustaría tener una relación basada en la obediencia —dijo, en vez de sujetarla del brazo y besar esos labios húmedos—. Ni a mí, ni a muchos.

—Eso crees tú.

—Eve, no todo el mundo es igual.

Pero ella siguió andando sobre aquellos adoquines oscuros y desiguales sin decir nada. Y él fue detrás. La seguiría donde ella quisiera, si se dejara.

Y a partir de entonces iba a pasar las noches a un muro de distancia. Su madre le había asignado la habitación contigua a la suya, la del cuadro de las montañas nevadas y el riachuelo, allí, en esa tierra tan yerma y tan chata. Con aquella extraña sonrisa le había explicado que ese cuarto llevaba sin utilizarse demasiado tiempo. Seguro que en esas noches silenciosas incluso la oiría respirar. No sabía cómo podría soportarlo.

# 40

## La extraña noche

*Arrecife, septiembre de 1923*

Al principio, Éric no supo de dónde venían esos gemidos que le impedían dormir. Se levantó de la cama despacio, bajo el cuadro de montañas nevadas, y comenzó a caminar por la habitación. Pero al cabo de un rato ya no tenía ninguna duda. Era ella. Eve gemía y murmuraba cosas ininteligibles. No sabía qué hacer. Quizá necesitara ayuda. Quizá no. Con Eve nunca se sabía.

Fue el grito lo que acabó de decidirle. Contenía demasiada angustia. ¿Qué podía hacerla gritar así?

Éric se vistió deprisa, salió de su cuarto y abrió despacio la puerta del de ella.

—Eve, ¿estás bien? ¿Te pasa algo?

—No, no, déjame.

Éric estuvo a punto de cerrar la puerta. Pero algo en su tono hizo que esperara un poco más, con la mano apoyada en el pomo, intentando asegurarse sin entrar de que a ella no le pasaba nada.

—Pierre, por favor, suéltame.

No supo por qué sintió ese alivio. No lo echaba a él, sino a Pierre. ¿Quién sería ese Pierre?

—¡Suéltame! ¡Sangre! ¡Sangreee!

Éric se situó deprisa a su lado. La sujetó de los brazos con suavidad e intentó despertarla.

—Eve, despierta. Tranquila, no pasa nada, es un sueño.

Pero ella comenzó a pelear con él. La bofetada le pilló por sorpresa y no supo si reír o llorar. Joder, dolía. Se retiró un poco, quizás así ella se calmara, y encendió el quinqué que había sobre la mesa.

Entonces, vio los moratones.

El camisón se entreabría en el pecho y dos o tres botones desabrochados dejaban asomar lo que parecían huellas de mordiscos. Habían pasado del morado al amarillo, llevaría días con ellos. Maldita sea, ¿quién le había hecho eso? ¿El tal Pierre? Lo mataría.

Se sentó a su lado, la asió por la nuca y la acercó hacia él. Ella comenzó a resistirse.

—Tranquila, Eve, soy yo —murmuró en su oído, abrazándola—. Estás conmigo. Nunca dejaré que te pase nada.

Siguió repitiéndolo hasta que notó que ella se calmaba, lo abrazaba también, apoyaba la cabeza en su pecho.

—Éric.

—Sí, soy yo.

—Lo sé. Pero no sé por qué estás aquí —susurró.

—Gritabas.

—¿Gritaba?

—Sí. Tranquila.

Había soñado con Pierre. Otra vez. Eve no sabía que gritaba cuando soñaba con él. Pero ahora Pierre se había ido y ella tenía la cabeza apoyada en el pecho de ese hombre que olía tan bien. ¿Por qué ya no tenía miedo? ¿Por qué tenía ganas de besarlo? Se separó un poco y lo miró a la cara.

—¿Por qué tienes la cara roja? —dijo, tocando una de sus mejillas.

—Estabas dormida.

—¿Y qué tiene que ver?

—No te lo vas a creer.

—Prueba —dijo Eve, sonriendo.

—Me has dado una bofetada. Casi pierdo los dientes.

Pero ella dejó de sonreír. Le había hecho daño. Como a Pierre.

—No te preocupes, no es nada —dijo Éric al ver su expresión. Ya la había jodido otra vez. Ahora ni lo miraba. Con ese

camisón desabrochado, dejando ver el comienzo de sus pequeños pechos. Y de los moratones.

—¿Te duelen? —preguntó, mirándolos.

—Déjame. Ya has hecho bastante esta noche.

—Perdona si te he molestado.

Que si la había molestado, decía. Ese hombre no se enteraba de nada.

—No es por ti, Éric. Hay un fantasma que me ronda y no
me deja vivir.

Éric se separó de ella y comenzó a caminar por la habitación.

—Yo sé mucho de fantasmas —afirmó mientras el hombro
comenzaba a doler—. Ni te imaginas lo que sé.

—Cuéntamelo —ella lo miraba desde la cama, impresio-
nada por su expresión de dolor.

Pero Éric nunca se lo había contado a nadie. No sabía cómo
hacerlo.

—Tú primero —dijo para ganar tiempo.

—Vuelve a sentarte a mi lado. Me calmas.

Mierda. Se lo iba a notar. El temblor del brazo.

—Espera.

Éric abrió la ventana y el ligero aire de la noche entró en la
habitación. Incluso desde allí olía a mar. Cruzó los brazos sobre
el pecho y respiró hondo. Ella se levantó de la cama y se acercó
a él. Primero le acarició el brazo. Luego la mejilla. Y luego miró
a lo lejos, a la oscura silueta de los volcanes.

—Somos dos seres raros, Éric. Ahora estamos aquí, juntos,
en este mundo tan diferente al nuestro. Tan lejos. Y aun así,
nuestros fantasmas nos acompañan donde quiera que vayamos. No podemos dejarlos atrás.

Él se apoyó en el alféizar de la ventana.

—Yo ya estoy acostumbrado a los míos —comentó, tras
aclararse la voz—. Llevan años conmigo. Desde Verdún.

—La guerra fue cruel.

—Ni te imaginas cuánto.

—Fui corresponsal de guerra, Éric, en el Somme. Vi
cosas.

Éric se volvió a mirarla. Se había abrochado los dos botones
del camisón. Parecía tan frágil que quiso abrazarla de nuevo,

277

tomarla en brazos, tenderla en la cama y tenderse él a su lado. Cómo podía haber estado en la guerra.

—Entonces, lo entenderás —a pesar del temblor en el brazo estaba tranquilo. Ese efecto tenía Eve sobre él.

—Cuéntamelo.

—Si me pides que te lo cuente, es que no lo entiendes.

—El mío solo es un hombre.

—Pierre.

—¿Cómo lo sabes?

—Lo nombraste en sueños.

—Vaya. Sí, es Pierre. Casi lo mato.

—¿A bofetadas? —sonrió Éric.

—Es en serio. Casi lo mato con un abrecartas.

—¿Qué te hizo él?

Ahora era ella la que miraba a lo lejos. Al cielo que esa noche escondía una suave capa de nubes móviles.

Eve se dio la vuelta y se dirigió hacia el armario. Sacó unos pantalones, se los puso por debajo del camisón. Luego se lo quitó. Éric separó la mirada demasiado tarde. Esa espalda preciosa y suave, cubierta de morados. Lo mataría, estuviera donde estuviera.

Ella se puso una blusa de algodón blanco, se calzó y tomó del brazo a Éric. Del que temblaba menos.

Pero en ese momento alguien abrió la puerta.

—Papá —Erika lloraba—, he tenido una pesadilla. Mamá se iba en un barco como el nuestro, pero no llegaba nunca. Se quedaba para siempre en el mar.

Éric miró a Eve. Tan hermosa, en esa noche tan extraña. Con un gesto le acarició la mejilla y se separó de ella hacia la niña.

—No pasa nada, Erika. Tu madre está en América. Estoy seguro de que su barco llegó sin contratiempos. Ven, te llevaré a la cama.

Éric la tomó en brazos. No pesaba nada. Tenía las manos frías, y los pies también estarían fríos de caminar descalza por aquella casa. La niña se le abrazó al cuello y apoyó la cabeza en su hombro, el de la cicatriz. Con ella cerca, nunca dolía.

—¿Estás bien, Eve? Lo siento… ¿Puedes esperarme?

—Estoy bien. No te preocupes. Saldré a dar una vuelta y volveré en breve. Acompaña a la niña.

—¿Vas a salir sola? —Éric se quedó parado, en la puerta, sin decidirse a salir de la habitación. Con ese nudo en el estómago. No quería dejarla, quería perderse con ella entre las sombras nocturnas de los volcanes, quería… Pero estaba Erika.

—Por supuesto que sí. Solo un poco, a ver cómo está la noche. Diez minutos —ella se impacientó—. Vete ya y acuesta a Erika. Vamos.

Era imposible con ella. Se iba sola, en medio de la noche, a saber dónde. Tampoco la isla parecía peligrosa, pero quién lo sabía. Pierre tampoco se lo debió parecer. Y aun así, Éric sabía que debía respetar sus decisiones, dejarle paso. Era la única manera de llegar hasta ella. Con libertad.

—Vamos, cielo. Te llevo a dormir.

—Quédate conmigo, papá.

—Me quedaré.

Eve esperó a que desaparecieran en el pasillo y luego salió tras ellos sin hacer ruido. Ese hombre… La trastornaba. No estaba preparada para un sentimiento así. Era demasiado pronto, acababa de salir de lo de Pierre, ¿cómo era posible? ¿Estaba loca? Si no hubiera aparecido la niña, quizá… quizá… No sabía. Nunca hubiera creído que podría estar al lado de un hombre de nuevo y sentir ese temblor en las manos y ese fuego ahí dentro. Si alguien se lo hubiera dicho hacía apenas unos días lo hubiera mandado a la mierda. Pero Éric… con él todo era distinto.

Ya no había nubes que ocultaran la noche. El ombú proyectaba una ligera sombra a la luz de una luna brillante y ella podía distinguir el sendero de rofe que llegaba hasta Puerto y hasta el mar. Aunque no iría tan lejos. Se quedaría allí, al lado del camino, apoyada en el madero que algún isleño había abandonado cerca de la casa. Se quitó aquellos zapatos buenos para la ciudad. Solo quería sentir el alisio en su cara un momento. Dejarse embriagar por el calor de los volcanes que subía por la planta de sus pies hasta su estómago y su cuello y la envolvía toda. Respirar el olor salino del mar, imaginar el sonido tenue de las alas de las gaviotas, siempre libres, siempre en el aire.

Así comenzaba a sentirse ella. Alegre y liviana, como un ave que volara libre por el corazón de la isla.

# 41

## Sonríe, si el cielo llora

*Arrecife, octubre de 1923*

*E*l mar seguía acariciando marea tras marea el oscuro risco de la isla. Metía sus acuáticos dedos en cada resquicio que le permitía el basalto, amándolo en un vaivén sin fin. El sol cada día se demoraba más en salir, se entretenía un rato más bajo sus aguas transparentes.

Los días pasaban despacio en la tierra de los volcanes.

Quizás en París estaría cayendo una lluvia fina, ya olería a otoño y los viandantes irían bajo sus paraguas con cuidado de no resbalarse en el pavimento húmedo. En Lanzarote nunca llovía. Al menos desde que Éric había regresado. Cada día era igual de luminoso, o quizá más, que el anterior. Cada día él podía retener un instante más la mano de Eve entre las suyas. Incluso en alguna ocasión acercaba los labios a su cuello y aspiraba su aroma y sentía el calor de su cuerpo en el interior de su pecho, llenándolo todo. Y cada día veía cómo sus ojos de ámbar sonreían un poco más. Pero al final se replegaba. Cerraba los ojos, se separaba de él y no permitía que se acercase más que un momento, una caricia.

De vez en cuando salía a pasear a solas con su madre por esos caminos de rofe. A veces se cruzaban con algún rebaño de cabras, o divisaban a lo lejos algún campesino con el arado enganchado a un dromedario. Ella le hablaba de la Geria y su uva malvasía, que crecía en aquellos hoyos de picón. De su casa de Yaiza, donde un ya lejano día se encontró a aquel francés de pelo de madera y ojos de agua. Del sanatorio de La Orotava y del miedo que pasó cuando él nació, allí, alejada y oculta. Y de cómo el miedo se había convertido en pavor porque el abuelo algún día se diera cuenta de que él existía. No hubiera tenido piedad de ninguno de ellos.

Cada noche, Éric apartaba la colcha de hilo blanco y se acostaba bajo aquel cuadro de montañas nevadas pensando en Eve. Estaba allí, al lado, si se esforzaba un poco podría incluso oír su respiración. La imaginaba con el pelo suelto sobre la almohada y aquel camisón con los botones desabrochados cubriendo su piel suave. Ya no tendría moratones. El tiempo en la isla se los habría borrado. Qué pena no haberlo podido hacer él con sus labios.

Esa noche no podía dormir. Debía regresar a Francia, a hacerse cargo de la consulta. Erika tendría que ir al colegio, aunque su madre leía con ella cada día. Debería tomar a aquella mujer, Eve, de la cintura, posar su boca sobre ella y no soltarla jamás. Pero no se atrevía. Con ella había que ser prudente, porque tenía la sensación de que si se acercaba demasiado pronto, ella huiría para no volver.

Seguía haciendo calor. Incluso de noche. Éric se levantó de nuevo. A pesar del calor el suelo estaba frío bajo sus pies. Abrió la ventana, solo se veían dos o tres estrellas entre las nubes. Por primera vez en todos aquellos días parecía que quería llover.

No se lo podía perder.

Éric se vistió de nuevo, abrió sin hacer ruido la puerta de su habitación y, tras echar una ojeada a la puerta cerrada de la habitación de Eve, y luego a la de Erika, bajó a oscuras los escalones y salió al exterior.

La tierra seca abría su corazón y emanaba ese aroma a humedad que ya lo impregnaba todo. Aguardaba el agua. Como él esperaba a aquella mujer que lo había vuelto loco. Lo que hacía poco tiempo le parecía imposible había pasado. Volvía a amar, y no solo a la pequeña. Era increíble.

Como la lluvia.

Notó cómo una gota le caía por el rostro y se perdía en la tela de su camisa. Dos o tres más cayeron en el picón y el aroma se hizo tan intenso que casi no se podía soportar.

Y nada más.

Una pequeña luna se impuso a las nubes, que parecían querer dispersarse. La lluvia se fue como una esperanza sin sentido, como otro engaño más.

Éric tomó un pedazo oscuro de basalto y lo arrojó lejos. No llovería esa noche. Tendría que esperar. Maldita sea.

Regresó a la casa con el bochorno que la lluvia no había querido lavar pegado al cuerpo. Esa noche sería como otra cualquiera, sin lluvia, sin Eve a su lado.

Pero al abrir la puerta, en la sala de la entrada, creyó ver cómo la silueta de una mujer desaparecía escaleras arriba. Fue tras ella. Y oyó la puerta del patio, la que daba al aljibe de piedra rodeado de helechos.

Se asomó sin hacer ruido.

Era Eve.

La luz del quinqué hacía que su preciosa piel brillara. Vestía pantalones y su camisa de color claro se abría hasta dejar al aire el comienzo de sus pechos.

Metía la mano en la pila del agua y se la pasaba por la frente y por la cara, y por aquel cuello en el que él se perdería sin dudarlo.

Luego se sentó en el borde del aljibe, cruzó los brazos sobre el pecho y miró al cielo.

Y comenzó a sollozar.

Y a Éric ese sonido se le coló en el pecho y le robó el aliento. Eve.

—Eve… —se acercó a ella y se sentó a su lado. La piedra del aljibe estaba húmeda y rugosa. Pero ella se separó de él y se fue al otro lado del patio.

Ya no respiraban aire. Solo aquel aroma a tierra mojada que los envolvía, intenso como la lava caliente.

—Eve.

Éric se acercó a ella, mientras una nube de color oscuro se comía la luna de nuevo. No iba a permitir que se le escapara.

—Eve, ven conmigo. Pasearemos un rato. Hace mucho calor.

Le pasó un brazo por los hombros y ella se apoyó en él.

Salieron fuera de la casa, bajo aquellas nubes que parecían querer contener el aliento para siempre. Incluso el alisio se había detenido.

—Lo siento, Éric. Deberías ir a dormir —Eve ya no lloraba. Pero se frotaba las manos, que aún estaban húmedas.

A dormir, decía.

—No encuentro mejor lugar para estar que aquí, a tu lado. Es lo único que deseo.

La cogería de la cintura. Pegaría su cuerpo al suyo tan fuerte que ya nadie los podría separar. Ni ella misma.

—Éric, esta noche lo he tenido muy cerca. Se ha metido en mi cama y no me lo podía quitar de encima. Ilusa de mí, que creía que ya lo había olvidado.

Lo mataría. Fuera quien fuera, lo cogería del cuello y lo lanzaría al cráter más alto y caliente de Timanfaya.

—Se trata de Pierre —afirmó él.

—Solo es un fantasma, Éric. Pero no puedo con él.

—Todos tenemos fantasmas.

—¿Cuál es el tuyo?

Ese dolor en el brazo. Esos chicos con las cuencas vacías. Le resultaban tan familiares que casi no se daba cuenta de que seguían ahí.

—Caminan junto a nosotros, ahora —dijo Éric—. Hubo un tiempo en que no los soportaba. No podía vivir con ellos a mi lado. Pero poco a poco se han ido convirtiendo en algo cotidiano. Solo forman parte de mí. No creo que se vayan nunca.

—¿Qué son?

Éric se sentó al borde del camino. Bajo aquella luna que no podía con las nubes. Nunca se lo había contado a nadie. Nunca había estado con una mujer como aquella. Y dolía. Y se sentía débil, como cuando le dispararon.

—En el hospital, ya sabes. Fue una locura. Una verdadera mierda. Los mandaban a morir a miles. Y a miles nos los traían al hospital, partidos por la mitad. Recuerdo cada cara, cada miedo, cada lágrima, día tras día, todos aquellos muertos. Algunos solo eran niños. Qué podíamos hacer nosotros ante tanta miseria.

Eve se sentó a su lado y apoyó la cabeza en su hombro.

—Robamos algunos a la muerte, sin saber cómo. Pero otros

se nos iban entre las manos. Ha sido difícil olvidar eso. Algunos de esos chicos que se murieron mientras intentaba salvarlos aún siguen conmigo.

—¿Son soldados? Quizá consigan asustar a mi fantasma. El tipo que me aplastaba contra la pared, me llamaba zorra, me bajaba los pantalones.

—Joder, Eve, lo siento. —Éric se giró hacia ella y la abrazó.

—Le clavé un abrecartas, Éric. Y luego salí corriendo. Pudo haber muerto.

—Pudo haberte matado a ti. Te defendiste. —Éric notó las primeras gotas de lluvia. Por fin—. Eve, está lloviendo. Sonríe.

—¿Por qué?

—Es lo que decía mi padre sobre la gente de estas islas. Que sonríen cuando el cielo llora. La lluvia llena los aljibes, empapa esta tierra árida y la vuelve fértil. Y se lleva lo malo, igual que las lágrimas. La lluvia arrastra lo malo y se lo lleva al mar.

Eve levantó la cara hacia él. Sí, lloraba, como ella. Pero su abrazo era firme y su rostro sereno, sonreía mientras la lluvia los empapaba, y ella también sonrió.

Poco a poco, la lluvia lo cubrió todo. Parecía que incluso la diosa Timanfaya había comenzado a sonreír, y el aroma de la lava mojada se unía al olor salado del océano.

Los ojos de ámbar de Eve brillaban bajo esas gotas que empapaban su cara y su camisa. Éric lo supo. Era el momento. La atrajo hacia él. La quería dentro de su pecho, el vacío desaparecía, se lo llevaba la lluvia, deshacía las siluetas de los *poilus* y solo quedaba ella, ella y la suavidad de sus labios y su mano posada en su cara.

Se levantó de nuevo y la tomó en brazos hasta llevarla bajo una enorme higuera que crecía abrigada tras la alta silueta de un molino. La desnudó despacio, dejando expuesta toda su belleza mientras las lágrimas de ambos se unían con la lluvia y con el aroma dulzón de los higos maduros. Acarició el recuerdo de todos esos moratones, intentando borrarlo con sus dedos, intentando beberlo junto con el agua que caía sobre sus cuerpos. Parecía que nadaba en ella. Que era como un mar que se abría para él y lo envolvía, y lo abrazaba, y ya no existía nada más en el mundo, allí, bajo aquel cielo nublado que empapaba la tierra de los volcanes.

Y

Mientras tanto un barco emprendía su cotidiano camino, de norte a sur, de la templada costa francesa a las cálidas islas de vientre de lava, para luego continuar lejos, al continente tras el Atlántico. Y en él viajaba un hombre. También sonreía, como en el viaje que comenzó hacía más de treinta años. Ya era hora de que se acabara, de que por fin regresara a su destino. Después de días arrastrándose por la casa de la Île Saint-Louis, Ari le había hecho la maleta y le había puesto ese pasaje en sus manos. Y él no había dicho que no. Tenía miedo, para qué engañarse. Pero volvía a su casa, a la que abandonó hacía tanto tiempo. Por fin regresaba a ella. Y sería para siempre.

# Agradecimientos

*T*engo mucho que agradecer y no sé por dónde comenzar.

Quizá por mi marido, Paúl. O por mis dos hijos, Darío y Marco, que a pesar de que mientras intento escribir corretean y juegan a mi alrededor, me hacen la vida alegre y plena, y están a mi lado cuando lo necesito. Juntos conocimos y recorrimos la hermosa isla de Lanzarote, donde comenzó a gestarse *Más allá de los volcanes*.

O por mi otra familia, especialmente Paco y Manoli, que me ven con muy buenos ojos y me animan a seguir adelante con cualquier cosa que emprenda.

¿O por la magnífica biblioteca pública de Zamora, la ciudad donde nací, que me proporcionó fuentes inagotables de lectura de todo tipo? Debido al servicio de préstamo interbibliotecario pude acceder a dos libros fundamentales para redactar esta novela: *Cinco años de estancia en las islas Canarias*, del antropólogo francés René Verneau, y *Tenerife y sus seis satélites*, de la incansable viajera victoriana Olivia Stone, ambos escritos a finales del siglo XIX.

O por mis primeros lectores y amigos, Rosa Temprano e Isabel Martín, y también Ángel Fernández; sus observaciones me ayudaron a mejorar.

O por mis editores y agencia literaria, personas sin miedo a apostar por una escritora novel, o por el jurado del Premio Marta de Mont Marçal; gracias a ellos todo este sueño se ha materializado en algo real, en un montón de páginas encuadernadas que se pueden sostener en una mano y que llevan el alma de la escritora en ellas.

O mejor, por los lectores que entre muchas otras opciones eligieron esta novela. Os agradezco vuestra confianza y deseo que os haya proporcionado lo que buscabais en ella.

Gracias a todos, y también a los que no cito, pero que están en mi pensamiento.

Este libro utiliza el tipo Aldus, que toma su nombre
del vanguardista impresor del Renacimiento
italiano Aldus Manutius. Hermann Zapf
diseñó el tipo Aldus para la imprenta
Stempel en 1954, como una réplica
más ligera y elegante del
popular tipo
Palatino

\* \* \*
\* \*
\*

*Más allá de los volcanes*
se acabó de imprimir
un día de verano de 2017,
en los talleres de Liberdúplex, s.l.u.
Crta. BV-2249, km 7,4, Pol. Ind. Torrentfondo
Sant Llorenç d'Hortons (Barcelona)

\* \* \*
\* \*
\*